U0107498

国家社科基金重大项目“《西游记》跨文本文献资料整理与研究”(17ZDA260)阶段性成果

《西游记》与西游故事的传播、演化

胡胜 著

中华书局

图书在版编目(CIP)数据

《西游记》与西游故事的传播、演化/胡胜著. —北京:中华书局,2023.8
ISBN 978-7-101-16304-9

Ⅰ.西… Ⅱ.胡… Ⅲ.《西游记》研究 Ⅳ.I207.414

中国国家版本馆 CIP 数据核字(2023)第 143797 号

书　　名	《西游记》与西游故事的传播、演化
著　　者	胡　胜
责任编辑	齐浣心
责任印制	陈丽娜
出版发行	中华书局
	(北京市丰台区太平桥西里 38 号　100073)
	http://www.zhbc.com.cn
	E-mail:zhbc@zhbc.com.cn
印　　刷	三河市中晟雅豪印务有限公司
版　　次	2023 年 8 月第 1 版
	2023 年 8 月第 1 次印刷
规　　格	开本/920×1250 毫米　1/32
	印张 10¼　插页 2　字数 260 千字
印　　数	1-1500 册
国际书号	ISBN 978-7-101-16304-9
定　　价	68.00 元

目　录

序 …………………………………………………………… 刘勇强　1

绪论:跨文本视阈的生成
　　——新时期《西游记》研究之检讨 ……………………………… 1

百回本的流播、衍变

论百回本《西游记》的艺术形象重塑
　　——以孙悟空与猪八戒形象的演进为例 ………………… 21
从铁扇公主形象的艺术演变透视百回本《西游记》的艺术创新 … 34
女儿国的变迁
　　——《西游记》成书一个切面的个案考察 ………………… 48
从《心经》在《西游记》成书过程中的地位变迁看小说意蕴的
　转换 ……………………………………………………… 59
“金蝉脱壳”有玄机
　　——说百回本《西游记》中金蝉子的名实之变 …………… 74
《西游记》与全真教关系辨说
　　——以“车迟斗圣”为中心 ………………………………… 91
杨悌《洞天玄记·前序》所引《西游记》辨 ……………………… 107
《西游记》与“目连戏”渊源辨 ……………………………… 121

地域、信仰与西游故事的变迁

重估“南系”《西游记》:以泉州傀儡戏《三藏取经》为切入点 …… 141
叠加的影像
——从宾头卢看玄奘在“西游”世界的变身 …… 163
小议“和合二仙”寒山、拾得与《西游记》的渊源 …… 184
民俗话语中“西游”故事的衍变
——以常熟地区“唐僧出身”宝卷为例 …… 199
《受生宝卷》与早期“西游”故事的建构 …… 209
图像与科仪:《新见〈西游记〉故事画》论略 …… 226

案头与场上之流转

一“山”一世界
——由两种《平顶山》剧本看宫廷与民间“西游戏”的差异 …… 245
论两出稀见戏《莲花会》与《收八怪》
——兼及“西游戏”的俗化 …… 264
超度科仪与《西游记》的传播
——以莆仙戏为考察对象 …… 277
闽斋堂本《西游记》版本渊源论 …… 293

后　记 …… 313

序

刘勇强

《西游记》中有一种令人心醉的情景,那就是取经四众在克服了一个个艰难险阻后,作者常常会描写他们驻足欣赏路上风景,如第二十三回开篇:

> 却说他师徒四众,了悟真如,顿开尘锁,自跳出性海流沙,浑无挂碍,竟投大路西来。历遍了青山绿水,看不尽野草闲花。

第三十二回开篇:

> ……说不尽沿路饥餐渴饮,夜住晓行。却又值三春景候,那时节:
>
> 轻风吹柳绿如丝,佳景最堪题。时催鸟语,暖烘花发,遍地芳菲。海棠庭院来双燕,正是赏春时。红尘紫陌,绮罗弦管,斗草传卮。
>
> 师徒正行赏间……

第四十四回开篇:

> ……真个是迎霜冒雪,戴月披星,行勾多时,又值早春天气。

但见：

三阳转运，万物生辉。三阳转运，满天明媚开图画；万物生辉，遍地芳菲设绣茵。梅残数点雪，麦涨一川云。渐开冰解山泉溜，尽放萌芽没烧痕。正是那：太昊乘震，勾芒御辰；花香风气暖，云淡日光新。道旁杨柳舒青眼，膏雨滋生万象春。

师徒们在路上，游观景色，缓马而行……

因有同好，我一直关注着胡胜先生的《西游记》研究，他每一论出，都会带给我这样"别有世间曾未见，一行一步一花新"（第三十八回）的感觉。而他的研究也在移步换景中，渐行渐远，走向了越来越开阔也越来越清晰的艺术世界，不仅使我有应接不暇、望尘莫及之叹，相信也是很多同行并未充分意识到的创获，甚至胡胜自己最初可能都不曾完全预料到这种"开放的西游学"——我姑且用这一说法来指称胡胜《西游记》研究的特点——的无穷魅力。

我曾经在一本关于《西游记》的小书中说过：玄奘以自己特殊的经历影响后世，在百川纳海般博大的中华文化中，形成了一条绚丽多彩的河流，其中《大唐西域记》《大慈恩寺三藏法师传》《大唐三藏取经诗话》以至《西游记》，一脉相承，都是可以载入中华文化之最的。当时我的目光所及，基本上还是从玄奘取经到《西游记》的单线发展过程。胡胜则不然，他不断拓宽学术视野，宛如一位勇于探险的旅人，不是按着既定的路线前行，而是眼观六路，"搂开"历史的荆棘岭，开辟出"古来有路少人行"的幽途秘径，使目的地不只具有终点的意义，也成为山阴道上山川自相映发的一个契机。

以戏曲论，胡胜的研究就不只拘于众所周知的《西游记杂剧》等作品，也不只限于宫廷大戏《升平宝筏》，更深入到目连戏、泉州傀儡戏《三藏取经》、民间小戏仙游本《双蝶出洞》乃至禁戏《收八怪》等等中去。

这种深入有的以提出了新见解、新命题见长，如《一“山”一世界——由两种〈平顶山〉剧本看宫廷与民间“西游戏”的差异》比较宫廷大戏《升平宝筏》涉“平顶山逢魔”数出与《清车王府藏曲本》所收民间昆腔折子戏《平顶山》的异同，指出不同阶层的审美趣味决定了剧本文本的雅与俗；又由对剧本的依赖性决定了演员表演的自由度；不同的舞台设施，为演员提供了不同的发挥空间。而宫廷与民间戏曲的诸多差异，殊非简单的雅俗之别可以概言。

不但如此，这种深入又是步步为营，不断推进的。实际上，通过胡胜的论述我们知道，《升平宝筏》并非一味的走向高雅、神圣，在《论两出稀见戏〈莲花会〉与〈收八怪〉——兼及“西游戏”的俗化》一文中，他就指出《升平宝筏》对传统故事多有“重构”，在原有的神魔题材之中植入大量世情成分，“添加剂”便是才子佳人风情戏见缝插针式的大量植入，并一定程度改变“西游戏”的面貌。而《莲花会》《收八怪》这两部极为另类的剧作，更显示了“西游戏”发展中的两极，一者佛光普照，一者肉欲横流，而在表面的背道而驰中，又有共同之处，即抛弃了《西游记》同时也是“西游戏”赖以传世的最本真的精髓所在。这一论述，进一步揭示了“西游戏”发展中至为复杂的文化面向。

而从“开放的西游学”角度看，胡胜对相关戏曲作品的深入研究，还展现了更为重要的新思路、新理念，如《重估“南系”〈西游记〉：以泉州傀儡戏〈三藏取经〉为切入点》一文，通过考证，他认为清抄本泉州傀儡戏《三藏取经》的生成年代极有可能要早于明代，似与“目连全簿”的《目连救母》一样，应是在宋元时期生成与传播的。在《超度科仪与〈西游记〉的传播——以莆仙戏为考察对象》一文中，他又通过仔细的辨析，指出莆仙西游戏渊源有自，既有对宋元以来西游故事传统的继承，也有伴随案头经典产生的同频、共振。显然，这样的考证已超越了简单的作品产生先后的判断，将问题引向了对文本性质与意义的通盘把握。所以，在分析《西游记》与目连戏的关系时，他在《〈西游记〉与“目连戏”渊源辨》一文中，重新考察相关文献，辅以新见材料，通过细致的文本比对等，说明目连戏形态复杂，版本众多，郑之珍《新编目连救母劝善戏文》为一集大成者，但仍有许多目连戏以海纳百川式的包容度，对《西游记》中的人物、情节因子加以吸收，甚而分化。而《西游记》也沿着自己的演进轨迹在与目连戏的合演中汲取养分。这种纠结、交融，一直呈动态变化而非凝滞不前，所以我们会看到不同阶段目连戏的变异，也会看到不同时期《西游记》的差异，这是民间话语体系中经典形成的一种常态。

为了将上述关于《西游记》与民间戏曲的推断落到实处，胡胜还特别拈出了一些不为人所注意的细节加以讨论，如在《叠加的影像——从宾头卢看玄奘在“西游”世界的变身》一文中，他就敏锐地注意到《三藏取经》中唐僧最终受封果位是人所罕知的宾头卢罗汉尊者，说明这种消逝在漫长成书过程中的人物形象，看似无关紧要，然而在“西游”故事形成、演化和写定本成书过程中却有难以替代的作用。在《小议“和合二仙”寒山、拾得与〈西游记〉的渊源》一文中，他也通过寒山、拾得的雕像与《三藏取经》中的寒山、拾得形象相互印证，说明《三藏取经》故事主体形成的时间似应在宋元间，在《大唐三藏取经诗话》之后，杨景贤《西游记杂剧》之前。如果此说成立，它在西游题材文学作品演变中的位置当然就不可忽视，因为它呈现了杨景贤《西游记》杂剧之外的又一套独具面貌的西游戏，完善了“南系”西游故事的发展链条，而就其本身而言，又由自发进入自为阶段，开始作为一个相对完整而自足的故事集群，向下一阶段进化。

与此相关，胡胜对西游说唱文学的研究也具有同样的学术意义，如《民俗话语中“西游”故事的衍变——以常熟地区“唐僧出身”宝卷为例》指出《唐僧宝卷》专门讲述唐僧出身的江流儿故事，《陈子春恩怨记》和《三元宝卷》讲唐僧父亲陈光蕊的故事，这类活跃在民间的口传故事有强大的生命力和创造力，它们可能会把毫无关系的传说联系在一起而逻辑自洽，不必强行论证此类“西游”故事到底早于还是晚于百回本小说。仅以故事形态而论，它们完全可能更早，只是在受到文人话语体系的冲击之后，会有所调整，但依然沿着自我的固有逻辑发展、流布。而《〈受生宝卷〉与早期“西游故事”的建构》则指出《受生宝卷》最值得被关注的是将魏徵斩龙、唐王入冥与西天取经汇拢至同一文本，如果这确实具有“故事的原生形态”性质，价值也非同小可。正是在此基础上，胡胜进一步指出：

> 随着研究视野的下沉，《西游记》研究的传统定势思维：即所有传统西游故事，都是为百回本服务的，最终必汇聚为百回本的情节。随着文献的大量发掘与整理，这一结论越来越靠不住。因为我们看到不少早期西游故事与百回本的呼应，它们或多或少被百回本吸纳、接收、改造。但同时我们也发现更多游离于百回本之外的西游故事，它们有自足的演化逻辑和流布空间，并且已经形成闭环。并不为百回本的强势光环所掩，按其自身的节奏，在历史的长河中缓缓流淌。

这是胡胜反复强调、越来越明晰的思想。也就是说，胡胜对《西游记》周边文献的开拓研究，不单是“掌子面”的扩展，更重要的是水到渠成地带来了上述观念的转变，并形成了“开放的西游学”基本学术理路。他在《跨文本视阈的生成——新时期〈西游记〉研究之检讨》总结学术史与研究现状，对这一思想作了高屋建瓴的总结，强调应高度重视遗落在百回本《西游记》之外的“西游”故事。因为它们原本自成一体，既有其独特的艺术成规，也有特定的传播时空，以及非文学的演化逻辑。它们不遵循百回本生成的辙轨，自成闭环，自洽自足。而《西游记》的形成与传播归根结底是“西游故事”的演化与传播。不是所有的艺术经验都必然指向百回本小说,也不是所有的艺术经验都必然从百回本小说流出。

我以为胡胜的这一"开放的西游学"观点有极其重要的理论价值,它不仅进一步说明《西游记》不是一个孤立的存在,更富有启发地说明,《西游记》甚至也不是一个绝对中心式的存在,而在回归各类"西游"文本系统的本体研究后,既还原了"西游故事"演化传播的历史空间,又昭示了西游文化的丰富内涵。由于取经题材的演变与发展在古代小说中并非特例,这一理论也有助于我们从更开阔的角度,审视古代小说乃至通俗文学的复杂生态与巨大价值。

当然,从我个人的学术兴趣来说,我仍然愿意坚守《西游记》本位,也相信传统的领域与方法仍大有可为。事实上,胡胜在传统意义上的《西游记》研究方面,同样取得了值得瞩目的成就。这些论文或是关于人物形象的演进,如《论百回本〈西游记〉的艺术形象重塑——以孙悟空与猪八戒形象的演进为例》《从铁扇公主形象的艺术演变透视百回本〈西游记〉的艺术创新》等;或是关于情节设置的变迁,如《女儿国的变迁——〈西游记〉成书一个切面的个案考察》等;或是关于思想内涵的生成,如《从〈心经〉在〈西游记〉成书过程中的地位变迁看小说意蕴的转换》《〈西游记〉与全真教关系辨说——以"车迟斗圣"为中心》;还有一些是关于版本及文献问题的考证,如《杨悌〈洞天玄记·前序〉所引〈西游记〉辨》《闽斋堂本〈西游记〉版本渊源论》《图像与科仪:新见〈西游记〉故事画论略》等。可以说,举凡《西游记》成书的各方面重大问题,胡胜都有所涉及,而且都提出了富有说服力的新见。其中有如下几个特点最值得称道。

首先,与前述西游戏曲及说唱等研究一样,依然是于细微处见精神,胡胜往往能因小见大,从前人习焉不察或以为无可置词处加以阐发,着眼点看上去有些轻微,其实却是牵一发而动全身。比如在讨论《西游记》与全真教关系时,他特别提到了车迟斗圣中的以"虎"易

“牛”，指出这虽然是承平话中的虎精而来，但也与百回本主体意蕴已经发生转移有关，由于宣扬全真教义，弘扬“丹道”之说迥非作家本意，所以弃牛选虎，自是应有之举。《西游记》中的道教意味，固非单一细节所能说明，胡胜也有全面展开，而在此种细节处的掘发，实具探幽烛隐之效。

其次，在材料的使用与辨析上，胡胜常常探源溯流，擘肌分理，对文献作缜密推敲，从而梳理出取经题材演变的可能轨迹。如杨悌的《洞天玄记·前序》是一篇学界久已关注的文献，因多有不明不白处，讨论难以深入。胡胜经过周密考证，指出其中提到的版本除了为《西游记》奠定“语道”基调外，还提供了一些与世德堂百回本似又不是的相关情节，进而认定它所说的《西游记》应为世德堂百回本之前的本子，其面貌与后出者之间，还有一定的距离。这虽是一家之言，但言之有据，令人深思。

第三，胡胜在讨论取经题材的演变时，虽然各个击破，但又不是单纯就事论事的，合而观之，往往揭示着某种可能的规律性现象。如在《从铁扇公主形象的艺术演变透视百回本〈西游记〉的艺术创新》一文中，他论述的是百回本《西游记》成书过程中的“合”，也就是将元杂剧中单身的铁扇公主与后经佛祖点化成为保护神的鬼子母（红孩儿之母）合并成一个人，而《女儿国的变迁——〈西游记〉成书一个切面的个案考察》讨论的则是百回本《西游记》成书过程中的“分”，也就是将元杂剧中女儿国国王形象中横暴、色情的部分分化为蝎子精。虽然所谓分、合的具体过程有待进一步考察，但作为一种人物、情节发展过程中普遍存在的客观现象，自应有某种昭然若揭的规律存在。

无论是哪方面的研究，都依托着翔实的文献，这是胡胜的“开放的西游学”行稳致远、硕果累累的原因。他与赵毓龙教授整理出版了《西游戏曲集》《西游说唱集》及待刊的《西游宝卷集》，无论是作为他个人研究的雄厚基础,还是作为嘉惠学林的学术贡献,都是有目共睹的,无需词费。

我当然不是说胡胜的研究已经十全十美了,他的论著有些地方可能还存在着可以商榷的地方。比如有些元素与取经题材的粘着度本不高,附会上来,又游离出去,恐怕不排除偶然性的因素,与百回本主体情节的发育、蜕变,似不能等量齐观,寒山、拾得与取经题材的渊源也许就属于这种情况;又如《"金蝉脱壳"有玄机——说百回本〈西游记〉中金蝉子的名实之变》有些论述未必没有道理,但也可能走远了点,文中指出"作为金蝉子,三藏的形象承载了太多传统文化赋予的符号性因子",作者巧妙地运用了"金蝉(脱壳)"的长生隐喻,为诸路妖魔劫掳唐僧提供了最直接的动力,而安排本性驯良恭谨的三藏轻慢佛法,致被贬历劫。以因果框架圈定了情节发生的原点,构建起叙事的纵向(升降)与横向(发展)逻辑。这是作者的从俗处,也是狡黠处。这种观点,依拙见,似稍有夸大之嫌,而其中的所谓"作者"及其作用也不甚了了。后一个问题在其他论文中也有表现,如《从铁扇公主形象的艺术演变透视百回本〈西游记〉的艺术创新》认定《西游记》"尽管删去了有关鬼子母与红孩儿之间的纠结枝蔓,刊落了与鬼子母相关的故事,但在删改的过程中还是留下了蛛丝马迹",这种"删去""刊落"恐怕不能只建立在相关情节或细节的有无、明暗比较上,在演变的复杂过程与中间环节尚不清晰的情况下,我们难以把上述情况只置于作者创作中的问题来理解。《民俗话语中"西游"故事的衍变——以常熟地区"唐僧出身"宝卷为例》论及各自流通渠道传播、并行的故事时说,它们"最终在《西游记》作者的手中还是有所取舍"。在我看来,其中似乎也隐然还有一点著者不甚认同的《西游记》中心意识存在。如果不能认定那些故事一定产生在百回本前,或者即使产生在前,也有可能是衍生出来的,未必处于《西游记》演变主脉序列中即未必为"著者"所了解,所谓"有所取舍"就只能是一种难以坐实的可能。——当然,我要补充说明的是,这些可以商榷之处并非错误。任何新说都可能存在着有待完善的地方,特别是在文献不足征的时候,而即使不完全周密的新说,也同样有激活思维、导夫前路的意义。

实际上,尽管胡胜的论文新见迭出,但他却从不刻意标新立异、强为之说。我个人一直以为《西游记》研究中有一个未解的谜团,就是道教思想是怎样大规模地进入其中的。我注意到胡胜在讨论《西游记》与全真教的关系时,有一条脚注说:"不论是文人视野中的《西游记》,还是民间宗教视域中的《西游记》,都和'丹道'纠结不清,这应该是世德堂本《西游记》'丹道'之说大量充斥的根本原因。"这显然是一个重要观点,与胡胜强调主脉、兼重民间的总体思路相切合,也与他在论述《洞天玄记·前序》时提出的"丹道西游"有关联。但或许因为材料仍在继续挖掘,观点还要不断锤炼,他并没有张皇其说。我以为,这既是胡胜治学审慎处,也让我们对他的"开放的西游学"抱有更多的期待。

开头说过,拜读胡胜书稿有一种伫足观景的感觉,但熟悉《西游记》语境的读者也都知道,赏景之后,往往又意味新的妖魔在前面。面对一个又一个艰难险阻,有人中道而止,有人一往无前。在《取经诗话》中,取经团队原本有七人,演变到后来,渐渐凝结成了《西游记》中的取经四众。其中缘故,值得深究。但我有时瞎想,没有写一两个掉队者、牺牲者,也许是《西游记》的某种缺憾。而胡胜当然属于坚持不懈者。他俯约小序,则可能是因为我曾参加过这个队伍。我虽然浅尝辄止,却也因为一度参与过,深知路途之艰辛,也很能感受终成正果的欣喜。上面拉拉杂杂的话,大概表达的也就是这个意思。

2022 年 12 月 22 日于西红室

绪论:跨文本视阈的生成

——新时期《西游记》研究之检讨

作为传世经典的《西游记》,进入21世纪后,其研究热度仍旧不减,论文数量更是呈井喷状态。据统计,自1950年至2000年的50年时间里,研究《西游记》的论文有800余篇,专著(包含港澳台)80余部①。时至今日,在中国知网以“西游记”为关键词,检索自2001年至2020年的论文(包含硕博士论文、期刊论文、会议论文、报纸),得到的结果是12976条,即便考虑到其中的“重复劳动”,将结果打对折,数量也是惊人的。这足以说明《西游记》作为名著的魅力历久不衰,也反映出当代“西游学”的蓬勃发展势头。就这20余年相关研究的总体态势而言,在众多学人的努力下有突破,有进展,甚至不乏亮点,但我们又不得不看到,相较于上个世纪的研究,总体进展有限,突破性成果极少,某种意义上可以说进入了瓶颈期,停滞不前。如何打破旧有研究僵局,突破思维定势,完成跨文本视阈的转换,推动《西游记》研究的深化,是摆在研究者面前的一个重要问题。

一

曾有学者对既往《西游记》研究作了回顾与总结,将百年《西游记》

① 参见苗怀明:《二十世纪〈西游记〉文献研究述略》,《学术交流》2004年第1期。

研究热点概括为“作者之争”“祖本之争”“孙悟空原型之争”“主题之争”等，与之相伴的是文本研究、文献研究、文化研究，进而指出：“今后的《西游记》文献学研究，要在对现有研究成果进行全面梳理与总结的基础上实现重心转移。”①如其所言，进入新世纪，不断有学者对《西游记》研究进行总结、梳理②，还出现了如《四百年西游记学术史》（竺洪波，复旦大学出版社，2006年）这样的学术史专著。但令人稍觉遗憾的是，意识到问题症结所在与解决问题，完全是两回事——目前相关研究依旧是“踌躇而雁行”，致力于学术转向的实践成果还不多。

所谓“踌躇而雁行”，指的是相比于20世纪，新时期研究者的关注热点其实没有发生根本改变，依旧围绕着作者身份、版本之辨、主题之争等问题展开。

众所周知，上世纪80年代，《西游记》作者之争，成为一时话题，自章培恒发表《百回本〈西游记〉是否吴承恩所作》③一文，对吴承恩的著作权加以质疑，可谓“一石激起千层浪”，学界按吴著说、非吴说，分成两大阵营，聚讼不断。进入新世纪，仍有大批学者就此问题纠结不已，且不乏“新见”，唐新庵、唐鹤征（唐顺之）、胡楱诸说纷出，一时倒也颇为热闹，只可惜这些“新见”的学理性不强，难以令人信服。倒是陈大康《〈西游记〉非吴承恩作别解》④一文，从吴承恩父亲吴锐的

---

① 崔小敬、梅新林：《〈西游记〉文献学百年巡视》，《文献》2003年第3期。

② 如苗怀明：《二十世纪〈西游记〉文献研究述略》，《学术交流》2004年第1期；郭健：《建国以来〈西游记〉主题研究述评》，《江淮论坛》2004年第2期；李蕊芹、许勇强：《近三十年“西游故事”传播研究述评》，《明清小说研究》2010年第3期；杜贵晨、王艳：《四百年〈西游记〉作者问题论争综述》，《泰山学院学报》2006年第4期；黄毅、许建平：《百年〈西游记〉作者研究的回顾与反思》，《云南社会科学》2004年第2期等。

③ 章培恒：《百回本〈西游记〉是否吴承恩所作》，《社会科学战线》1983年第4期。

④ 陈大康：《〈西游记〉非吴承恩作别解》，《复旦学报》（社会科学版）2018年第4期。

赘婿身份入手,论证《西游记》非吴承恩所作,别具新意。

当然还有就作者籍贯、孙悟空籍贯而展开的讨论,这其实是上一话题的延展。如杜贵晨认为《西游记》作者是山东泰安人,连发多篇文章[①],颇富启发意义;齐裕焜等曾就福建顺昌通天大圣、齐天大圣信仰发表系列论文[②]。惜这一看似仅关乎故事发源地域之争,实则牵扯研究全局的问题,最终没能深入展开。

再者,旧有的宗教问题研究也得到了一定程度的深化、细化。关于《西游记》的宗教问题,尤其与"全真教"之关系,澳大利亚华裔学者柳存仁曾主张存在过一个"全真本"的《西游记》[③],引起不小争议。进入新世纪,陈洪先后撰写《〈西游记〉"全真之缘"新证三则》(《新世纪图书馆》2012 年第 3 期)、《从孙悟空的名号看〈西游记〉成书的"全真化"环节》(《中国高校社会科学》2013 年第 7 期)、《〈西游记〉与全真教之缘新证》(《文学遗产》2015 年第 5 期);陈宏则发表《何道全与〈西游记〉——浅析孙悟空形象的心性学渊源》(《明清小说研究》2019 年第 2 期)、《葛藤语与荆棘岭——小议全真教观念对〈西游记〉文本的影响》(《文学与文化》2019 年第 4 期)。二人或宏观着眼,或微观剖析,对《西游记》文本中与"全真教"直接或间接相关的"沉淀痕迹"加以深入发掘,令人不得不信服"《西游记》在其世代累积成书的过程中,存在着一个'全真化'的环节"[④]。而赵益《通俗文学的

---

① 如《〈西游记〉与泰山关系考论》(《山东社会科学》2006 年第 3 期)、《从"钹"之意象看〈西游记〉作者为泰安或久寓泰安之人》(《明清小说研究》2007 年第 3 期)等较具代表性。

② 如《〈西游记〉成书过程探讨——从福建顺昌宝山的"双圣神位"谈起》,《福州大学学报》(哲学社会科学版)2006 年第 3 期。

③ 参见《全真教和小说西游记》,《和风堂文集》,上海古籍出版社,1991 年,第 1319—1382 页。

④ 陈洪:《从孙悟空的名号看〈西游记〉成书的"全真化"环节》,《中国高校社会科学》2013 年第 7 期。

作者属性及其文学意义——以〈西游记〉与全真教、内丹道的关系为中心》，谈及作者属性的内涵及意义，从通俗小说世俗性和商品性的本质提出截然相反的意见——《西游记》作者不可能是全真道士①。让我们惊愕于原本属于宗教问题的探讨，却成为作者之争的变相延续，衍生出两大块面问题“你中有我，我中有你”的纠结。

比起众说纷纭的作者问题，此期版本研究得到了一定程度的推进，一批成果相继问世。如日本学者矶部彰的《闽斋堂刊〈新刻增补批评全像西游记〉の版本》②、胡胜的《闽斋堂本〈西游记〉渊源初探》(《文学遗产》2008 年第 2 期)、李小龙的《从回目的比勘试探〈西游记〉版本问题》(《明清小说研究》2009 年第 1 期)、上原究一的《世德堂刊本〈西游记〉传本考述》(《文学遗产》2010 年第 4 期)、潘建国的《新见巴黎藏明刊〈新刻全像批评西游记〉考》(《文学遗产》2014 年第 1 期)等。上述文章分别从不同角度对《西游记》百回繁本，尤其是世德堂本和李评本的版本系统乃至其传播链条加以考辨，对进一步厘清《西游记》的版本谱系起了推动作用。此外关于《西游证道书》③《西游原旨》④《西游真诠》⑤《西游记评注》⑥《西游

① 赵益：《通俗文学的作者属性及其文学意义——以〈西游记〉与全真教、内丹道的关系为中心》，《文学研究》2016 年第 2 期。

② ［日］矶部彰：《闽斋堂刊〈新刻增补批评全像西游记〉の版本》，载矶部彰编《庆应义塾图书馆所藏闽斋堂刊〈新刻增补批评全像西游记〉の研究と资料》(上)，东北アジア研究セソター丛书，第 19 号，2006 年。

③ 王裕明：《〈西游证道书〉成书年代考》，《明清小说研究》2004 年第 4 期；曹炳建：《〈西游证道书〉评点文字探考》(上)(下)，《淮海工学院学报》(社会科学版)2006 年第 1 期、第 2 期。

④ 梁淑芳：《〈西游原旨〉内丹思想初探》，《全真道研究》2016 年 00 期。

⑤ 吴圣燮：《清刻〈西游真诠〉版本研考——〈西游记〉版本史之一》，《明清小说研究》2007 年第 4 期。

⑥ 郭健：《〈西游记评注〉：被忽视的清代评注本收官之作》，《文学遗产》2021 年第 1 期。

成

入手，甚而引起争鸣，启人深思。

学遗产》2004 年第 1 期），认为含有丹道术语的回目

的，祖本回目未必如此。石昌渝《〈朴通事谚解〉与〈西游记〉形成史问题》（《山西大学学报》哲学社会科学版，2007 年第 3 期），认为《朴通事谚解》对《西游记》平话的叙述可能经过明清人的改动、增益。潘建国《〈朴通事谚解〉及其所引〈西游记〉新探》（《古代小说版本探考》，商务印书馆，2020 年），则“确认旧本《西游记》的存在”。杜治伟《〈永乐大典〉所引〈西游记〉试探》（《明清小说研究》2020 年第 1 期），认为“‘大典’本《西游记》在‘谚解’本《西游记》的基础上有了新的发展，从而在整体架构和历难模式上进一步向百回本趋同，成为百回本最直接的祖本”。蔡铁鹰的专著《〈西游记〉的诞生》（中华书局，2007 年）是梳理“成书史”的探索性尝试。赵毓龙《西游故事跨文本研究》（中国社会科学出版社，2016 年），尝试以“故事”的演化、传播为线索，阐释小说、戏曲、说唱不同文本系统在“重述”“西游故事”过程中的不同规律和个性特征。以上研究的共同点是因循出新，即在旧有文献的爬梳、考辨基础上老干新枝，自出机杼。

续书研究方面，赵红娟《明遗民董说研究》（上海古籍出版社，2006 年），考索了董说的生平、交游及著述活动，全面评价其诗文及学术著作在明末清初的地位与价值，对《西游补》有全新阐释。傅承洲《关于〈西游补〉的几个问题》（《河北学刊》2016 年第 6 期），对《西

① 郭健：《清稿本〈西游记记〉作者、批语及价值考论》，《浙江大学学报》（人文社会科学版）2021 年第 1 期。

……景

……域泛化”对

……室《论〈西游记〉传

……《东南学术》2007 年第 5

期……西游记》故事系统的贡献在于塑造了

孙……《西游记》故事的基本内容。王晓云《西藏文

化与……记〉关系纵深研究预测》(《贵州文史丛刊》2014 年第 2 期),从民族的视角去审视藏地文化与《西游记》的关系。何卯平、宁强《孙悟空形象与西夏民族渊源初探》(《敦煌学辑刊》2018 年第 4 期),认为从猴行者到孙悟空形象的构成元素,有许多来自西夏民族。蔡铁鹰《猴行者与古羌人的氏族图腾及祖先传说——孙悟空形象探源之四》(《宁夏大学学报》社会科学版,1990 年第 3 期),认为猴行者“猴”的身份特征,有可能来源于西北地区古羌人(含藏、纳西、羌、彝

---

① 张怡薇:《明末清初〈西游记〉续书研究》,华东师范大学出版社,2020 年,第 353 页。

等次生民族)氏族图腾及祖先传说与玄奘事迹的附会。张同胜的《〈西游记〉与大西域文化关系研究》(中国社会科学出版社,2013年),是西游向“西”的“寻根”之旅。赵毓龙的《中华文学版图中的“西游故事”演化》(《民族文学研究》2020年第3期),则放眼整个中华文学版图内的多民族“西游故事”动态的发生、演化机制,对西游故事、人物原型演化的多民族之争,呈高屋建瓴之势。

域外传播方面,除了关注传统的英译本(余国藩、詹纳尔等译本)之外,法①、德②、蒙③,乃至东(南)亚④的文本流播、文化互动研究已蔚然成风。

二

新时期值得称道的是新材料、新文献的发现与整理。文献的发掘、整理,是深度研究的前提。前述版本问题得到一定程度的推进,即仰赖于新版本资料的面世。北京大学的潘建国教授主持出版了“海外所藏《西游记》珍稀本丛刊”,包括日本广岛市立中央图书馆、

① 邬晗来:《法国知识空间中的〈西游记〉:从耶稣会士到泰奥多尔·帕威》,载《国际比较文学》(中英文)2020年第3期。

② 王燕:《德译〈中国童话〉与〈西游记〉学术探究》,《中国人民大学学报》2017年第5期。

③ 荣荣、聚宝:《蒙古国所藏四种蒙古文〈西游记〉考论》,《民族翻译》2020年第3期。

④ 如木村淳哉:《中国明代四大小说在日本的传播研究》,博士学位论文,复旦大学中文系,2009年;宋贞和:《〈西游记〉与东亚大众文化》,博士学位论文,复旦大学中文系,2010年;黎亭卿:《中国古代小说在越南——以〈三国演义〉、〈水浒传〉、〈西游记〉为中心》,博士学位论文,华东师范大学中文系,2013年;谢冰玉:《神猴:印度“哈奴曼”和中国“孙悟空”的故事在泰国的传播》,社会科学文献出版社,2017年;刘清涛:《〈西游记〉的朝鲜传入与文人评价》,《明清小说研究》2020年第1期。

浅野文库藏《新刻出像官板大字西游记》,天理大学图书馆藏《新刻出像官板大字西游记》,广岛市立中央图书馆、浅野文库藏明刊本《李卓吾先生批评西游记》(北京大学出版社,2017年)等数种庋藏海外的珍本得以影印出版,这是可媲美上世纪《古本小说集成》《古本小说丛刊》《明清小说善本丛刊》中“西游专辑”的大手笔。除此之外,他还主持出版了“河图本”《李卓吾先生批评西游记》(国家图书馆出版社,2019年)。众所周知,上世纪中州古籍出版社影印出版了李评本。但遗憾的是,“河图本、历博本又因中州书画社的影印问题,版本面貌长期以来未获客观认知,其学术文献功能也没有能够充分发挥出来”①。此次出版最大限度恢复了河图本原貌,使“李乙本”版本信息得以客观呈现,对《西游记》版本研究起到了正本清源的作用。

在整理、出版《西游记》资料方面,日本学者矶部彰贡献颇多,他先后带给中国同行影印出版的《西游记雍正刊本与绘画》②、《闽斋堂本西游记》③、《上海图书馆所藏〈江流记〉原典と解题》、《〈进瓜记〉原典と解题》④、《〈西游记〉画三种の原典と解题》⑤、大阪府立中之岛图书馆藏《升平宝筏》⑥。这些珍稀资料的交流,使中国同行眼界大开。

中国台湾谢明勋的《西游记考论:从域外文献到文本诠释》(里

① 《李卓吾先生批评西游记·序言》,国家图书馆出版社,2019年,第5页。
② “东北アジア研究”第5号拔刷,2001年,第197—226页。
③ 〔日〕矶部彰:《闽斋堂刊〈新刻增补批评全像西游记〉の版本》,载《庆应义塾图书馆所藏闽斋堂刊〈新刻增补批评全像西游记〉の研究と资料》(上),东北アジア研究セソター丛书,第19号,2006年。
④ 〔日〕矶部彰编著:《〈进瓜记〉原典と解题》,东北大学东北アジア研究セソター,2011年。
⑤ 〔日〕矶部彰编著:《〈西游记〉画三种の原典と解题》,东北大学东北アジア研究セソター,2012年。
⑥ 〔日〕矶部彰编著:《升平宝筏》,东北大学出版会,2013年。

仁书局,2015 年)提及现存韩国之元代佛教石塔(敬天寺)“西游”故事浮雕。郝稷《新见美国伍斯特艺术博物馆所藏宋代雕像及其与西游取经故事关系考》,对美国伍斯特艺术博物馆所藏“观音”雕像(包括一名僧人及其猴形随从)考察,发现“它不仅表明观音有可能在宋代已成为西游故事中取经人的保护神,而且突出强化了早期西游取经故事呈现中常见的类型”①。难免让我们对域外文物、文献又添遐想。

综合文献资料汇编方面,有蔡铁鹰主编的《西游记资料汇编》(中华书局,2010 年),在上世纪朱一玄《西游记资料汇编》和刘荫柏《西游记研究资料》基础上做了大幅增删,可视为新时期《西游记》资料整理的小结。专题文献资料汇编方面,胡胜、赵毓龙先后校注《西游戏曲集》(人民文学出版社,2018 年)、《西游说唱集》(上海古籍出版社,2020 年),王富恩校注莆仙戏《西游记》(中国戏剧出版社,2008 年),泉州地方戏曲研究社整理《目连簿 · 三藏取经》(中国戏剧出版社,1999 年),朱万曙校点《新编目连救母劝善戏文》(黄山书社,2005 年),姜燕编著《香火戏考》(广陵书社,2007 年),朱恒夫、黄文虎搜集整理《江淮神书》(上海古籍出版社,2011 年),刘琳硕士论文《独山布依族民间信仰与汉文宗教典籍研究》(贵州师范大学,2008 年)采录了《佛说取经道场》,杨彦泠硕士学位论文《客家释教丧葬仪式“取经”科仪研究》(台湾“中央大学”,2017 年)涉及“取经科仪”。此外,一些私藏“秘本”的披露引人瞩目,如侯冲整理的《受生经》《受生宝卷》②以及《佛门取经科》(12 种)③,谢健所藏《杠府西游》④,许蔚所

① 《明清小说研究》2018 年第 2 期。

② 见侯冲整理:《佛说受生经》,《佛说受生宝卷》,载方广锠主编:《藏外佛教文献》第二编,中国人民大学出版社,2010 年。

③ 侯冲、王见川主编:《西游记新论及其他——来自佛教仪式、习俗与文本的视角》,台湾博扬文化实业有限公司,2020 年。

④ 《世界宗教文化》2015 年第 3 期。

藏《大圣真经》①,都是罕见的流落民间的珍稀资料。

伴随这些新材料的发现,研究者的视野进一步得到拓展,不仅在原有块面持续延展,也出现"旁移"与"下移"。所谓"旁移"与"下移",是相对于原来几成定势的研究焦点(作者、成书、版本)而言的,即连类而及的文本,如西游戏曲、西游说唱、西游图像等。

戏曲方面,既有如张净秋《清代西游戏考论》(知识产权出版社,2012 年),对"清代西游戏"的版本状况与源流、生成,尤其对宫廷大戏《升平宝筏》的分析研究,也有如赵毓龙对晚清、民国诸多西游戏的梳理研究②。对目连戏与《西游记》关系的关注也成一景。苗怀明的《两套西游故事的扭结——对〈西游记〉成书过程的一个侧面考察》(《明清小说研究》2007 年第 1 期)、谢健《仪式・文学・戏剧——〈西游记〉故事与目连救母渊源新证》(《世界宗教文化》2015 年第 3 期)、杨森《世德堂本〈西游记〉与〈目连救母劝善戏文〉的互文研究》(《徐州师范大学学报》哲学社会科学版,2011 年第 6 期)、胡胜《〈西游记〉与"目连戏"渊源辨》(《社会科学战线》2017 年第 7 期)等,对目连戏与《西游记》的纠结,做了梳理、考辨,进而对西游故事早期形态做出判断。

近年宝卷研究有渐热的趋势,但对西游宝卷的研究略显滞后。陈毓罴《新发现的两种〈西游宝卷〉考辨》(《中国文化》1996 年第 1 期)是上世纪屈指可数对西游宝卷精研的力作,其后直到本世纪,才

---

① 侯冲、王见川主编:《西游记新论及其他——来自佛教仪式、习俗与文本的视角》,台湾博扬文化实业有限公司,2020 年。

②《论后百回本时代"西游故事"的场上传播——以清代"牛魔王家族故事"为例》,《华中师范大学学报》(人文社会科学版)2018 年第 6 期;《舞台蝶变:清宫大戏〈升平宝筏〉对〈西游记〉案头叙事的因与革》,《艺术广角》2019 年第 5 期;《〈西游记〉在清代的文人重写与场上传播——以金兆燕〈婴儿幻〉传奇为例》,《社会科学战线》2020 年第 8 期。

有万晴川、赵玫发表《西游故事在明清秘密宗教中的解读》(《淮阴师范学院学报》哲学社会科学版,2006 年第 3 期),从宗教宣传、宗教阐释、宗教理想三个方面描述民间秘密宗教对西游故事的接受和解读。陈宏《〈二郎宝卷〉与小说〈西游记〉关系考》(《甘肃社会科学》2004 年第 2 期)对《二郎宝卷》作者、刊行年代等进行考辨,谈及其和《西游记》小说的关系。侯冲的《〈佛门请经科〉:〈西游记〉研究的新资料》(《宗教学研究》2013 年第 3 期)第一次提出,“将《西游记》研究放在斋供仪式的背景下展开,可以开辟《西游记》研究的新天地。”可谓灼识。左怡兵《〈真经宝卷〉取经故事探考》(《民族文学研究》2021 年第 2 期)等文对宝卷取经故事的关注,为讨论《西游记》版本流变增添了对照文本。赵毓龙《〈销释显性宝卷〉:描述“前世本”〈西游记〉形象的关键参照系》(《中南大学学报》社会科学版,2021 年第 3 期)指出,《销释显性宝卷》是用以描述“前世本”《西游记》形象的一个可靠文本。车瑞的《西游宝卷研究》(浙江大学出版社,2021 年),是第一本专题研究之作。

西游图像近年来也颇受关注。其中,考察小说插图与文本的互文叙事又是一个重点,如乔光辉《明清小说戏曲插图研究》(东南大学出版社,2016 年)设有专章(《插图之于小说戏曲之传播——以〈西游记〉为例》),再如杨森《明清刊本〈西游记〉“语—图”互文性研究》(西南交通大学出版社,2019 年)。于硕的博士论文《唐僧取经图像研究——以寺窟图像为中心》则是从美术史、宗教史视角研究取经图像。

其实,对西游图像的关注,上个世纪即已开始,李时人、张锦池在谈《大唐三藏取经诗话》产生年代时就有涉及①。惜乎后来学者的研

① 参见李时人、蔡镜浩:《〈大唐三藏取经诗话〉成书时代考辨》,《徐州师范学院学报》1982 年第 3 期;张锦池:《〈大唐三藏取经诗话〉成书年代考论》,《学术交流》1990 年第 4 期。

究多胶柱于图像产生年代与百回本小说之先后，典型者如对张掖大佛寺《西游记》壁画的研究①，其他西游壁画相关研究亦可一例观之。思维明显陷入单一化误区。

上述研究是伴随着新材料发现而来的，有突破旧有研究框架的趋势，表现为研究对象的选择，不再局限于百回本小说文本，既有纵向延伸，也有横向开拓。但稍觉遗憾的是，没能挣脱旧有的研究格局，很大程度上囿于固有的思维定势，在“成书—影响”这个流线型的链条上打转。即便专题性研究，也多是自发的，而非自为的，与真正的跨文本研究还有相当之距离。

总结起来，自上世纪现代“西游学”发轫，研究框架即以百回本为研究中心，由内而外包含三个层次：一是对百回本的审美阐释与文化解读；一是作者、版本考证；一是成书、影响研究。就这 20 余年的研究来看，如前所述，前两个层次的研究瓶颈已日益突出，可堪腾挪的空间日益狭隘，倒逼学界聚焦点外移，以戏曲、说唱、图像等资料为中心发力。但搜罗戏曲、说唱、图像资料的逻辑前提是什么？如果仅是用以补充百回本《西游记》“成书—影响”的线性轨迹，只需在胡适、鲁迅等前辈学者开辟的框架上添砖加瓦即可。这一阶段大部分研究即是如此。仅围绕作者、版本、成书努力挖掘新材料，成绩终是有限，即便伴随新材料的出现，视野开始投向百回本小说之外，但最终仍是形成辐辏于百回本中心的向心力，服务的还是百回本“成书—影响”的逻辑前提。

然而，今天看来，该逻辑前提是存在问题的：它脱离了“西游故

---

① 如蔡铁鹰：《张掖大佛寺取经壁画应是〈西游记〉的衍生物》，《西北师大学报》（社会科学版）2006 年第 2 期；周建：《张掖大佛寺取经壁画创作年代再探》，《文物鉴定与鉴赏》2010 年第 12 期；于硕：《大佛寺西游记壁画内容与绘制时间推证》，《敦煌研究》2011 年第 1 期。

事”演化传播的根本语境,预设并过度放大了百回本《西游记》的能动作用。千余年的《西游记》形成与传播史,归根到底是“西游故事”的演化与传播史。无论小说,还是戏曲、说唱、图像,都只不过是参与重述、再现故事的文本系统。在小说系统中,横空出世的百回本《西游记》具有绝高的艺术品位,以及无限的文化阐释空间,它的“干预能力”也确实超出了小说文本系统,甚至不限于文学艺术领域。但归根到底,它也只是故事演化传播史上的一个坐标(尽管是最关键的坐标)。更进一步说,各种“西游”戏曲、说唱、图像资料有属于自身文本系统的艺术传统和媒介成规,也有其特定的传播时空。而在广义的通俗文化语境内,它们分享素材,分享渠道,并进行着频繁而密切的艺术经验交流。应该承认:不是所有的艺术经验都必然指向百回本小说,也不是所有的艺术经验都必然从百回本小说流出①。

三

只有当我们将研究原点拉回到“故事”②,在跨文本视野内考察“故事的变身”情形,西游戏曲、西游说唱、西游图像等文本(系统)才能获得真正的自由,在新的言说语境联络、会通,更多以往被遮蔽的文艺现象才能被“发现”,形成非线性的“坐标点阵”,而在这一更接近历史真实的“坐标点阵”中,传统的作者、版本、主题研究,也可能获得新的增长点。

在建立、考察新“坐标点阵”时,有几方面值得注意:

一是回归各类“西游”文本系统的本体研究。

---

① 参见胡胜、赵毓龙辑校:《西游说唱集 · 前言》,上海古籍出版社,2020 年,第 1—2 页。

② 参见赵毓龙:《西游故事跨文本研究》,中国社会科学出版社,2016 年。

需要强调的是,“本体研究”与“专题研究”不是同一性质的问题。后者依然可能将研究对象视作百回本的“注脚”。所谓“回归”,是要回归戏曲、说唱、图像等文本系统的叙述传统与表现成规。

以往,学界对相关戏曲、说唱、图像文本的考察,倾向于将繁复多样的文艺实践,建构成一个“沙漏”。沙漏的腰部即百回本《西游记》这部“终极文本”;腰部以上——所有文艺实践看上去都是为了趋向于(或曰服务于)“终极文本”的形成;腰部以下——所有文艺实践看上去都是对“终极文本”的继承与发展。诚然,必需承认百回本无与伦比的艺术魅力和文化影响力,但不可回避另一个事实:戏曲、说唱、图像是不同的艺术样式,其生产、传播基于特定媒介形态和符号系统,这直接影响相应艺术样式的表现成规。即便自觉以百回本为蓝本,亦步亦趋敷演原著者,也必须首先遵循表现成规。

一个显而易见的道理:相同、相近表现成规的艺术样式之间更容易因循借鉴。比如“鬼子母揭钵故事”宋元时期已与“取经故事”聚合,却未被百回本吸纳、改造,但从阙名南戏《鬼子母揭钵记》到杨景贤《西游记杂剧》,再到张照《升平宝筏》,曲文因袭的轨迹十分清晰;再如“狐狸思春”故事,百回本中只是虚笔,到戏曲舞台上却成为重要“关目”,子弟书《狐狸思春》又从《升平宝筏》相关段落直接因袭唱词。这些与百回本的案头叙事经验都没有直接关系。更不用说长年“深耕”于民间腹地的地方戏,受百回本叙事经验的影响更少,原创活力更强。比如流传于福建莆田、仙游一带的莆仙戏《西游记》,仅根据“遇怪—斗怪—降怪”的简单模式敷演单元故事,却尽意添加风情戏谑的内容,以追求场上“热闹好看”的效果,生成诸如《双蝶出洞》《八戒投胎》①等特色剧目。这些剧目固然旨趣不高,想象稚拙,艺术品

① 王富恩校注:第十四卷《剧本》,载中国人民政治协商会议莆田市委员会、福建省艺术研究院编:《莆仙戏传统剧目丛书》,中国戏剧出版社,2008 年。

位也有限,但它们恰恰是当时“刍荛狂夫”直观消费的《西游记》,是其文化教养和知识结构中的“真正的《西游记》”。明清时期市民、乡民在称引《西游记》人物、情节时,多与百回本原著不合①,其所据“原典”显然不是百回本,而更可能是这些自成系统的戏曲、说唱本子。

如此看来,与其将这些文艺经验建构成一个“沙漏”,不如承认其带状分布的事实,进而在带状艺术传统中重新审视文本,发现其叙述故事的素材来源、经验来源和传播渠道。

当然,艺术传统只是叙述传统的一个层面,带状分布的不仅是文艺经验,还有可能是故事传播的实用主义路径。所以才有早期西游故事与民间佛道科仪的“合体”。民间宗教借重“西游”,目的明确——劝化众生,弘教、弘法,不会因为百回本《西游记》小说的梓行而改变自己的固有辙轨。所以才会有百回本《西游记》流行之后,戏曲、说唱乃至图像中的西游故事依然故我的状态。

二是打通壁垒,建立真正意义上的跨文本研究。这既是研究思路上的,也是研究方法上的。

跨文本研究的真正实现,不仅需要我们调整研究思路,也要更多借鉴其他人文学科与社会科学的研究方法和理论成果,不再局限于文学层面,借助宗教学、民俗学、艺术学,举凡能为我所用者,皆可罗致。

以图像研究为例,既往研究中文学与艺术作为不同学科,是各自为战的,搞艺术史的注重的是图像、造型在艺术史上的年代、意义,文学研究则偏重于文学意义本身,尤其与百回本小说的关联度,甚至不免预设前提:作为“副文本”的插图为文字叙述服务。只有摆脱固有的界限,突破思维定势,才能看到不同艺术形式中西游故事所承载的

① 赵毓龙:《称引:〈西游记〉经典化的通俗文学路径》,《江西社会科学》2020年第1期。

不同使命，于是我们看到了山西稷山青龙寺壁画中的西游水陆画[①]，看到了西游画册中的西游吊偈画[②]，看到了《目连簿》中的傀儡戏《西游记》。只有从不同学科视角出发，才会有更多的发现。

再以泉州傀儡戏《目连簿》中的《三藏取经》为例，一方面我们要看到它是与目连戏同台演出的民间戏曲，和前者一样具有超度功能，这和傀儡戏的本质功能是吻合的，剧本情节也多处包含祭仪的因素[③]。另一方面我们也要看到剧中人物与民众民间信仰的契合，如玄奘与宾头卢、与罗汉信仰的变迁[④]。同时，也应关注这一人物与泉州开元寺东西塔上同名雕塑之间的关系，只有这样才能全方位、多侧面解读这出特殊的传统戏曲，如果只局限于它与百回本之间的先后关系，无疑压缩了研究的意义。相反，在充分利用宗教学、民俗学、图像学多个学科视角之后，我们看到的是一部具有特殊意义的“西游故事”，在“南系”《西游记》故事板块中有不可替代的作用[⑤]。

三是在跨文本的基础上，还原“西游故事”演化传播的历史空间。

跨文本研究不是镂空凿虚，需要“落到实处”，这“实处”一方面固然是扎实的文献基础，另一方面也是更符合“中华文学史观”的历史空间。必须承认，千余年来的“西游故事”演化，是在中华文学版图

---

① 苏金成：《信仰与规范——明清水陆画图像研究》，上海大学出版社，2020年，第184页。

② 吴灿、胡彬彬：《新见〈西游记〉故事画》，湖南美术出版社，2019年，第149页。

③ 胡胜：《重估“南系”〈西游记〉：以泉州傀儡戏〈三藏取经〉为切入点》，《复旦学报》（社会科学版）2017年第6期。

④ 胡胜：《叠加的影像——从宾头卢看玄奘在“西游”世界的变身》，《文学遗产》2020年第5期。

⑤ 胡胜：《重估“南系”〈西游记〉：以泉州傀儡戏〈三藏取经〉为切入点》，《复旦学报》（社会科学版）2017年第6期。

内,在多民族平等对话和有机融合的动态机制中发生的①。这就需要我们尽可能还原故事在中华文学版图内的演化、传播系统。原本研究者视野中的《西游记》因玄奘的西行路线和西北有关,因吴承恩的假设和江淮有关。即便有学者提出设想,认为和东南沿海的福建有关②,也被轻易否定。造成这种现象的原因无他——研究者为自己头脑中固有的思维方式所禁锢。从作者的籍贯、人物原型、风物传说等出发,将作者、作品坐实为乡邦人物、风物,似乎成了许多研究者自觉担负的使命。其实大可不必,一切以文献为证,拿福建来说,是最值得考量的西游故事发源地之一,不论是顺昌的齐天大圣、通天大圣信仰,还是莆田、仙游大量的西游戏遗留,乃至泉州开元寺的东西双塔的文物参照(学界习惯上承认带刀猴行者是泉州西游标志物,殊不知塔上还有大量的西游人物③),加上一部已呈完整状态的傀儡戏《三藏取经》,福建无疑是西游故事的发祥地之一,有待于更多关注、更深入开掘相关研究。联系江淮一带关于西游的风物传说同样较多,文献存量较大,一套江淮神书("十三部半巫书")就使人无法否认它与西游故事的特殊情缘。以"江流故事"为例,全国南北多地的同题故事,不论怎样变化,某些细节上都打着江淮印痕,应是以此为源点流传出去的④。西北一路同样如此,多不胜数的西游壁画就是西游故事区域流行的最好证明。

---

① 赵毓龙:《中华文学版图中的"西游故事"演化》,《民族文学研究》2020 年第 3 期。

② 参见〔日〕中野美代子著,王秀文等译:《孙悟空的诞生》,《西游记的秘密》(外二种),中华书局,2002 年,第 410—420 页。

③ 胡胜:《小议"和合二仙"寒山、拾得与〈西游记〉的渊源》,《南开学报》(哲学社会科学版)2019 年第 1 期。

④ 胡胜:《民俗话语中"西游"故事的衍变——以常熟地区"唐僧出身"宝卷为例》,《渤海大学学报》(哲学社会科学版)2019 年第 5 期。

如果我们抛开成见，将相关地域连接，从原有的西北一线、淮海一线南移，将福建一线尤其是泉州、顺昌、莆仙几个点连接起来，考察、对比不同地域的西游故事，对其地域性特色做深入探讨，相信《西游记》的南北体系能够圆满对接。

如果能将地域空间衔接，我们就可以进一步追问，不同历史空间的故事形态是怎样传播的？地域重述如何进行？同样的"李翠莲施钗（刘全进瓜）"故事，在江淮神书和东北萨满神书①中皆有存在，划出了怎样的传播路径？经历了怎样的地域信仰融合？

总之，跳出百回本成书固有的程式化思维禁锢，借助跨文本视阈，我们看到的是一个迥异于以往熟知的西游世界，它们和百回本系统的故事遥相呼应，但又自成体系，它们可能负载于壁画（水陆画）、可能承载于仪式剧的文本，至今不绝如缕，在各地流传，成为隐秘的民间传承。西游故事就是这样，一方面是百回本故事光芒万丈，魅力无限，在主流文化中传承不息；一方面是另一类看似不起眼的西游故事，它们可能静静伫立于某一石壁，附着于某一帛面，同样在讲述自己的西游故事，它们的存在让我们看到了经典生成过程中的多元变化，并不是所有的故事情节都有进入核心聚光灯下的机会，它们默默承担着自己的使命。借用跨文本视阈、跨学科交融，使用历史学、民俗学、宗教学，跨越地域局限，我们对西游故事的生成会有更深的领悟。

（原载《文学遗产》2022 年第 4 期，有改动）

① 胡胜、赵毓龙辑校：《西游说唱集》，第 359 页。

百回本的流播、衍变

论百回本《西游记》的艺术形象重塑

——以孙悟空与猪八戒形象的演进为例

在小说《西游记》传世的系列版本中,明世德堂百回本是迄今为止我们所能看到的最早的写定本,它的出现在“西游”传播史上具有划时代的意义。如果我们将之与前此的系列“西游”作品加以认真比较分析,就会发现作为“世代累积型”的作品,这一百回本绝不仅仅是简单的量的累积,而是有了质的飞跃,这种“质的飞跃”当然要归功于它的写定者。尽管这位写定者是否为吴承恩,目前尚存在争议,但他的艺术创新无疑是了不起的:不论是对传统题材的选择与剪裁、情节的构思、形象的塑造,还是思想意蕴的升华,都堪称大手笔。这从小说的主要人物孙悟空和猪八戒的艺术形象演化上,即可窥见一斑。

一

在世德堂百回本《西游记》中,孙悟空和猪八戒的地位无疑是举足轻重的,他们二人相辅相成、相得益彰。可以这样讲,小说的成功很大程度上得益于这两个形象刻画的成功。作为一部“世代累积型”作品,这两个形象又都不是一蹴而就的,皆经历了漫长的演进过程。然而我们又必须看到,正是经过了世德堂本写定者的回春妙手,才使他们获得了真正意义上的生命力,流传千古而不朽。所以,考察孙悟空与猪八戒形象的演变,可以使我们对百回本《西游记》的艺术创新有更为深刻的认识。

对于百回本《西游记》中的这两个形象,读者都极为熟悉。此二者在很多方面都是对应(有时是对立)的。

从外表上说,孙悟空是毛脸雷公嘴,瘪颏腮,行动中带有“猴气”:轻灵矫健,变化多端,一个筋斗可以翻出十万八千里。而猪八戒则是碓挺嘴、蒲扇耳的猪样,用他自己的话说“走路扛风”,变化起来也一如其人,只会变些假山、大象之类的笨物,“飞腾华丽之物委实不能。”

从性格上讲,孙悟空促狭、顽皮而又机智过人;猪八戒蠢笨憨直以至有些呆头呆脑,然又偏生喜欢自作聪明。前者洁身自爱,不染女色;后者可以说天性中自带“痴憨”。

总的看来,如果说孙悟空是西行队伍的核心,那么猪八戒则起了很好的帮衬作用,用孙悟空的话是“放屁添风”。八戒在小说第十九回正式加盟取经队伍,紧接着便是第二十回“黄风岭唐僧有难,半山中八戒争先”,师徒们遭遇黄风怪,八戒首立战功。在以后的日子里,八戒往往成了开路先锋。尤其遇到悟空难以施展的水战之时,他就开始大展神威。流沙河、通天河、黑水河……只要是水里的勾当,就离不开他。还值得一提的是,每每遇到一些悟空不屑于干的功劳时,八戒常常主动上前。典型者如第六十七回七绝山稀屎衕,“(八戒)脱了皂直裰,丢了九齿钯”,“好呆子,捻着诀,摇身一变,果然变做一个大猪”,立了一场“臭功”①。从这个角度看,猪八戒可以说是猴哥的好帮手。

但我们不得不看到猪八戒与孙悟空之间的“龃龉”,即猪八戒在很大程度上又成为孙悟空(乃至整个西行队伍)行动上的阻力。大家熟知的“尸魔三戏唐三藏”(第二十七回至第三十回)最具代表性:师徒们行至白骨岭,白骨夫人几次变化戏弄唐僧,均为悟空识破。而猪八戒却为一己私欲没有得到满足(美色、美食尽皆落空),再三进谗,

---

① (明)吴承恩著,李天飞校注:《西游记》,中华书局,2014 年,第 866 页。

诬陷悟空打死平人,导致悟空被逐,接下来便是遭遇黄袍怪,唐僧化虎险些丧生。再如第七十五回,正当孙悟空与狮驼岭的青狮大王舍生忘死争斗之时,猪八戒却在动摇军心:

> 却叫:"沙和尚,你拿将行李来,我两个分了罢。"……"分开了各人散火,你往流沙河,还去吃人;我往高老庄,看看我浑家。将白马卖了,与师父买个寿器送终。"①

搞得整个取经军团人心涣散,濒临解体。类似的论调、类似的情形在书中随处可见。猪八戒成了整个取经队伍的最大隐患。孙悟空一方面要对付西天路上的群魔,一方面还要留神这位满脑子"小农意识"的弟兄,不时对他薄施惩戒,用八戒的话说:"常照顾我捆,照顾我吊,照顾我煮,照顾我蒸!"(第八十八回)而这种惩戒有时又成为八戒抱怨乃至忌恨他的潜在原因。如果说悟空是西行队伍的"向心力",那么八戒就是不折不扣的"离心力"。求取真经的整个过程就是在猴哥与妖魔的周旋以及和八戒的纷争、合作中完成的。

二人之间的这种"对立",既为西行之路平添了不少曲折险阻,同时也为原本沉闷、凶险的西行之旅增加了不少笑声。正因为有了这种微妙的关系,这两个形象才相得益彰。

如果以上所说还只局限于显性层面的话,那么让我们再深入到书中的隐性层面去探究一下二者的对应关系。事实上,这两个形象在隐性的寓意层面上同样是对应的,具有一种相生相克的微妙关系。这点从某些回目的设置上就可见一斑:

> 婴儿问母知邪正,金木参玄见假真(第三十八回)

① (明)吴承恩著,李天飞校注:《西游记》,第969页。

心猿遭火败,木母被魔擒(第四十一回)

圣僧夜阻通天水,金木垂慈救小童(第四十七回)

心神居舍魔归性,木母同降怪体真(第七十六回)

心猿妒木母,魔主计吞禅(第八十五回)

木母助威征怪物,金公施法灭妖邪(第八十六回)

禅到玉华施法会,心猿木母授门人(第八十八回)

结合小说的具体情节,我们知道"心猿""金公"指的是孙悟空,"木母"(有时也称"木龙")无疑指代猪八戒。从他们在回目中并列出现的频率就可以感知二者在作家心目中的地位。如果从中国传统的阴阳五行之说中可以得到"金克木"的启示,那么二者之间时时存在一些纷争则是顺理成章的事。更需要说明的是,百回本《西游记》中存在着大量诸如此类的丹道术语,而这些丹道术语如果具体分析起来恐怕并不仅仅是一个个没有实际意义的符号,它们与小说形象是紧密相连的,往往语带双关。这一点恐怕也是《西游记》复杂于《三国演义》《水浒传》等作品的一个主要原因,也是从小说诞生之日起便有人试图解读其深层寓意的原因。人们往往对"以西游证道"之说不以为然,甚至痛加批驳。其实这种解读并非无的放矢,如果换个角度,或许更有助于我们理解形象。在传统的丹道学中,"金""木"分别指代人体的"精""气",又称为"铅""汞",二者一升一降,难以相投、和合。如果二者能够匹配,便成正果(大丹将成)。《西游记》的高明处就在于它将这种原本玄妙的专门术语和小说人物形象紧密地连在了一起,溶解在情节当中,使人物别具寓意。第十九回,收八戒之后,有诗为证:"金性刚强能克木,心猿降得木龙归。金从木顺皆为一,木恋金仁总发挥。"①以五行中的所谓"金从木顺"暗喻八戒皈依,

① (明)吴承恩著,李天飞校注:《西游记》,第276页。

兄弟和合。再如第三十九回,救转乌鸡国王之后有诗云:“西方有诀好寻真,金木和同却炼神。”①第六十一回,兄弟齐心大战牛魔王,诗曰:“和睦五行归正果,炼魔涤垢上西方。”②结合小说具体情节,不难理解“金”与“木”之间的微妙关系,其实就是悟空与八戒之间关系的真实映衬。

正因为有了这些或明或暗的描写,才使得孙悟空、猪八戒这两个对应形象更加耐人寻味,形成了独特的美学品格。

二

从前文的简单描述不难看出,作者在孙悟空、猪八戒这对形象身上是花费了大功夫的。如果追溯一下这两个形象的“成长”过程,我们就会更加惊异于这位写定者的超凡功力。

在“西游”系列作品中,孙悟空的出现远比猪八戒为早,名气也大得多。早在《大唐三藏取经诗话》(以下简称《取经诗话》)中,孙悟空的雏形——猴行者就出现了。他是以一白衣秀士的身份出场,自称是“花果山紫云洞八万四千铜头铁额猕猴王”,曾“九度见黄河清”③。从这些带有炫耀色彩的自叙中可以体味到,他身上带有很浓重的本土道教妖魔的味道。但因《取经诗话》本身“寺院俗讲”的性质决定了其“弘佛”的宗旨(《取经诗话》“孩儿周岁便通经”等近乎夸张的情节描述即是明证),所以猴行者是自愿佐助法师西行的。他的形象还显得比较单薄,其法力有限,只是一个受佛法感召的“志愿者”。

至杨景贤《西游记杂剧》中,这一形象进一步丰满起来,发生了很

① (明)吴承恩著,李天飞校注:《西游记》,第525页。

② (明)吴承恩著,李天飞校注:《西游记》,第793页。

③ 李时人、蔡镜浩校注:《大唐三藏取经诗话校注》,中华书局,1997年,第3页。

大变化,某种程度上说更适合市民的审美情趣。他在第九出出场,自称:

> 一自开天辟地,两仪便有吾身。曾教三界费精神。四方神道怕,五岳鬼兵嗔。六合乾坤混扰,七冥北斗难分。八方世界有谁尊。九天难捕我,十万总魔君。小圣兄弟姊妹五人:大姊骊山老母,二妹巫枝祁圣母,大兄齐天大圣,小圣通天大圣,三弟耍耍三郎。喜时攀藤揽葛,怒时搅海翻江。金鼎国女子我为妻,玉皇殿琼浆咱得饮,我盗了太上老君炼就金丹,九转炼得铜筋铁骨,火眼金睛,鍮石屁眼,摆锡鸡巴。我偷得王母仙桃百颗,仙衣一套,与夫人穿着,今日作庆仙衣会也。①

这一大段话向我们提供了有关这一形象的大量信息:他是父母精血所生,他有姊妹五个,个个身手不凡。他本人叫"通天大圣",大哥叫"齐天大圣";他十分好色,强抢了金鼎国公主为妻;还喜欢小偷小摸,先是偷饮了玉皇殿琼浆,又偷了老君金丹和王母仙桃、仙衣。此外,他还具备铜筋铁骨、火眼金睛等显著生理特征。这样《西游记杂剧》中的孙悟空形象基本上就定格了。说起来更像一市井无赖,油腔滑调,满身流气。

而在《西游记平话》(平话已佚,据朝鲜汉语教科书《朴通事谚解》的几条相关小注,大致勾勒出话本的轮廓)的记载中,孙悟空已越来越向百回本中的"齐天大圣"靠近了:

> 西域有花果山,山下有水帘洞,洞前有铁板桥,桥下有万丈

① (元)杨景贤:《西游记杂剧》,载胡胜、赵毓龙校注:《西游戏曲集》,人民文学出版社,2018年,第70页。

> 洞,洞边有万个小洞,洞里多猴,有老猴精,号齐天大圣,神通广大,入天宫仙桃园偷蟠桃,又偷老君灵丹药,又去王母宫偷王母绣仙衣一套,来设庆仙衣会。老君、王母具奏玉帝,传宣李天王引领天兵十万及诸神将,至花果山与大圣相战失利,巡天大力鬼上告天王,举灌州灌江口神曰小圣二郎,可使拿获。天王遣太子木叉与大力鬼往请二郎神,领神兵围花果山。众猴出战,皆败,大圣被执当死。观音上请于玉帝,免死;令巨灵神押大圣前往下方去,乃于花果山石缝内纳身,下截画如来押字封着。使山神、土地镇守,饥食铁丸,渴饮铜汁。待我往东土寻取经之人,经过此山,观大圣肯随往西天,则此时可放。其后唐太宗敕玄奘法师往西天取经,路经此山,见此猴精压在石缝,去其佛押出之。以为徒弟,赐法名吾空,改号为孙行者,与沙和尚及黑猪精朱八戒偕往。在路降妖去怪,救师脱难,皆是孙行者神通之力也。法师到西天受经三藏东还,法师证果旃檀佛如来,孙行者证果大力王菩萨,朱八戒证果香华会上净坛使者。①

这段记载中有关孙悟空的出身,循《取经诗话》及《西游记杂剧》而来,但又有所变化。他在取经过程中的作用无形中得到了加强,这从"在路降妖去怪,救师脱难,皆是孙行者神通之力也"就可以深切感知。再加上"车迟斗圣"一回云梯打坐使促狭、隔物猜枚啃青桃、油锅洗澡要肥枣(皂)②,顽皮而又不乏幽默的性格已现端倪。

相比较而言,猪八戒的出场比悟空要晚得多。他是取经队伍的最后加盟者。《取经诗话》中除法师、猴行者之外,另有一个深沙神(沙僧前身),但没有猪八戒,至《西游记杂剧》中他才姗姗出场,排名

① 蔡铁鹰:《西游记资料汇编》,中华书局,2010年,第480页。

② 蔡铁鹰:《西游记资料汇编》,第482页。

却还在沙和尚之后。他的身份是“摩利支天部下御车将军”,是位“金色猪”。长得“喙长项阔,蹄硬鬣刚”,自号黑风大王,摄走了裴太公的女儿裴海棠。孙行者最后借助二郎细犬之力将其收伏①。在《西游记平话》中,他则成了“黑猪精”,排名依然在沙僧之后(名字也有一点差异,是“朱八戒”),最后“证果香华会上净坛使者”②,此外不详。但基本可以推断,他的地位远逊于孙行者,“车迟斗圣”一回根本就没有被提及。总体上看,猪八戒的性格比较单一化,除了好色之外,没给人留下什么特别的印象。

从两人的形象追溯中不难看出,这两个形象与百回本中的对应者还存在很大的差异。《大唐三藏取经诗话》《西游记杂剧》的中心人物皆是法师,孙行者尚且只是一个配角(当然他的风头还是盖过了法师)。拿《西游记杂剧》来说,计有六本二十四出,孙行者直到第三本第九出才出场,而且妖气十足,猪八戒就更不用说了。至百回本中,二者才脱胎换骨,面貌一新。孙悟空取代唐僧成为全书的“书胆”,于是就有了紧张刺激的前七回故事。从石猴出世、拜师学艺、龙宫借宝、勾销死籍,一直到大闹天宫,奠定了孙悟空的传主地位。同样令人惊叹的是,猪八戒的形象也被提升到一个前所未有的高度,将他作为孙悟空形象的对应。二人相得益彰,优势互补,使西行之旅洒满了笑声,使读者在轻松愉快中感受着取经师徒们的自我超越。

三

百回本中孙悟空与猪八戒形象塑造的成功,关键在于“写定者”为二者所动的“手术”。这两个形象的美学意义是在对前此形象的改

① 胡胜、赵毓龙校注:《西游戏曲集》,第84—96页。

② 蔡铁鹰:《西游记资料汇编》,第481页。

造过程中逐步获得的。可以说孙悟空与猪八戒这两个形象的改造是百回本最成功的一笔。

百回本中孙悟空取代唐僧成为“书胆”，成为一个一往无前的战斗英雄。作为这样一个形象，他身上不宜有太多污点。可是他的“前辈”们，要么胆小委琐，如《取经诗话》中的猴行者；要么太过流气，如《西游记杂剧》中的通天大圣。尤其是后者，不仅好偷而且好色，他强抢金鼎国公主为妻，为了讨好自己这位压寨夫人，居然偷了王母绣仙衣一套，搞什么“庆仙衣会”。而且在人前（尤其是女人面前）言谈举止极其下流。这个孙行者与此前的猴行者大大不同，猴行者对宗教有一种虔诚，孙行者身上则透出一股油滑气，或者说是流气；前者是一个宗教徒，后者更似一个市井无赖。

另外，《取经诗话》中的猴行者和杂剧中的通天大圣、平话中的吾空性格中的反抗因子都不是很强，对天宫的反叛其实是被动的。《取经诗话》中的猴行者没有明显的反叛行径，只是路过西王母池时（“入王母池之处第十一”），向法师追诉自己当年曾因偷吃蟠桃受罚：

> 我因八百岁时偷吃十颗，被王母捉下，左肋判八百，右肋判三千铁棒，配在花果山紫云洞。至今肋下尚痛。我今定是不敢偷吃也。①

除这一令其至今心有余悸的盗窃行为之外，没见有什么其他“不轨”行为。《西游记杂剧》就复杂了许多：不仅偷了仙桃、饮了琼浆、吃了仙丹，还偷了一套绣仙衣。事件的起因皆在一个“色”字，为了讨好自己的压寨夫人，才引出这一连串的麻烦。面对前来围剿的天兵天将，

---

① 李时人、蔡镜浩校注：《大唐三藏取经诗话校注》，第31页。

他显得有点儿底气不足，一会儿“行者作慌科”，一会儿“行者作走科”，几乎不敢正面交手。好在他会驾筋斗云，会变化，“小圣一个筋斗，去十万八千里路程，那里拿我。我上树化个焦螟虫……”①这是他值得注意的新本领。最后被捉拿归案，还是观音求情，压在花果山石缝中等待唐僧。当唐僧路过此地，收他为徒，本应感恩戴德，可他被放出来后的第一反应竟是“好个胖和尚，到前面吃得我一顿饱，依旧回花果山，那里来寻我”②。故而观音又传了唐僧紧箍咒以为约束。在女儿国如果不是头上的金箍发生效用，肯定再次破（色）戒。

《西游记平话》中他的行为虽然被明确称为“闹乱天宫”，但在偷桃、偷酒之外也涉及到“绣仙衣”，所以令人疑心其行为动机是不是也和女色有关。这样一个“五毒俱全”的形象恐怕很难作为正面人物隆重推出。他要取代唐僧成为第一主人公，“英雄不好色”是必然的。于是作者花了很大一番心思，对他进行“净化”处理。首先将原本由于自身不光彩行为引发的灭顶之灾（因色而盗），改为因忿“玉帝不会用贤”，起而大闹天宫。这样就为闹天宫寻到了一个合理的解释，猴王的形象一下子就立了起来。同时又进一步把他和女色剥离开来，使之与女色没有任何瓜葛，他可以自豪地宣称：“我从小儿不晓得干那般事”（第二十三回）。另外又洗尽了他身上的“妖气”，不仅不再吃人，而且洁身自爱。在宝象国唐僧遇难，八戒去花果山敦请大圣重新出山降妖救师那回（第三十一回），有一段文字颇耐人寻味：

那大圣才和八戒携手驾云，离了洞，过了东洋大海，至西岸，住云光，叫道：“兄弟，你且在此慢行，等我去下海去净净身子。”八戒道：“忙忙的走路，且净甚么身子？”行者道：“你那里知道。

① 胡胜、赵毓龙校注：《西游戏曲集》，第72—73页。

② 胡胜、赵毓龙校注：《西游戏曲集》，第77页。

我自从回来这几日，弄得身上有些妖精气了。师父是个爱干净的，恐怕嫌我。”①

仅此即可知，百回本中的悟空对“正”“邪”之分是看得非常分明的。与此相连的是他对取经事业的百般执着。而这一切都是为了突出他作为一个正面形象所作的努力。这样就将一个原本充满妖气、流气，胆小、委琐的孙行者，一变而成一个充满豪侠气概，为理想勇往直前的“斗战胜佛”。百回本中的孙悟空身上带有浓重的“市民英雄”气息。他尚气好胜、“有仁有义”、为理想百折不挠的性格，深为读者所喜爱。

值得我们注意的是，对孙悟空的“净化”是和对猪八戒的“丑化”同步进行的。作者一边不遗余力地删削孙悟空身上的“劣迹”“污点”，努力使孙悟空之形象光彩照人；一边煞费苦心地“丑化”猪八戒。前面说过，传统西游故事中猪八戒是取经队伍的最后加盟者，但在百回本中却异军突起，风头不仅盖过沙僧，连唐僧也要逊色三分，在读者心中的地位直线上升，直逼猴哥儿。这主要归功于作者为这一形象动的“手术”：笔锋轻轻一转，便将悟空形象中的不光彩因素过滤干净，而猪八戒除了承载许多原本属于两个角色的缺点——好色之外，另加上贪吃一说。这样就成功地将其猪样的外表与贪吃、嗜色的性格紧密地结合在一起，使其成为食色二欲的象征。于是，猪八戒顺理成章变为“丑”角大全：贪色、贪吃、说谎、善妒、爱小、恋家、意志薄弱，简直集万千“宠爱”于一身。

这样一改，原本就好色的猪八戒，在百回本中变得更“色”，甚至于在女人面前难以自持，一次次在女色面前摔跟斗。先是酒醉戏嫦娥，被贬下凡，误投猪胎，为猪样的外表寻到了一个合情合理的解释。

① （明）吴承恩著，李天飞校注：《西游记》，第423页。

接下来旧习难改，先是卵二姐，后是高翠兰，两番倒踏门，直到被迫加入取经队伍，一直没有忘“情”。“莫氏山庄”“女儿国”“天竺国”，屡屡出丑。除了好色之外，猪八戒还添了另一个大毛病——贪吃。因为食量大，在高老庄时就为丈人所厌弃。西行一路更是因忍饥挨饿，所以他不放过每一次吃的机会。第四十七回在陈家庄、第五十四回在女儿国、第九十三回在布金禅寺，读者不止一次见到他大吃的特技表演。只要有了“吃”，八戒大脑思维似乎都简单化了，第二十八回，黄袍怪骗说唐僧正在吃人肉包子，他居然信以为真，冒冒失失往里就走。这固然有夸张的成分，但充分说明了“吃”对他的诱惑之大。正是由于他对食、色的渴求每每得不到满足，所以又滋生出其他的一些缺点，诸如善妒、爱占小便宜、爱说谎等。也正是由于有了这么多的缺点，八戒的形象才空前丰满起来，作为本能欲望驱使下的“感性”人，获得了一种广为认可的“世俗性”。和悟空正好相反，悟空是以自身的优点（坚忍执着，笑对一切困难，为理想百折不挠）赢得读者；而八戒恰恰是因为有了这许多缺点才让人觉着可亲可近。所以百回本尽管有“丑化”八戒的嫌疑，但却使他赢得了读者的喜爱。

可以说，百回本写定者对这两个人物所进行的“净化”和“丑化”处理，一方面获得了“寓庄于谐”的艺术效果，使小说的艺术品位比此前同类作品有所提升；另一方面这两个形象之间微妙的“互动”效应，即二者间的相互掣肘、制衡，使小说情节复杂化了。从某种意义上说，孙悟空代表的是理想化人格，是“超我”；猪八戒代表的是潜意识人格，是“本我”。由此可见，真正使悟空、八戒获得永久艺术生命的是百回本的“写定者”。这位“写定者”（吴承恩也好，其他人也好）是伟大的，他使原本稚拙、散乱、只活跃在说书人口头或者戏剧舞台上的故事，走上了文人案头，走进了读者视野。他重新诠释了原本古老的取经故事，为之注入了鲜明的时代特征。其浓烈的主体意识的渗透，使百回本《西游记》避免了像《大唐三藏取经诗话》那样氤氲在宗教的祥光瑞霭中；也不再像《西游记杂剧》那样一味地轻浮调笑；也不再如《西游记平话》追求“热闹好看”。相反，却在原本一个宗教故事框架中楔入了自己对社会、人生的独特思考，在滑稽谑浪的文字背后隐藏了自己的一颗“傲世之心”，使原本意蕴单一的故事变得深邃、复杂、厚重起来。于是，虚幻的神魔世界变成了真实人世的投影，他笔下的人物也就相应地承载了更多的社会意义，原本苍白的“扁平”人物变成了意蕴厚重的“圆形”人物，从而获得了永恒的艺术魅力。

（原载《广州大学学报》社会科学版 2004 年第 12 期，有改动）

从铁扇公主形象的艺术演变透视百回本《西游记》的艺术创新

《西游记》为"世代累积型"成书这一看法目前已成为学界的共识,但也有人认为,这样一说,似乎就无形中削弱了百回本创作者(是否吴承恩尚有争论)在文学史上的地位,贬低了他的创造力。其实这完全是一种认知上的偏差。因为作为"世代累积型"作品,百回本的出现绝不仅仅是简单的量的累积,而是有了质的飞跃。正是这位天才创作者才使这部奇书获得了独特的美学品格,成为具有划时代意义的巨著。他的艺术创新是全方位的:不论是对传统题材的选择与剪裁、情节的构思、形象的塑造,还是思想意蕴的改换都堪称大手笔。限于篇幅,这里只以铁扇公主(罗刹女)的形象演变为例,略窥其创新之一斑。

一

铁扇公主尽管在百回本《西游记》中只是一个小小的配角,却无疑是刻画得较为成功的人物形象之一。这一人物乃至整个牛魔王家族系列形象的成功塑造,堪称百回本的神来之笔,充分体现了小说"神魔皆有人情,精魅亦通世故"①的世俗性特点。但如果追溯《西游

① 鲁迅:《中国小说史略》,《鲁迅全集》第九卷,人民文学出版社,1981 年,第 165 页。

记》的演进历程，我们会发现铁扇公主这一形象其实是整合了元代《西游记杂剧》中的“鬼子母”和“铁扇公主”两个人物，将其合二而一，从而使这一传统人物获得了新的艺术生命。

现今我们所能看到的铁扇公主这一形象，最早出现在“西游”系列故事中，是在元末明初杨景贤的《西游记杂剧》中。此时的她还“只是”一个妖魔，形象很苍白。涉及到她的情节主要在第十八出“迷路问仙”、第十九出“铁扇凶威”、第二十出“水部灭火”（情节尚属关联，本人却已退场）。前一出演述唐僧师徒离了女人国，山中迷路，询问采药仙人才知，离此间五百里，有一火焰山，“山东边有一女子，名曰铁扇公主。他住的山，名曰铁鎈峰。使一柄铁扇子……一扇起风，二扇下雨，三扇火即灭，方可以过。”①尚未出场，就已先声夺人。偏生去借扇子的孙行者油腔滑调，风言风语地调戏她。铁扇公主原本就不是什么善男信女，她一出场的自报家门就已透露个中消息：

> 妾身铁扇公主是也，乃风部下祖师，但是风神皆属我掌管。为带酒与王母相争，反却天宫，在此铁鎈山居住。到大来是快活也呵！②

接下来用了两曲【滚绣球】进一步强化：

> 孟婆是我教成，风神是我正果。我和骊山老母是姊妹两个。我通风他通火。角木蛟井木犴是叔伯亲，斗木獬奎木狼是姑舅哥。当日宴蟠桃惹起这场灾祸。西王母道他金能欺风木催槎。

① 胡胜、赵毓龙校注：《西游戏曲集》，第103页。
② 胡胜、赵毓龙校注：《西游戏曲集》，第103页。

当日个酒逢知己千盅少，话不投机一句多。死也待如何！①

这扇子六丁神巧铸成，五道神细打磨；阎浮间并无二个，上秤称一千斤犹有余多。管二十四气风，吹灭八十一洞火。火焰山神见咱也胆破，恼着我呵，登时间便起干戈。我且着扇扇翻地狱门前树，卷起天河水上波。我是第一洞妖魔。②

试想，一个连西王母都不放在眼里、浑身充满戾气的魔头，当人家欺上门时，当然不会善罢，所以伴随着一声"这胡狲好生无礼！"便将同样魔性十足、天地不怕的孙行者扇得"滴溜溜半空中"③。没有办法，行者求告观音，于是就有了第二十出"水部灭火"。观音差雷公、电母、风伯、雨师等水部神通降雨，除了火山之害。伴随矛盾顺利解决，铁扇公主也悄然退场。统观全剧，她只是伴随火焰山而出现的一个较为简单化的人物，没有百回本中那样复杂的人际关系，也没有那样复杂的性格。

这里需要特别说明的是，她和红孩儿没有任何血缘关系。因为《西游记杂剧》中的红孩儿（又名爱奴儿）另有其母，并且是大名鼎鼎的鬼子母。第十二出"鬼母皈依"，演述红孩儿变化迷失路途的孩童，唐僧命行者驮他，行者一怒将之丢下涧去，红孩儿趁机掳走唐僧。行者、沙和尚与火龙（尚未收八戒）三人见观音佛，观音同样无计可施，只好同往问世尊佛。世尊揭示了他们母子二人的来龙去脉，并派揭谛神用钵盂罩住了红孩儿（爱奴儿），于是引出了"鬼子母揭钵"。鬼子母为救爱子，统帅鬼兵与佛兵一场大战，最后被哪吒擒获，皈依了佛门，成为世尊座下诸天。

① 胡胜、赵毓龙校注：《西游戏曲集》，第103页。
② 胡胜、赵毓龙校注：《西游戏曲集》，第104页。
③ 胡胜、赵毓龙校注：《西游戏曲集》，第104页。

这一场"揭钵"公案实缘于佛经。关于鬼子母其人其事，许多佛经都有相关、相近的记载。如梁僧旻《经律异相》卷四十六《鬼子母经·鬼子母先食人民佛藏其子然后受化第八》详细讲述了事件的前因后果：

昔有一母，人甚多子息，性恶无慈，喜盗人子，杀而啖之。亡子之家，不知谁取，街巷涕哭，如是非一。阿难出行，辄见涕哭，还已共议伤亡子家，佛知故问众何等议，阿南白佛……佛便为阿难说，是国中盗人子者，非凡夫人，是鬼子母。今生作人，喜盗人子。是母有千子，五百子在天上，五百子在人间，千子皆为鬼王。一王者从数万鬼，如是五百鬼王在天上娆诸天，五百鬼王在世间娆帝王人民。如是五百鬼王，天亦无奈何……佛语阿难，到是母所，伺其出已，敛取其子，著精舍中。即往伺敛，得数十子逃精舍中。母来不见，便舍他子不敢复杀，行索其子，遍不知处，行道啼哭，如是十日。母便自蹿自扑，仰天大呼，不复饮食……如是至三，母知盗人子为恶，即起作礼，我愚痴故……鬼子母闻佛说，一心自悔，即得须陀洹道，长跪白佛言：愿佛哀我，欲止佛精舍，傍，我欲呼千子，我欲使与佛结要，我欲报彼天上、天下人恩。佛言：善哉。如汝有是意，大善。佛言便止精舍边，其国中人民无子者，来求子当与之子，自在所愿，我当敕子往，使随护人，不得复妄娆之。欲从鬼子母求愿者，名浮陀摩尼钵，姊名炙匿，天上、天下鬼属是摩尼钵主。四海内船车，治生有财产，皆属摩尼钵。摩尼钵与佛结要，受戒，主护人财物，炙匿主人若有产生当往救之。①

① 《鬼子母经》卷46，明万历四十年刻本，转引自刘荫柏：《西游记研究资料》，上海古籍出版社，1990年，第361—363页。

关于鬼子母的记载,引人注目的是她喜盗食人子,同时又对己子充满了神圣的母爱,最终在佛法的感召下成了民间的保护神。

鬼子母在“西游”系列故事中的出现要远远早于铁扇公主。早在玄奘法师记述西行见闻的《大唐西域记》中便出现了她的名号、事迹:“梵、释窣堵波西北行五十余里,有窣堵波,是释迦如来于此化鬼子母,令不害人,故此国俗祭以求嗣。”①接下来,她的形象又出现在《大唐三藏取经诗话》中(“入鬼子母国处第九”):

> 登途行数十里,人烟寂寂,旅店稀稀。又过一山,山岭崔嵬,人行不到,鸦鸟不飞,未知此中是何所在……逡巡投一国,入其殿宇,只见三岁孩儿无千无万。国王一见法师七人,甚是信善,满国焚香,都来恭敬……遂惠白米一硕、珍珠一斗、金钱二千、彩帛二束,以赠路中食用。又设斋供一筵,极是善美……鬼子母赠诗云:稀疏旅店路蹊跷,借问行人不应招。西国竺天看便到,身心常把水清浇。早起晚眠勤念佛,晨昏祷祝备香烧。取经回日须过此,顶敬祇迎住数朝。②

这里的鬼子母是一个比较和善的形象,未给法师一行造成什么伤害,相反还有很多馈赠,甚至情意殷殷地希望“取经回日须过此,顶敬祇迎住数朝”。总而言之,这是一个近乎于女儿国国王的形象(鬼子母不同于女王的是她对法师没有什么非分之想)。当然,《大唐三藏取经诗话》“寺院俗讲底本”③的性质决定了它的“弘佛”倾向。所以,

---

① (唐)玄奘撰,章撰点校:《大唐西域记》卷2,上海人民出版社,1977年,第53页。

② 李时人、蔡镜浩校注:《大唐三藏取经诗话校注》,第24—25页。

③ 关于《大唐三藏取经诗话》的成书年代、性质,参看李时人、蔡镜浩:《〈大唐三藏取经诗话〉成书时代考辨》,《徐州师范学院学报》1982年第3期。

不论是鬼子母,还是治下的鬼子,对佛法都持一种亲善态度,这从上述的引文中可以感知。而这种对佛法的虔敬,很大程度上消弥了人物自身的性格特征(全书人物不论主次,都有这一趋向)。

至杨景贤的《西游记杂剧》,鬼子母这一形象则被充分艺术化了①。尽管她是一个妖魔,但身上却洋溢着母性的光辉,为救爱子,不惜与佛主成仇,颇具叛逆色彩。当然,这种反叛主要源于母爱,为救儿子,最后还是皈依了佛法。可以说母爱成为她性格的全部支点。

和鬼子母不同的是,铁扇公主在"西游"故事中出现得比较晚,尽管明万历间余象斗的《南游记》(《华光天王传》)中也出现了铁扇公主,但《南游记》明显是《西游记》的仿作,所以铁扇公主的形象是否另有渊源,不敢妄断。从剧本来看,她是一个"孤家寡人",只是仗恃手中宝扇,胆气粗豪而已(其实,她的性格和孙行者倒有几分相似,都是无法无天的魔头)。引人注目的是,在杂剧中,铁扇公主和鬼子母是两个毫不相干、各自独立的人物形象。她们都有自身性格逻辑,风格迥异。鬼子母突出的是母爱,铁扇公主突出的是狂傲。也许这本是分属于各自独立的民间故事体系的两个形象,被剧作者同时"攒"进了一部作品里,但剧作者想不到的是,到了百回本《西游记》,鬼子母和铁扇公主居然奇迹般地合二而一了。换句话,经过百回本作者的回春妙手,杂取种种,本来井水不犯河水的两个形象居然合成了崭新的、活生生的"这一个"——一个迥异于以往的女魔形象。而这一"合成",最关键一笔,在于将红孩儿(爱奴儿)从鬼子母身边移到了铁扇公主的膝下,于是红孩儿成了铁扇公主的儿子,而原本属于鬼子

---

① (明)徐于室、(清)钮少雅《汇纂元谱南曲九宫正始》著录有《鬼子揭钵》元传奇;今人傅惜华《元代杂剧全目》也著录有《鬼子母揭钵记》。至于《西游记杂剧》中的"鬼子母揭钵"与同名杂剧之间的交互影响到底如何,由于后者的缺失,无法断言。可以肯定的是,这本是一个在民间流传已久的独立故事,最后被攒进了"西游"故事系列。

母形象中的母性和温情也就在不知不觉中被移植到了铁扇公主的身上。这样一来,后者的形象一下子就丰满起来,成了“圆形”人物。

二

百回本尽管删去了有关鬼子母与红孩儿之间的纠结枝蔓,刊落了与鬼子母相关的故事,但在删改的过程中还是留下了蛛丝马迹。第四十二回,唐僧等被阻号山,孙悟空受制于红孩儿的三昧真火,不得已前往南海求告观音菩萨,有一段文字很耐人寻味:

> ……须臾,按下云头,直至落伽崖上。端肃正行,只见二十四路诸天来迎着道:“大圣,那里去?”行者作礼毕,道:“要见菩萨。”诸天道:“少停,容通报。”时有鬼子母诸天来潮音洞外报道菩萨得知:“孙悟空特来参见。”菩萨闻报,即命进去。①

西行途中孙悟空降妖失败,非止一次求助观音菩萨,统计起来径至落伽山即有七次之多,迎接诸神也远非一人:第十七回,黑风山收熊罴,“早有诸天迎接”;第二十二回,流沙河收沙僧,“到紫竹林外,又只见那二十四路诸天,上前迎着”;第二十六回,三岛求方,菩萨“即命守山大神去迎”;第四十九回,受阻通天河,“只见那二十四路诸天与守山大神、木叉行者、善财童子、捧玉龙女,一起上前,迎着施礼”;第五十七回,落伽山诉苦,“撞入紫竹林中。忽见木叉行者迎面作礼”;第五十八回,真假猴王,径至落伽山,“早惊动护法诸天,即报入潮音洞里”②,但却只有这一次出现了“鬼子母诸天”字样。分明向我们泄露

---

① (明)吴承恩著,李天飞校注:《西游记》,第563页。

② (明)吴承恩著,李天飞校注:《西游记》,第253、316、370、651、742、753页。

了个中消息:红孩儿与鬼子母之间原有某些牵缠不清的瓜葛。

作者的高明处即在于不仅删去了鬼子母一支,将相关因子转嫁给铁扇公主,同时对铁扇公主这一传统形象又进行了再创造,让她除了"铁扇公主"的名号之外另有一别名"罗刹女"。值得注意的是,她所使用的不再是"铁扇"而是"芭蕉扇",并相应地将她的居所也改成了颇具生活气息的"芭蕉洞"。然而最关键的还不是对这把扇子的改动,而是在这个人物身上注入了新鲜血液。作者充分发挥想象,调整了人物关系,不仅让铁扇公主多了个儿子,而且为她设置了一个家庭,她一下子成了具有多重身份的人妻、人母。可以说,百回本的作者创造性地将神魔还原为世俗人,使之天然地具备了世俗人的情感。这一点,在铁扇公主乃至牛魔王家族的一干人等身上体现得尤为明显。

比之杂剧,百回本中的铁扇公主首先是多了个丈夫——大力牛魔王。围绕着牛魔王作者又精心编织了一个规模庞大的世系亲情网,在亲情的环绕中,充分展示了人物的性格特征。

牛魔王和孙悟空在五百年前成为结义兄弟(第三回),之后兄弟二人各自走上了不同的生活道路。孙悟空被压五行山,后来皈依佛门,一心一意保唐三藏西天取经;大力牛魔王则继续自己"自在为王"的江湖好汉生涯。不知何时,铁扇公主成为牛魔王的发妻,同时成了红孩儿的生母。本来按照传统的活法,"相夫教子"应是她生活中很重要的一部分。遗憾的是,铁扇公主并没有过上平静的生活。先是儿子红孩儿在号山枯松涧为王,不安本分,捉住了唐僧,欲加杀害,并仗着三昧真火打败了孙悟空,结果给自己引来灭顶之灾,被观音菩萨收归南海,成了善财童子,从此告别了自己的世俗生活。这样的结局对红孩儿也许不错,但对铁扇公主却是致命一击。母亲失去了自己惟一的爱子,她所承受的痛苦可想而知(此处情节轮廓明显移自杂剧)。

更为令人伤感的是，此时的罗刹女，对儿子的爱已经成了她生活的全部寄托，因为她原本失去了丈夫。作者在为她选择了丈夫的同时，还为她设立了一个情敌——玉面公主。牛魔王移情别恋，另筑爱巢，使她成了一个弃妇，乃至怨妇。她不得不面对这样的现实：夫妻离异，丈夫另有新欢。从第六十回孙悟空在积雷山与玉面公主的一段对话，可以想见在这样一段婚姻生活中，她是如何的忍气吞声：

> 那女子（按，指玉面公主）一听铁扇公主请牛魔王之言，心中大怒，彻耳根子通红，泼口骂道："这贱婢，着实无知！牛王自到我家，未及二载，也不知送了他多少珠翠金银，绫罗缎匹；年供柴，月供米，自自在在受用，还不识羞，又来请他怎的？"①

由此可见玉面公主的霸道、蛮横，可以说她完全独占了牛魔王的感情。铁扇公主徒有正妻的名份，却只能空自垂泪、暗地气苦。她再也不是那个满身戾气、踢天弄井的妖魔了，她为人妻、为人母，这种多重身份决定了她的多重性格特征，对儿子充满期望，同时对丈夫充满依恋。

然而现实是无情的。正在被人遗弃的痛楚之中苦苦挣扎的铁扇公主还不得不承受"丧"子之痛，独生爱子远赴南海，再无相见之期，子去夫离的悲惨境遇，使得她的性格略显乖僻，甚而不近人情。在与孙悟空"三调芭蕉扇"的冲突中，吃了大亏。最后不得不违心地献出宝扇，寂寞修行去了。她身上有着太多世俗女性的性格特征，而这种俗情，使得她比起元杂剧中的形象更易为人所接受。

《西游记杂剧》追求的是一种"场上"效果，强调"热闹好看"，迎合的是一种市民趣味，因而人物形象流于油滑。这一点不论在孙行

① （明）吴承恩著，李天飞校注：《西游记》，第776页。

者还是铁扇公主身上，都体现得较为明显。所以我们看到的似乎只是魔与魔之间的争斗（尽管孙行者已皈依佛门，但依然满身妖气）。杂剧中的铁扇公主与孙悟空本无仇恨，她扇飞孙悟空纯是出于维护自己的尊严，是一个魔头被损伤了颜面后的正常反应，而百回本中则远不止于此。本来，如果照《西游记杂剧》的逻辑发展，铁扇公主应该依然是幸福的，因为她拥有独一无二的宝扇，坐镇火焰山，保一方平安，吃四方供养，威风八面。到了百回本中也还是一再强调她的宝扇的无上威力。面对八百里火焰山，只有她的宝扇“一扇熄火，二扇生风，三扇下雨”①，才能保佑当地百姓布种收割，五谷生养。诚为一方霸主！然而，宝扇依然还是那把宝扇，人却不再是那个人了，铁扇公主在这里生活得很不如意。她的牵挂太多了，她已经成了为七情所苦的世俗人，陷子之仇没时或忘，偏偏那孙悟空又前来借扇，也就难怪铁扇公主会急红了眼。小说第五十九回的那一段描写活画出罗刹女此时此刻的复杂心态：

> 那罗刹听见“孙悟空”三字，便似提（撮）盐入火，火上浇油；骨都都红生脸上，恶狠狠怒发心头。口中骂道：“这泼猴，今日来了！”叫：“丫鬟，取披挂，拿兵器来！”②

真是仇人见面，分外眼红。不由分说，在孙悟空头上乒乒乓乓砍了数十剑，末了，一扇子将他扇飞出去。在对孙悟空的仇恨里边，夹杂着远比杂剧中人物更为复杂的个人情感。和孙悟空舍生忘死的拼斗，未尝不是对自己不幸命运的一种发泄。最终她还是失败了。尽管对牛魔王充满怨怼，但她还是深爱着自己的丈夫，所以才会在牛魔王被

---

① （明）吴承恩著，李天飞校注：《西游记》，第764页。
② （明）吴承恩著，李天飞校注：《西游记》，第767页。

擒、生死攸关的关键时刻献出了宝扇,口口声声只要诸神饶恕牛魔王的性命。

应该说,铁扇公主对儿子、对丈夫的深情,使这一形象具有了"人味儿",而这一点,恰恰是元杂剧中铁扇公主所不具备的。因为有着"丧"子之痛的是鬼子母。作为一位母亲,为救爱子,她率领鬼兵,与世尊为首的佛家势力展开较量,上演了"鬼子母揭钵"的闹剧,却以失败告终,只得皈依佛门,用自己的皈依换取儿子的自由。百回本作者移植了她性格中的母性因子,注入铁扇公主的体内,使得这一形象焕发出母性的光辉来。只不过铁扇公主直接面对的不是佛教至尊,而是取经团队,而且这一次矛盾的焦点悄悄转移了。不再是为几句无关紧要的风言风语,也不再是为自己的所谓尊严而战,她为的是帮儿子讨还一个"公道"(尽管站在另外一个角度看,红孩儿的结局是咎由自取,但在母亲心中儿子往往永远是正确的)。

和鬼子母相比,二人有相似处,又有很大不同。她们都对儿子充满亲情,为爱子舍生忘死,哪怕面对的是无边佛法。结局都是失败,但鬼子母的失败是另外一种生活的开始,没有太多的悲剧意味,而铁扇公主的结局却充满悲剧色彩。作为一个女人,她不仅失去了儿子,失去了丈夫(尽管他是个负心人),还险些失去了宝扇,在众神的鄙夷、白眼乃至讪笑声中寂寞修行去了。

三

百回本中铁扇公主的形象无疑是成功的,这种成功除了上述所论,得益于作者对杂剧中鬼子母形象的嫁接、移植之外,还在相当程度上得益于作者对旧有情节结构的合理改造,使情节和人物紧紧相连,在矛盾斗争中凸显人物性格。

关于火焰山的记载,在传统西游故事中已出现,但远不如百回本

完整、精彩。元代的《西游记平话》中出现了所谓的红孩儿、火炎(焰)山:

> 今按法师往西天时,初到师陀国界,遇猛虎毒蛇之害,次遇黑熊精、黄风怪、地涌夫人、蜘蛛精、狮子怪、多目怪、红孩儿怪,几死仅免。又过棘钩洞、火炎山、薄屎洞、女人国及诸恶山险水,怪害患苦,不知其几。此所谓刁蹶也。①

尽管红孩儿、火炎(焰)山字样都已出现,但未涉及牛魔王,也未出现铁扇公主的名号(虽然铁扇公主的故事似乎一直依附着火焰山),并且红孩儿和铁扇公主之间是否有血缘关系也是未知数。

而出现在同时代的《销释真空宝卷》②内容似乎已进一步丰富起来,出现了牛魔王、罗刹女:

> 正遇着,火焰山,黑松林过。
> 见妖精,和鬼怪,魍魉成群。
> 罗刹女,铁扇子,降下甘露;
> 流沙河,红孩儿,地勇夫人;
> 牛魔王,蜘蛛精,设入洞去,
> 南海里,观世音,救出唐僧……③

从排序上看,红孩儿在罗刹女(如单纯从名称上看,这一别名的使用,

① 见〔朝鲜〕边暹等编辑《朴通事谚解》中关于《西游记平话》注,转引自蔡铁鹰:《西游记资料汇编》,第479页。

② 关于《销释真空宝卷》的写作年代(元末明初),参见赵景深:《谈〈西游记平话〉残文》,《文汇报》1961年7月8日,第三版。

③ 蔡铁鹰:《西游记资料汇编》,第457页。

似说明这一人物形象有所变化)之后,牛魔王又在红孩儿之后。这三者关系究竟如何还是很难说。退一步讲,即使三者关系一如百回本,具体情节恐怕也未必如此丰赡(这从《西游记平话》中的“车迟斗圣”一节可以约略推出)。只有到了百回本中,火焰山才被大书特书,整整用了三回的篇幅(第五十九至六十一回)加以铺演。

从全书的情节设置上看,“火焰山”正处于西行关键处,从笔墨的分布上看,“三调芭蕉扇”无疑又是作者的着墨重点。从情节上讲,可以说是环环相扣。前因后果,伏脉千里。从人物性格上看,逐渐发展。百回本作者匠心独运处显示在将人物性格展现在矛盾冲突中。火焰山一节,在杂剧中铁扇公主只是独自一人,最后观音命“水部灭火”便告收场。孤立的事件、孤立的人物。到了百回本中,这一切都得到了改观。首先是火焰山一难位置的变异,它被调整到了全书的关键处,无疑是作者有意为之,因为从前文引述的《西游记平话》看,“火炎山”的位置很靠前。

另外,情节前后关联,堪称深文周纳。五百年前,大圣闹天宫,与牛魔王等结拜。随着大圣的失败,同盟宣告瓦解,兄弟几人各奔东西。五百年后,大圣皈依佛门,而牛魔王俨然已成一方霸主,他娶妻罗刹女,生子红孩儿。本来已经走上不同生活道路的兄弟二人,各不相干,偏偏那红孩儿因在号山枯松涧劫持了唐僧,被观音菩萨收归南海。无意之间,行者与牛魔王一家,尤其是与铁扇公主结下了深仇大恨。火焰山一役之前,唐僧师徒经过女儿国误饮子母河水,悟空为解唐僧与八戒的胎气去解阳山寻落胎泉,遇见了牛魔王的弟弟如意真仙,双方展开一场争斗。这场争斗其实只是火焰山一役的前奏而已,是山雨欲来风满楼的造势。就这样,作者经过层层铺垫,令矛盾不断纠结,终于在第五十九回总爆发了。三调芭蕉扇,数场血战,如火如荼。

一调芭蕉扇,是与铁扇公主的直接冲突;二调芭蕉扇,引出了牛

堪设想。尽管女王(包括国中其他妇女)也曾受过中原文化的熏陶,“知书识史”,但是茕茕独立、形单影只的生活状态,却使她产生了严重的压抑心理,正所谓:“千年只照井泉生,平生不识男儿像。见一幅画来的也情动,见一个泥塑的也心伤。”(【混江龙】)[1]在这种近乎变态心理的驱使下,她一见唐僧便禁不住春心荡漾,唱道:“但能够两意多情,尽教他一日无常。天魔女邪施伎俩,敢是你个释迦佛也按不住心肠。”(【鹊踏枝】)[2]接下来更是不顾一切,将唐僧捉翻,便欲非礼。此时的另外两支曲子将女王的心态刻画得更加淋漓尽致:

> 【寄生草】直裰上胭脂污,袈裟上腻粉香。似魔腾伽把阿难摄在淫山上,若鬼子母将如来围定在灵山上,巫枝祇把张僧拿住在龟山上。不是我魔王苦苦害真僧,如今佳人个个要寻和尚。[3]

> 【幺】你虽奉唐王,不看文章。舜娶娥皇,不告爷娘。后代度量,孟子参详。他父母非良,兄弟参商,告废了人伦大纲,因此上自主张。你非比俗辈儿郎,没来由独锁空房。不从咱除是飞在天上,箭射下来也待成双。你若不肯呵,锁你在冷房子里。枉熬煎得你镜中白发三千丈。成就了一宵恩爱,索强似百世流芳。[4]

还好是韦陀神及时出现,在神杵的威压下,女王才不得已放了手,可接下来却道:

① 胡胜、赵毓龙校注:《西游戏曲集》,第 97 页。
② 胡胜、赵毓龙校注:《西游戏曲集》,第 98 页。
③ 胡胜、赵毓龙校注:《西游戏曲集》,第 98 页。
④ 胡胜、赵毓龙校注:《西游戏曲集》,第 99 页。

【尾】……你如今去,我这里收拾下画堂,埋伏下兵将,等回来拿住再商量。[1]

可谓淫心不死。从她的行为、语言上,很难想象这是一位贵为人主的“女”王,说是男性淫魔也不为过,某种程度上更像一个被情欲冲昏了头脑的色情狂。

由以上的简单对比,可以看出,《大唐三藏取经诗话》在“弘佛”倾向之下,突出的是佛法无边;而《西游记杂剧》则突出的是市民意识,重在滑稽调笑,甚至流于油滑。至百回本这一故事才充分地发展起来,总体倾向有了很大的变化。最显著的一笔是,写定者对这一情节中涉及到的人物全部进行了不同程度的净化处理,尤以女王为最。

前文已详述了,《西游记杂剧》中的女王俨然一色情狂,动辄动粗、用强,百般要挟。到百回本中,作者充分注意到了她作为一国之君的风度、涵养。首先,女王是一个仁德之君,她治下的女儿国人口稠密,市井繁华,“市井上房屋整齐,铺面轩昂,一般有卖盐卖米,酒肆茶房;鼓角楼台通货殖,旗亭候馆挂帘栊”(第五十四回)[2]。其手下的驿丞、太师等大小官员的精明干练无不显出她作为一国之君的治国才干。从这一角度说,她还颇有些女强人的意味。但书中同时又强调她的无比美貌,“眉如翠羽,肌似羊脂。脸衬桃花瓣,鬟堆金凤丝。秋波湛湛妖娆态,春笋纤纤娇媚姿。”[3]在她身上不但看不到一丝的横暴粗鲁,相反却温文多礼,心思细密。她对唐僧一行,尤其是唐僧心存爱意,但绝不用强。只是委派手下大臣去尽力招待取经四众,并且在适当的时机提出了联姻的要求。这一形象与杂剧中的“先

① 胡胜、赵毓龙校注:《西游戏曲集》,第100页。
② (明)吴承恩著,李天飞校注:《西游记》,第707页。
③ (明)吴承恩著,李天飞校注:《西游记》,第712页。

辈”相比，实在是天悬地隔。

百回本写定者的高明处在于，为使这一转变合情合理，将女王性格中“色情狂”的一面转嫁了出去，妙笔一分，于是下文出现了一位蝎子精。可以说这位蝎子精是写定者为净化女王而凭空杜撰的，她是杂剧里女王性格中横暴、色情部分的外化。

之所以有此一说，是因为蝎子精是百回本独有的，前此有关的“西游”系列故事中不见踪影。《大唐三藏取经诗话》中没有；《西游记杂剧》中不见；《销释真空宝卷》①提到罗刹女、红孩儿、地勇（涌）夫人、牛魔王、蜘蛛精，就是没有蝎子精。而最为人们看好的《西游记平话》中的记载更是耐人寻味：

> 今按法师往西天时，初到师陀国界，遇猛虎毒蛇之害，次遇黑熊精、黄风怪、地涌夫人、蜘蛛精、狮子怪、多目怪、红孩儿怪，几死仅免。又过棘鉤洞、火炎山、薄屎洞、女人国及诸恶山险水，怪害患苦，不知其几。此所谓刁蹶也。②

既提到“女人国及诸恶山险水”，也列举了诸多妖怪，可还是没有蝎子精。可知蝎子精应是百回本写定者的独创。此时此地之所以多此一举，目的明确——净化女王。所以，蝎子精便顺理成章地承担了“历史的重负”，元杂剧中女王的“情色”被剥离之后，全部转嫁到她的头上了。这也是女儿国和毒敌山前后两个故事紧密相连的原因，正所谓“脱得烟花网，又遇风月魔”。这样我们就可以理解，为什么蝎

① 关于《销释真空宝卷》的写作年代（元末明初），参见赵景深：《谈〈西游记平话〉残文》，《文汇报》1961 年 7 月 8 日，第三版。

② 见〔朝鲜〕边暹等编辑《朴通事谚解》中关于《西游记平话》注，转引自蔡铁鹰：《西游记资料汇编》，第 479 页。

子精的某些行为看起来和《西游记杂剧》中的女王那么相似。因为后者原本就是前者的一部分。杂剧中女王的口号是:“不从咱除是飞在天上,箭射下来也待成双”(强逼);“你若不肯呵,锁你在冷房子里”(威胁);“枉熬煎得你镜中白发三千丈。成就了一宵恩爱,索强似百世流芳”(色诱)①。威逼利诱双管齐下。再看百回本中的蝎子精,简直就是前者的翻版。先是劝慰:“御弟宽心。我这虽不是西梁女国的宫殿,不比富贵奢华,其实却也清闲自在,正好念佛看经。我与你做个道伴儿,真个是百岁和谐也。”②而当唐僧无视她的百般媚态,心如死水,全不动念之际,那女怪终于恼羞成怒:“一条绳,捆的像个猱狮模样。”③二者行为、语言如出一辙。

由此看来,蝎子精这一人物在本质上与女王是二而一的,是百回本的写定者为净化女王,将杂剧中的同一形象一分为二了。

正因为是写定者灵机一动的独创,所以这一女妖的形象,比之百回本中的其他妖魔来说显得粗糙。已有学者敏锐指出:她身上有着其他妖魔的影子,和它们在性格、行为上有某些重叠之处。以她的行为动机(捉唐僧以采元阳)来说,分明是地涌夫人(白鼠精)的翻版;而结局,被昴日星官(公鸡)降伏,和百眼魔君被毗蓝婆(母鸡)降服,又有很多相似处④。归根到底,蝎子精这一形象尽管略显粗糙,但这一形象出现的积极意义是不容抹煞的。她的出现将女王性格中原本野蛮、暴力、色情的一面,全部过滤了,净化了,维护了人物性格的统一,同时提升了作品的审美格调。类似这种省净之笔,百回本中不止一例,唐僧、孙悟空、猪八戒等都做了一定程度的净化处理。由此可

① 胡胜、赵毓龙校注:《西游戏曲集》,第99页。
② (明)吴承恩著,李天飞校注:《西游记》,第719页。
③ (明)吴承恩著,李天飞校注:《西游记》,第724页。
④ 参见苏兴:《新批〈西游记〉》,江苏古籍出版社,1992年,第649页。

见写定者的审美取向已和传统西游作品有了质的区别。不再仅仅是弘教,也不再单纯地迎合低级情趣,写定者用自己寓庄于谐的独特风格取代了原本泛滥的色情。这样,在他的笔下,传统题材焕发了生机,平添了新意。而正是这种既承负传统,又超越传统的浓烈主体意识,才使得百回本《西游记》获得了新的艺术生命,拥有了独特的艺术品格。

三

以上我们从人物塑造的角度,剖析了百回本《西游记》中女儿国的创新。其实,围绕着女儿国还有许多迥异于传统的东西。在《大唐三藏取经诗话》以及《西游记杂剧》等作品中女儿国都是“独立王国”,即与其他魔难是平行的,没有任何瓜葛。以至于如果将它的位置前后移动,对作品总体的艺术效果并不会产生太大的影响。而百回本则不然。“九九八十一难”的总体构思,是情节演进的潜在动力。写定者将“吃水遭毒”“西梁国留婚”“琵琶洞受苦”三难和其他情节水乳交融般地结合在一起,几近天成。“在穷山恶水,惊险怪幻的总体文字流泻中,加进了柳暗花明的人间景象,其旖旎风流的浓度,不亚于《水浒传》在朴刀杆棒打斗、虎啸猿啼惊心动魄之中,插进潘金莲故事以新人耳目也。”①诚然,在百回本中,女儿国的位置,前接“大闹金兜洞”,后续“真假孙悟空”,二者都是“道高一尺,魔高一丈”的激烈打斗场面。中间忽然夹进唐僧、八戒误饮子母河水,行将分娩,令人啼笑皆非;加之女王情意殷殷,一心招赘夫郎,香艳异常。故事节奏明显放缓。这一张一弛,令读者原本绷紧的心弦,有了些许放松。由此可见,写定者对于相关情节的设置,可谓煞费苦心。

① 参见苏兴:《新批〈西游记〉》,第638页。

如果说从总体构思上,女儿国一段增加了百回本全书情节的张力,那么,仅就这一情节自身的发生、发展,也有许多意想不到的新变化,不乏创造性的发挥。

首先,活用了“饮水产儿”的传说,让唐僧、八戒“心怀鬼胎”,增加了小说的诙谐意味,与他处的诙谐雅谑一起形成了全书滑稽谑浪的美学风格,令人耳目一新。百回本《西游记》诙谐滑稽,触手生春,女儿国可见一斑。

与此同时也为后文的“三调芭蕉扇”做好了铺垫,“草蛇灰线,伏脉千里”。有子母河,必有落胎泉,有落胎泉,就有了如意金仙。如意金仙的出现不仅增加了取水的难度,并且预示着未来将有更大的险阻。试想,红孩儿之叔尚且记挂“陷侄之仇”,其父母该当如何?“三调芭蕉扇”势在难免。可以说山雨未来风满楼的造势,已使读者的审美期待变得更加迫切。说到如意金仙,在传统的“西游”作品中踪影全无,他和蝎子精一样,恐又是写定者的独创。因为传统的素材里,先后有牛魔王、罗刹女、红孩儿出现,但三者间似并无瓜葛。到了百回本写定者手里,信笔一挥,于是三人组成了家庭,随之出现了“牛魔王家族”。牛魔王由原来特立独行的魔头,一变而成为家大业大、牵缠最多的一方霸主。不仅有原配(铁扇公主)、外宅(玉面公主),儿子(红孩儿),还有朋友(碧波潭老龙),此处还跑出一弟弟如意金仙。从百回本中妖怪的排名来看,不论是本领还是性格,如意金仙根本就不入流,但在此处却是不可或缺。他的出现使作品情节摇曳生姿,戏剧性增强。

其次,因为“此”女王已远非“彼”女王,为了适应女王形象的改变,关于女王求配一事,没有开门见山,而是逐步铺垫。先是在第五十三回,通过一老婆婆对女儿国众女的性饥渴状态作一概述:“我一家四五口,都是有几岁年纪的,把那风月事尽皆休了,故此不肯伤你。若还到第二家,老小众大,那年小之人,那个肯放你过去!就要与你交合。假如不从,就要害你性命,把你们身上肉,都割去了做香袋哩。"①使读者难免为唐僧师徒捏一把汗。待到走进城内,又被一众妇女团团围住,大喊:"人种来了! 人种来了!"最后还是八戒拿出了旧嘴脸,才吓跑众女,开路前行。饶是如此,"一个个都捻手矬腰,摇头咬指,战战兢兢,排塞街傍路下,都看唐僧。"②由此可以看出女儿国对唐僧一行人(尤其是三藏)的关注是不同寻常的。女王的求婚便显得自然而然,顺理成章。最后便围绕求婚、允婚、逃婚生发情节。本来依靠悟空的计谋,假意允婚,骗女王将师徒们送出城外,悟空使法术定住了君臣一干人等,正待上路,却又因为蝎子精的出现而平添无穷风波。这样整个故事情节的发展,既在意料之中,又出乎意料之外,真正变幻莫测。

还要顺带一提的是,对照《大唐三藏取经诗话》,百回本写定者在某些情节上也进行了必要的分化处理。《大唐三藏取经诗话》"经过女人国处第十",本来写女儿国国王挽留法师,希图联姻,可结末诗却说:"此中别是一家仙,送汝前程往竺天。要识女王姓名字,便是文殊与普贤。"③女王等分明又成了文殊、普贤的化身,女儿国自然就成了菩萨为取经人设下的色欲陷阱。这一故事原型在百回本中却被分化为"四圣试禅心"和"女儿国"两难,某种意义上又给了色情未泯的猪八戒两次绝佳的表演机会。

要之,由女儿国的变迁可见《西游记》演变之一斑。百回本的出现,不是仅将旧有的素材进行简单的连缀、加工了事,而是点铁成金、脱胎换骨。往往在大家最为熟悉的情节上,或化整为零,或化零为整,或不时地上演传统人物的大变脸。哪怕一处细枝末节的变化,往

① (明)吴承恩著,李天飞校注:《西游记》,第701—702页。
② (明)吴承恩著,李天飞校注:《西游记》,第706页。
③ 李时人、蔡镜浩校注:《大唐三藏取经诗话校注》,第29页。

往都是暗藏玄机。经过这样一番删分增减，不同程度的整合，旧有的题材在写定者笔下便生发出不同寻常的新意。原本单纯的主题模式（“色欲考验”）变得丰富多彩起来，作品的审美境界得到了升华。

女儿国虽然只是个案，但它无疑具有典型意义。透过女儿国的变迁，我们可以感受到百回本《西游记》写定者驾驭题材、塑造人物的深厚功力。正因为有了这样的写定者，《西游记》才会成为中国文学史乃至世界文学史上不朽的经典。不能因为这是一部传统题材的作品，便简单地冠之以“世代累积型成书”了事，必须对写定者的历史贡献给予充分的肯定。《西游记》以外的早期章回小说代表作《三国演义》《水浒传》同样如此。如果没有罗贯中、施耐庵、吴承恩这些大家出手，就没有这些经典的横空出世。所以对待“世代累积型成书”之说似应重新斟酌，不宜夸大其词，模糊视听。

（原载《明清小说研究》2008 年第 4 期，有改动）

从《心经》在《西游记》成书过程中的地位变迁看小说意蕴的转换

在百回本《西游记》的成书过程中，除了主人公玄奘和"取经"的故事核以外，还有一个伴随这一过程始终的重要内容——《心经》。《心经》在取经故事中的出现甚至早于猴行者（孙悟空前身），从《大慈恩寺三藏法师传》（以下简称《法师传》）和《独异志》等文献资料，到《大唐三藏取经诗话》（以下简称《取经诗话》），再到《西游记杂剧》，以至最终定型的百回本《西游记》，我们始终都能看到《心经》的影子。然而，在这一过程中，《心经》的地位和作用并非一成不变，而是随着文本性质的转变而升降和转移。这种"升降和转移"可以从一个侧面反映出取经故事由宗教、历史故事蜕变为文学故事的轨迹。而对这一现象的深入考察，无疑有助于我们认识和研究非文学性的原始材料在向文学性作品的过渡中所实现的意蕴转换。

一

过去我们对于百回本《西游记》成书过程的描述往往容易陷入两个误区：一是习惯将目光更多地集中在人物、情节的充实和完善上。比如取经队伍的成员相继出现以至最终定型，"女儿国"等早期产生的情节由"粗陈梗概"式的文字片段发展到洋洋洒洒近万言的大故事。二是在这些描述中，我们的逻辑几乎都是正向的、上升的：各种叙事要素始终处于被充实、被完善的过程中。这大概是受了“滚雪球式”这一成书方式之命名的影响(或应倒过来说,“滚雪球式”之命名正缘自这种定势)——既然是“滚雪球”,那必然是从无到有、积少成多的,即其轨迹始终应保持为一条沿着横、纵坐标轴的正方向分布的抛物线。这两种误区在为我们的描述提供诸多便利的同时,也遮蔽了一些重要的现象。比如,论出现之早,《心经》几乎是与“取经”的故事核以及玄奘形象同步的。《法师传》中就已有集中描写《心经》与取经之关系的文字:

> 从此已去,即莫贺延碛,长八百余里,古曰沙河,上无飞鸟,下无走兽,复无水草。是时顾影唯一,心但念观音菩萨及《般若心经》。初,法师在蜀,见一病人,身疮臭秽,衣服破污,愍将向寺施与衣服饮食之直。病者惭愧,乃授法师此《经》,因常诵习。至沙河间,逢诸恶鬼,奇状异类,绕人前后,虽念观音不得全去,即诵此《经》,发声皆散,在危获济,实所凭焉。①

当然,我们首先承认《心经》与人物、故事核等叙事要素的属性和层次是不同的。后二者是组织情节框架的基础,是实现叙事过程中的内部构件,没有它们,整个故事便会失去支点,无法生发。而《心经》只不过是一则被引入的外部材料。但它绝不是可有可无的。它在这部神化佛教徒和佛教信仰的传记中出现,正是为了强调佛法之崇高,渲染作品的宗教意蕴。而《心经》在这里的辟邪威力居然比国人普遍信仰的观音还大,其在早期取经故事中的地位不可谓不高。由于传授《心经》故事的传奇色彩及《心经》本身的神奇威力,这则故

① (唐)慧立、(唐)彦悰著,孙毓棠、谢方点校:《大慈恩寺三藏法师传》卷第一,中华书局,2000年,第16页。

事同样出现在李冗的《独异志》中，并有了进一步发展：

> 沙门玄奘俗姓陈，偃师县人也。幼聪慧，有操行。唐武德初，往西域取经。行至罽宾国，道险，虎豹不可过。奘不知为计，乃锁房门而坐。至夕开门，见一老僧，头面疮痍，身体脓血。床上独坐，莫知来由。奘乃礼拜勤求，僧口授《多心经》一卷，令奘诵之，遂得山川平易，道路开辟，虎豹藏形，魔鬼潜迹。遂至佛国，取经六百余部而归。其《多心经》至今诵之。①

这里，传授《心经》故事变得更加曲折离奇。《法师传》中法师得到《心经》的原因是其善心和衣食救助，令"病者惭愧"，出于回报，对方才传授《心经》，这是一个"为善者得善报"的传统故事模式，即使带有传奇性成分，也绝对称不上离奇。而《独异志》中传《经》却是发生在道路艰险、虎豹当道、取经事业面临中断的紧要关头。法师"不知为计，乃锁房门而坐"的举动更增加了情节的张力——在这样凶险的时刻，法师却不知所措，只能消极等待，观者的心也随之揪紧，急于知道主人公是否能够获得救助，取经事业是否能进行下去。就在这时，一位老僧兀然出现，其"头面疮痍，身体脓血"的形象显然是受到《法师传》中"身疮臭秽"的原型影响，但这里的他已经不是一位被助者，而是一位施助者，在法师的"礼拜勤求"下才传《经》解难。而"莫知由来"四字则为老僧蒙上了一层神秘面纱，使整个故事也显得朦胧离奇。在这区区 160 余字里，我们能看到曲折离奇的情节、张弛有度的叙事节奏，甚至可以感受到施、受双方在特殊境地里所产生的张力。尽管它仍只是"粗陈梗概"，却已有了很强的文学性。

这种文学性在之后的《取经诗话》里得到延续，但《心经》所散发

---

① (宋)李昉等编：《太平广记》，中华书局，1961 年，第 606 页。

的宗教辉光并没有相应减弱，而是得到了进一步强化。首先是“入竺国度海之处第十五”：法师终于至鸡足山取得真经，“点检经文五千四十八卷，各各俱足；只无《多心经》本。”七人辞别时所赋诗最后两句又一次提及：“此回只少《心经》本，朝对龙颜别具呈。”①下一节“转至香林寺受心经本第十六”则用整整一节讲述《心经》传授始末：

> 竺国回程，经十个月至盘律国地名香林市内止宿。夜至三更，法师忽梦神人告云：“来日有人将《心经》本相惠，助汝回朝。”良久惊觉，遂与猴行者云：“适来得梦甚异常。”行者云：“依梦说看经。”一时间眼瞤耳热，遥望正面，见祥云霭霭，瑞气盈盈，渐睹云中有一僧人，年约十五，容貌端严，手执金环杖，袖出《多心经》，谓法师曰：“授汝《心经》归朝，切须护惜。此经上达天宫，下管地府，阴阳莫测，慎勿轻传，薄福众生，故难承受。”法师顶礼白佛言：“只为东土众生，今幸缘满，何以不传？”佛在云中再曰：“此经才开，毫光闪烁，鬼哭神号，风波自息。日月不光，如何传度？”法师再谢：“铭感，铭感！”佛再告言：“吾是定光佛，今来授汝《心经》。回到唐朝之时，委嘱皇王，令天下急造寺院，广度僧尼，兴崇佛法。今乃四月，授汝《心经》，七月十五日，法师等七人，时至当返天堂。”②

而在“到陕西王长者妻杀儿处第十七”，又一次提到“皇王收得《般若心经》，如护眼睛，内外道场，香花迎请”。尽管《取经诗话》作者对于《心经》的描写似乎更倾向于渲染其神圣，或者说这些段落文学性的加强归根到底是为了强化宗教意蕴服务的，但情节的文学意

① 李时人、蔡镜浩校注：《大唐三藏取经诗话校注》，第40页。
② 李时人、蔡镜浩校注：《大唐三藏取经诗话校注》，第44页。

味趋浓却是事实。

在百回本《西游记》中,传《经》故事的文学性就更强了。小说第十九回"云栈洞悟空收八戒"之后,作者专门安排了"浮屠山玄奘受心经"的情节,篇幅占用了将近半章,而描写的笔墨也很精到。借新加盟的八戒之口引出旧相识乌巢禅师,自然顺畅,而在传《经》过程中师徒三人的性格也有所表现,特别是悟空焦躁鲁莽的脾性表现得很生动,而禅师临别时的一篇偈语又暗示了后文的部分情节。可见,在百回本中,传《经》故事已经被严丝合缝地嵌入了整个情节之中,同时又能起到预设悬念、描画人物等作用,已经完全蜕变成了具有浓厚文学性的叙事单元。

以上,笔者在引征百回本成书过程中涉及《心经》的文字段落时,已稍带分析了它们文学性的递增。然而,这并非本文所要研说的重点。作为一个叙事单元,传《经》故事和车迟国、女儿国、火焰山等情节一样,必定随着整个文本文学性的提高而提高,这是不待言说的事实。而有关《心经》反映小说所实现的意蕴转换的曲线其实有两条,一条是传授《心经》故事之文学性的曲线,它同其他情节所呈现的状态一样,都是沿着正方向分布上升。而另一条则是《心经》在文本中之地位和作用的曲线,它的状态是一个完整的开口向下的抛物线,即描述了一个"升"与"降"的完整过程,这才是本文研说的重心所在。鉴于上文已征引原文,笔者这里将以表格的形式来说明(见表1)。

我们注意到,《法师传》中的《心经》功能仅仅是驱逐恶鬼猛兽,到了《独异志》,除了具备上述功能("虎豹藏形,魔鬼潜足")外,又能够使"山川平易,道路开辟",威力的加强自不待言。而到了《取经诗话》,《心经》的作用范围则可"上达天宫,下管地府",甚至令神鬼世界风云变色,地位和作用都被推至极点。到了百回本小说中,《心经》的地位和作用又骤然回落,不仅再没有驱神役鬼的威势,甚至连平山开路的作用也消失了,仅仅是保唐僧不受"魔障"伤害,这还只是传

表1　《心经》的变迁

文本名称	传《心经》时间	传《心经》者	《心经》之作用	《心经》之角色
《大唐大慈恩寺三藏法师传》	取经途中	病人	逢诸恶鬼，奇状异类……发声皆散，在危获济，实所凭焉	取经护法
《独异志》	取经途中	老僧	山川平易，道路开辟，虎豹藏形，魔鬼潜足	取经护法
《大唐三藏取经诗话》	取经后	定光佛	上达天宫，下管地府，阴阳莫测……此经才开，毫光闪烁，鬼哭神号，风波自息，日月不光	取经成果
百回本《西游记》	取经途中	乌巢禅师	若遇魔障之处，但念此经，自无伤害	取经护法

《心经》者乌巢禅师广告般的自诩，而实际效果相差何啻十万八千里。尽管唐僧将《心经》背得烂熟，还作了一篇学习体会式的偈语（第二十回开篇），可小说里的《心经》从未发挥过功效，往往是长老兀自虔心念诵《心经》，结果却是被妖怪信手攫取，如紧接传《经》情节的第二十回中，虎先锋用"金蝉脱壳"计赚得悟空、八戒后，回转来捉唐僧，"路口上那师父正念《多心经》，被他一把拿住，驾长风摄将去了。"①首次试用便失灵，《心经》作为辟邪咒语的功能已经丧失殆尽了。

这里我们还发现两个有趣的现象：一是在诸位传《经》人中，只有《取经诗话》里的定光佛是有明确来历的，其他三位传《经》者都属于"莫知来由"的角色。而定光佛是过去佛中最知名者，许多经论都以定光为中心。授《经》者身份的明确和尊贵也体现出《心经》地位的

① （明）吴承恩著，李天飞校注：《西游记》，第291页。

不一般。二是传《经》时间上,《取经诗话》将其时间移至取经结束时,这一调整使《心经》的角色发生转换——它不再是取经事业的保障,而成了取经事业的目的,而且是诸经中最为重要的一种。后者的地位显然比前者高。从几个方面看,《取经诗话》在《心经》地位升降过程中都处于重要的转关位置。

二

一般地,对于《取经诗话》中将《心经》的位置后移的解释多是猴行者的出现:"有了神通广大的猴行者,《心经》的护法作用就显得不必要了……因为保护唐僧的任务已有猴行者去完成了。"①其实在《取经诗话》里,猴行者的神通还算不上广大,凡遇魔障处,无非是念诵"(大梵)天王救难",实质上起作用的仍是咒语,只不过前者是活生生的人物形象,后者是死板生硬的咒语,在文学化过程中,前者取代后者是必然的结果。然而,这里却存在着一个逻辑上的漏洞:猴行者的出现的确分担了《心经》的作用,但它并不一定导致《心经》在前半部分消失,更不能直接导致其在后半部分出现。它所带来的结果起码还有两种可能:一是《心经》依然保留在原有位置,只是符号化了,其护法作用名存实亡了(百回本小说中正是如此处理的);二是《心经》就此从取经故事中消失了(如果它的作用始终只是护法咒语的话,这种可能不是没有)。然而,这两种可能在《取经诗话》中都没有发生。《心经》的确失去了原有的位置,却在后半部分出现,而且地位和作用比原来高出许多。所以,笔者认为,这里《心经》之所以在前半部分消失并非单纯地迁就形象,它在后半部分出现也不是编创者的无奈,而是别有用"心"。

---

① 程毅中:《〈心经〉与"心猿"》,载《程毅中文存》,中华书局,2006 年,第 377 页。

何以如此？盖由于《取经诗话》的文本性质。很长时间内，学界一直将其作为宋元说话四家中“说经”一家存世的惟一底本。但近来许多学者对此置疑，如李时人等根据对文本体制形式、思想内容和语言现象等方面的考究，得出结论：“它可能早在晚唐、五代就已成书，实是唐、五代寺院‘俗讲’的底本。”①我们也倾向于将《取经诗话》视作唐时寺院中的“俗讲”底本，而非宋元时瓦舍里的“说经”底本。尽管“俗讲”与“说话”的受众都是普通民众，但二者的功能和目的实在是不同的。“说经”虽也“演说佛书”②，但其讲说者未必是真正的佛教徒，讲说的根本目的在于娱人，而非弘佛。而“俗讲”的宗旨正好相反，虽然僧侣们出于吸引听众的目的，也要在内容和表现形式上添加一些噱头，但这些都是服务于弘佛这一宗旨的手段，因此才会选择《心经》和定光佛为故事的材料，这两者在民间比较普及，而“俗讲”的目的是普及佛教信仰，而非普及佛典知识，借用民间已普遍接受的佛教内容，是最现成、便宜的方法。

如果从人物和情节的规模来看，《取经诗话》已经是具有相当文学性的作品，但是我们之所以不承认其为纯粹的文学作品，就在于其文学意蕴仍很淡薄。我们对于一部作品文学化程度的衡量须根据两条标准：一是构成作品文学形态的构件，如意象、人物、情节等等，二是作品内在的文学意蕴，相较之下，后者更为重要。社会学者罗贝尔·埃斯卡皮尔曾指出：“一部作品是属于文学类还是属于亚文学类，并不是由作家、作品或者读者大众的抽象素质决定的，而是由交流类型决定的。”③也就是说，文学现象是否成立，不应单纯地从作者

---

① 李时人、蔡镜浩：《〈大唐三藏取经诗话〉成书时代考辨》，《徐州师范学院学报》1982 年第 3 期。

② （宋）灌圃耐得翁：《都城纪胜·瓦舍众伎》，中华书局，1962 年，第 98 页。

③ 〔法〕罗贝尔·埃斯卡皮尔著，符锦勇译：《文学社会学》，上海译文出版社，1988 年，第 26 页。

的意图出发,而应从接受的实际效果上界定。然而,我们认为,也不能片面地从接受者去考虑这个“实际效果”。它应是文学意蕴产生并实现的效果,是在由作者、作品和读者三者所构成的复杂的“交流渠道”中实现的[①],即作家有意识地赋予一部作品以文学意蕴(作家将作品当作文学产品来创作)。此意蕴经由意象、人物、情节等形态构件传递给读者,为后者所接受(读者将作品当作文学产品来阅读),经过这样一个过程,某部作品的文学意义才是在事实上实现了的。按照这一标准,《取经诗话》显然不属于纯粹的文学产品,或者说,它仅仅是接受范畴的文学作品,而非创作范畴的文学作品。

正因为《取经诗话》的这一文本属性,《心经》被置于后半部分,被神秘化、崇高化是编创者的有意安排。然而,创作者和接受者的关注度是错位的,前者将故事的重心放在后半部分对佛典的极端推崇上,而后者更多关注的是前半部分途中的冒险经历。创作者主观上企图推重《心经》,而在事实上却将其从受众关注的区间内移出了。这就使作为宗教材料的《心经》在整个故事的演变过程中面临一个潜在的危机:一旦故事的宗教意蕴淡化,其地位就会一落千丈,不仅不可能保持原有的地位,甚至连最初的作用也难实现。而这一“危机”在百回本小说中已经明显地暴露出来。那么,这一由“潜在”到“暴露”的过程是如何实现的呢?由于介乎《取经诗话》和百回本之间的文本形态《西游记平话》仅存残帙,没有留下《心经》的部分,我们只能看到这一过程的起点和终点,而缺乏描述中间状态的直接根据。但是,另一种关乎西游故事的艺术形式却为我们提供了重要的信息,那就是杨景贤的《西游记杂剧》(以下简称杂剧)。

历来提及杂剧在小说成书过程中的位置,首先仍是从情节和人物两方面着眼的,比如唐僧出世、大闹天宫、被迫西行、收伏八戒、女

---

① 〔法〕罗贝尔·埃斯卡皮尔著,符锦勇译:《文学社会学》,第3页。

儿国、火焰山等情节均已具备相当的规模，再如取经队伍的成员全部亮相等等。然而我们注意到，《心经》在杂剧中的地位和作用也是很特别的。同《取经诗话》一样，在杂剧中的《心经》出现于后部，在第二十二出“参佛取经”中，《心经》是与《金刚经》《莲花经》《楞伽经》等内典一同作为取经成果传与唐僧师徒的，而且名列第二。然而，这里的《心经》却没有《取经诗话》中那般神圣，因为行者在这些释典之后又加了一个“馒头粉汤经”①，这部杜撰出来的荒唐经目使整个取经事业的严肃性顿失。鲁迅先生曾指出百回本的作者“尤未学佛，故末回至有荒唐无稽之经目”②，然而“荒唐无稽”并非自百回本作者始，杂剧作者已开始对经目进行戏谑和调侃了。

《心经》在杂剧中地位的沦落，是由这种大众娱乐文艺形态的艺术品格决定的。杂剧的作者并不是抱着“弘佛”的目的，其笔墨也不在于渲染宗教的神圣庄严，相反，他用放浪戏谑的手法加工宗教素材，仅为了追求“热闹好看”的舞台效果。因此，作为取经队伍核心，玄奘这位哄动“百官有司都至霸桥，设祖帐，排宴会，诸般社火”隆重践行的高僧（第五出“诏饯西行”）③，在村姑眼中，竟成了“天生得有眼共眉”的“大檑椎”（第六出“村姑演说”）④，而这个“檑椎”又是市井语言中通行的性隐语。作为取经事业的保护者，孙行者甚至不待旁人调侃，自己就以“鍮石屁眼、摆锡鸡巴”标榜⑤，全然没有宗教徒的庄重，活脱一个市井浪子。杂剧作者这种处理宗教素材的戏谑笔法被百回本小说的作者继承，小说作者保留了滑稽幽默的态度，剥去了其中猥亵露骨的部分，使小说呈现出一种健康的滑稽、有品质的幽默。

① （元）杨景贤：《西游记杂剧》，载胡胜、赵毓龙校注：《西游戏曲集》，第113页。
② 鲁迅：《中国小说史略》，第166页。
③ （元）杨景贤：《西游记杂剧》，载胡胜、赵毓龙校注：《西游戏曲集》，第60页。
④ （元）杨景贤：《西游记杂剧》，载胡胜、赵毓龙校注：《西游戏曲集》，第64页。
⑤ （元）杨景贤：《西游记杂剧》，载胡胜、赵毓龙校注：《西游戏曲集》，第70页。

三

按照习惯的逻辑定势，经过杂剧的颠覆，《心经》在百回本小说中的地位和作用似乎应该更低，起码仍应处于被调侃、被解构的位置——即使小说作者没有从杂剧中直接汲取营养，他本人也是以"游戏笔墨"进行创作的。然而，当我们考察本文时，却发现《心经》在小说中的地位依旧很"高"。一是曝光率高，在小说第十九、二十、三十二、四十三、四十五、八十、八十五、九十三等回中，都有《心经》出现，二是《心经》是小说惟一全文抄录的佛教内典。这一切都说明在作者心中其地位非同一般。但又如上文所说，传《经》的时间发生在取经开始不久，《心经》的角色是护法咒语，但却从未发挥过应有的功用。这似乎又是一个矛盾的现象。我们必须看到的是，此时取经故事已经完成了由宗教故事向文学故事的蜕变，意蕴已经实现了根本的转换。就宗教意义上的《心经》而言，其护法作用已是名存实亡，而就文学意义上的《心经》而言，其表现却十分活跃。那么，《心经》作为一个文学性构件，主要表现在哪些方面呢？一是作为构成小说中心思想的一条导线，二是作为外部材料生发新的情节。

前人论《心经》与小说主题关系者，以清人张书绅的观点最为突出："《西游》，凡如许的妙论，始终不外一心字，是一部《西游》，即是一部《心经》。"①古人习惯的绝对性结论方式，在今天看来总显得有欠科学，但这一有欠科学的结论毕竟基于一个直到今天也为学界普遍承认的事实——"心"是小说作者反复阐释和强调的一个核心范畴。无论是回目，还是正文，无论是散笔，还是诗、词、偈子等韵语，乃至形象、对话、情节等的设计，我们始终能发现"心"范畴的影子。当

① （清）张书绅：《新说西游记图像 · 总批》，中国书店，1985 年，第 5 页。

然，小说作者所谓的“心”，其涵义并不纯粹，也属于“混同之教，流行来久”的产物[1]。既有禅宗的影响，也不乏王学的影子，是这两大时代思潮杂糅后作用于儒生而产生的一种个体意识。作者将这种个体意识诉诸小说，使之成为这部滑稽谑浪的作品中较为严肃的一部分。《心经》以其名目和内容与“心”范畴的密切联系，受到作者的关注和利用，也就是情理之中的事情。因此，我们可以将小说看成是一部修“心”的寓言，但不能同意如美国汉学家夏志清所说的“（作者）力图要把整部作品变成对《多心经》哲学上的评论”[2]。这显然同张氏的主张一样，失于绝对，然而，如果将“多心经”三字换为“心范畴”，这句话倒是说到了点子上。

小说作者对于“心”的理解不是纯粹的，其对《心经》的解读自然也要打个折扣。但即使如此，作者仿佛生怕读者将这点体会漏掉，于是在第二十回开篇借唐僧之口作了首参悟《心经》的偈子外，又围绕《心经》设计了多处情节。应当注意，在小说之前，涉及到《心经》的情节只有一种——传《经》。无论是发生在过程中，还是发生在结束时，无论受《经》者为谁、《经》之作用为何，情节模式始终只是“施”与“受”而已。但在小说中，一个新的情节诞生了，即师徒二人就对《心经》精义的理解展开的对话。在小说第三十二、四十三、八十五、九十三等回中，作者反复搬用此情节，而情节的模式基本一致：路遇阻障，唐僧心生惊疑，行者打趣唐僧忘记《心经》要义，唐僧辩白，行者解释《心经》要义。以往有学者批评这段情节反复上演，乏味俗套，但如果将其置于小说情节（特别是有关《心经》的情节）发展的过程中去认识，就会发现其中的“新”意，而这类情节也能体现出作者的戏谑笔法：尽管师徒二人讨论的话题是严肃的，但身为高僧的师父竟对“随

① 鲁迅：《中国小说史略》，第166页。

② 夏志清：《中国古典小说导论》，安徽文艺出版社，1988年，第139页。

灵通本讳号金蝉，只为无心听佛讲，转托尘凡苦受磨，降生世俗遭罗网。（第十一回）

御敕垂恩修上刹，金蝉脱壳化西涵。（第十二回）

致死金蝉重脱壳，故令玄奘再修行。（第十五回）

有时又出现在他人的转述之中，如：

大仙道：“你那里得知。那和尚乃金蝉子转生，西方圣老如来佛第二个徒弟。五百年前，我与他在‘兰盆会’上相识，他曾亲手传茶，佛子敬我，故此是为故人也。”（第二十四回）

他在云端里，踏着阴风，看见长老坐在地下，就不胜欢喜道：“造化！造化！几年家人都讲东土的唐和尚取大乘，他本是金蝉子化身，十世修行的原体。有人吃他一块肉，长寿长生。真个今日到了。”（第二十七回）

金角道：“你不晓得。我当年出天界，尝闻得人言：唐僧乃金蝉长老临凡；十世修行的好人，一点元阳未泄，有人吃他肉，延寿长生哩。”（第三十二回）

二魔道：“好人头上祥云照顶，恶人头上黑气冲天。那唐僧原是金蝉长老临凡，十世修行的好人，所以有这祥云缥缈。”（第三十三回）

话分两头。却说红光里，真是个妖精。他数年前，闻得人讲：“东土唐僧往西天取经，乃是金蝉长老转生，十世修行的好人。有人吃他一块肉，延生长寿，与天地同休。”（第四十回）

菩萨道：“悟空，你不领金蝉子西方求经去，却来此何干？”（第四十二回）

菩萨曾言：取经人乃如来门生，号曰金蝉长老，只因他不听佛祖谈经，贬下灵山，转生东土，教他果正西方，复修大道。（第

五十七回)

却说大圣纵筋斗,到了半空,伫定云光,回头观看,只见松林中祥云缥缈,瑞霭氤氲。他忽失声叫道:“好阿!好阿!”你道他叫好做甚?原来夸奖唐僧,说:“他是金蝉长老转世,十世修行的好人,所以有此祥瑞罩头。”(第八十回)

行者道:“呆子又胡说了!你不知道师父是我佛如来第二个徒弟,原叫做金蝉长老;只因他轻慢佛法,该有这场大难。”(第八十一回)

如来道:“圣僧,汝前世原是我之二徒,名唤金蝉子。因为汝不听说法,轻慢吾之大教,故贬汝之真灵,转生东土。今喜皈依,秉我迦持,又乘吾教,取去真经,甚有功果,加升大职正果,汝为旃檀功德佛。”(第一百回)

这些韵语的核心词其实都围绕“金蝉”生发而来,屡次出现“金蝉重脱壳”“金蝉脱壳”字样。

散文叙述则是对此核心字眼的进一步阐释:一方面出自悟空、镇元子、观音、如来等神佛阵营的正面形象之口,一方面则出自妖魔之口,核心语义无非是佛祖弟子、金蝉长老、轻慢佛法、转世历劫、十世修行云云,点破前因,显其尊贵。再进一步说破,则着落在十世修行、一点元阳未泄,食其肉,则延寿长生;窃其元阳可成太乙金仙。那么,问题随之而来:为什么要汲汲于“金蝉子”这一名号,不断强化读者的记忆,而不是其他?“金蝉子”之名只是作者毫无目的的随手一笔,还是暗藏深意?金蝉究竟何指?为释读者之疑,我们不得不追溯金蝉意象在传统语境中的文化意涵。

二、金蝉与长生意识

蝉作为一种昆虫,它的生长发育过程包括从卵发育为幼虫、成虫的不同生命阶段。卵孵化后落入土中成为幼虫,幼虫蛰伏三五年后,在春季出土,上树蜕变为成虫。这一生命的孕育、蜕变过程既相对漫长,又具有明显的区间性,尤其"羽化"阶段,在古人看来,充满了神秘色彩,可视作生生不已、循环不止的象征。换言之,古人相信蝉是可以蜕变、长生的奇异生物。

能为古人这一看法做注脚的是大量考古成果,新石器时代的红山文化、良渚文化等遗址内均有玉蝉发现。商周时期的青铜礼器,诸如食器、乐器、兵器上皆铸有蝉纹,至于青铜鼎上所铸蝉纹更是司空见惯。对此,早有专家指出:"红山文化玉蝉因蝉特殊生命周期所显现的复育再生'神力'而成为早期图腾崇拜物。""蝉因其生命循环及不死复生的特性出现在青铜器上,成为图腾崇拜对象,或表达了不死复生的神性,或是交通人神的中间媒介。"①

如前文所说,如果玉蝉尚只是一种为生者所带的配饰,那么,作为玉琀的玉蝉则完全是一种置于死者口中的陪葬物,是上古先民为沟通经验世界与异质世界、幻想超越生死界限、打破生命时空局限的重要象征物。据目前所见资料,真正意义上的蝉形口琀出现在春秋时期。下面是一份关于玉琀的出土考古简报:

甘肃礼县大堡子山 IM25 中出土一件玉蝉口琀

陕西凤翔南指挥村秦公一号大墓出土三件玉蝉

凤翔县秦都雍城遗址战国早期墓葬出土三件玉蝉口琀

河北平山战国晚期中山王墓出土蝉形口琀

---

① 杨金萍:《古代纹饰画像中蝉的生命文化内涵》,《医学与哲学》2019 年 4 期。

中山国灵寿城陪葬墓 M6PM3 中出土蝉形玉琀

中山国王族三号墓出土蝉形玉饰七十五件①

不仅在时间上玉琀的出现呈阶段性,便是空间分布也有所变化。西汉早期基本集中出现在徐州和西安两处;中期则扩展至扬州及安徽马鞍山等地;晚期则北达汉王朝的北部,南抵湘江和赣江流域,最南已到广西合浦。新莽至东汉早期的分布范围进一步扩大,青海西宁也有发现,并已进入四川盆地。河南和湖北北部有所发展,出土数量增多,并在洛阳形成中心。此外,还有一个值得注意的现象:东周时期,使用蝉形口琀的主人似相对地位较高(如国君、大夫);汉代早期使用者等级位份则下降,以中下层官吏和平民墓葬最多②。

这份考古简报传递给我们的信息简言之:1.(玉蝉)玉琀作为陪葬物出现时间早,阶段性分布;2.地域广,涵盖全;3.涉及人群颇具代表性,有下移趋势。这充分说明了蝉形玉琀作为陪葬品是一种由上而下横跨时空的时尚习俗,和前文所提的生人配饰,功用是一样的,"口中含蝉是借蝉之蛰居复生的神能,使复归于土中的身体不但不腐,还能重新孕育新的生命。"③实则寄寓了生者祈愿逝者灵魂升天、生命得以无限延长的美好愿望。

如果说从新石器时期红山文化、石家河文化的玉蝉到商周青铜器上的蝉纹,都向世人传达了期冀借助蝉不死的神性,使人长生的期盼,那么商周至两汉墓葬中的玉琀,同样是取义蝉的生命不息、死而复生的文化象征,寄托了古人长生的愿望。而战国至秦汉之后神仙方术说的兴起,则让蝉这一特殊生物彻底染上了仙道的神秘色彩,成为方术仙道直至东汉道教羽化升仙的思想依托之一。

---

① 参王煜、谢亦琛:《汉代蝉形口琀研究》,《考古学报》2017 年第 1 期。
② 王煜、谢亦琛:《汉代蝉形口琀研究》,《考古学报》2017 年第 1 期。
③ 杨金萍:《古代纹饰画像中蝉的生命文化内涵》,《医学与哲学》2019 年 4 期。

如果说,秦汉乃至之前的配饰与葬品的出土为我们认识蝉与长生寓意提供了实物佐证,让我们对蝉的生理属性与人类长生不死的美好愿望寄寓有了认知,那么,还有大量文献(尤其是文学作品)为我们对"蝉蜕"与长生做了最好的诠释。不论是《庄子·逍遥游》中不食烟火、餐风饮露的藐姑射仙人,还是《淮南子·精神训》中抱素守精、轻举独往、杳然入冥的太清仙人,都恰与古人认知中蝉的生活习性相合。至于把蝉蜕与尸解(通过尸体的变形—蜕化而复活—成仙)等同的观念,则无处不在。《史记》《后汉书》《论衡》①等史书文献皆未能免俗。至于顺次而下历代诗赋中的蝉蜕、羽化更是不胜枚举:

> 欻神化而蝉蜕兮,朋精粹而为徒。(东汉班固《思玄赋》)
>
> 彭祖宅以蝉蜕,安期飨以延年……扫神坛以告诚,荐珍馨以祈仙。(东汉班固《终南山赋》)
>
> 采药钟山隅,服食改姿容。蝉蜕弃秽累,结友家板桐。(西晋嵇康《游仙诗》)
>
> 桂父练形而易色,赤须蝉蜕而附丽。(西晋左思《吴都赋》)
>
> 入门无所见,冠屦同蜕蝉。皆云神仙事,灼灼信可传。(唐韩愈《谢自然诗》)
>
> 脱兔彭殇之囿,蜕蝉人鬼之场。不老不衰,来归帝傍。臣之愿也。(南宋范成大《问天医赋》)

如果说世俗文人笔下蝉蜕羽化的比附,还仅仅源于他们追求隐逸之风,是一种自我隐匿的精神超脱,不论是"蝉蜕尘埃外,蝶梦水云

---

① 《史记·屈原贾生列传》:"蝉蜕于浊秽,以浮游尘埃之外,不获世之滋垢,皭然泥而不滓者也。"《后汉书》:"飞鸟遗迹,蝉蜕亡壳……至人能变,达士拔俗。"《论衡》:"蝉之去复育,龟之解甲,蛇之脱皮……可谓尸解矣。"

乡”,还是“永结无情游,相期邈云汉”,都只是他们精神世界的写照,更多的是一种“以蝉比德”,是蝉的生物属性与传统知识分子的精神追求的一种契合,那么在道书中频繁闪现的蝉蜕身影则是一以贯之的上古长生观念的延续:高蹈出尘,羽化飞升。

以宋代道教类书《云笈七签》为例,“蝉蜕”之说屡见不鲜,典型者如第五十九卷“太清王老口传服气法”(“脱空”即蝉蜕成仙)云:“此卷口诀,并是杨府脱空王老所传授。其脱空王老,时人莫知年岁,但见隐见自若,或示死于此,即生于彼,屡于人间蝉蜕转脱,故时人谓之‘脱空王老’也……且食气秘妙,切资断食,使谷气并绝。但能精修此法,知腾陟道不远耳。”[①]其他如卷一百十、卷一百十三等不下十余处皆有“蝉蜕”“尸解”之记载。顺次而下,明清道书更是习以为常,如元代全真弟子金月岩编、黄公望传《抱一子三峰老人丹诀》(“温养仙胎”“金蝉脱壳”“身外阳神”)[②],明佚名的《万法归宗》(“要躲无常千万劫,金蝉脱壳照当空”)[③],明清之际的黄天教《太阳开天立极亿化诸佛归一宝卷》(“运转周天,三昧功满之时,似金蝉脱壳”)[④],《太上玄宗科仪》(“性是真人,心是金丹宝,一念出尘劳,灵光透九霄。金蝉脱壳逍逍遥遥,径归极乐”)[⑤],《张三丰先生全集》(“金丹入口,

① (宋)张君房编,李永晟点校:《云笈七签》卷59“诸家气法”,中华书局,2003年,第1307页。

② (元)金月岩编,(元)黄公望传:《抱一子三峰老人丹诀》,载《道藏》第4册,文物出版社、上海书店、天津古籍出版社,1988年,0978a页。

③ 佚名:《万法归宗》“金蝉脱壳章第十五”,明刻本,卷5,第38页。

④ 佚名:清刻本《太阳开天立极亿化诸佛归一宝卷》卷下,载濮文起主编:《民间宝卷》第2册,黄山书社,2005年,第572页上。

⑤ 佚名:清康熙刊本《太上玄宗科仪》下,“发明祖炁科第十四”,载濮文起主编:《民间宝卷》第6册,第373页下。

周天火候发现,顷刻湛然,撒手无碍,才是金蝉脱壳,默朝上帝”)①等道书之中所谓“金蝉脱壳”,正是修炼的功行火候。若说前者历代文人所作诗赋不断标举霞举飞升,“金蝉脱壳”只是他们精神世界的真实写照,那么道书中的“金蝉脱壳”则是丹道实修者的修炼次第,切切实实进入了操作层面。

三、“金蝉脱壳”与丹道修行

道教对蝉的特殊阐释,蝉蜕与飞升,实则是对其传统文化意涵的提炼、延展与升华。结合不同文化语境中金蝉意象,不难发现,百回本《西游记》中的金蝉子之“名”,是与其作为长生羽化象征之“实”紧密相联的。因其为蝉,所以象征着长生,意指羽化,是道教金丹之学的载体之一,它和“心猿意马”“金公木母”是完全匹配的,只是为大家习惯性忽略。

说起来,以“丹道”解读《西游记》并不是现代人的专利。早在明代万历间世德堂百回本《西游记》问世前后,“证道”之说便不绝如缕。世德堂本陈元之序、明嘉靖初人孙绪《沙溪集》中的相关论述、杨慎所著杂剧《洞天玄记》的“前序”、谢肇淛的《五杂组》等皆有“意马心猿”“摄魔收心”之论述②。至清代康熙间《西游证道书》出现之后,以“西游”而“证道”之风蔚为大观,“原旨”“正旨”层出不穷,风靡有清一代。可以说,“证道”式的阐释活动,是清代助力《西游记》实现经典化的一支主要生力军,没有道教徒不遗余力的开掘、阐发,

① 李西月:《张三丰先生全集》3 卷,《玄机直讲 · 服食大丹》,载胡道静主编:《藏外道书》第 5 册,巴蜀书社,1992 年,第 473 页上。

② 参见胡胜:《〈西游记〉与全真教关系辨说——以“车迟斗圣”为中心》,《社会科学辑刊》2016 年第 6 期。

仅凭市民大众对该书“游戏之作”的理解，《西游记》是很难实现文化升格并最终成为公共经典读物的。而事实上，百回本中大量的丹道术语确是不可抹煞的存在，研究者无法回避，只是在所谓丹道体系的完整与否、是否有意为之方面存在严重分歧①。

比照小说回目、正文中大量出现的丹道术语、全真诗词乃至情节演绎②，金蝉的出现并不突兀，可以说和心猿（悟空）、木母（八戒）、黄婆（沙僧）等完全对应，毫不违和，只是大家习惯性地无视了。

作为金蝉子，三藏的形象承载了太多传统文化赋予的符号性因子，作者一方面巧妙地运用“金蝉（脱壳）”长生的隐喻，使三藏先天性地自带光环，也为诸路妖魔劫掳唐僧提供了最直接的动力——食其肉可长生，于是西行的“九九八十一难”框架基本建构起来。而“金蝉脱壳”（再生）与转世历劫的无缝衔接使得转世、谪世成为必然，历尽艰辛的尘世修行，是重证大道的必经之路。于是安排了本性驯良恭谨的三藏轻慢佛法，致被贬历劫。以因果框架圈定了情节发生的原点。“历劫—成长—蜕变”，作者利用为大众共享的、简单的、杂糅的宗教思想和观念，构建起叙事的纵向（升降）与横向（发展）逻辑。这是作者的从俗处，也是狡黠处，混俗和光，不动声色，和人们所熟知的说书讲古惯用伎俩并无二致。

而作者至为巧妙的一笔，无疑是把“金蝉”的历史积淀，悄无声息

① 澳大利亚华裔学者柳存仁认为，存在一个“全真本”的《西游记》，今本经过了删削（参见《和风堂文集》，上海古籍出版社，1991 年，第 1319—1382 页）；徐朔方以为，“这不是删削的结果……这就是三教互相渗透、互为影响的历史真实。从中可以引申的结论如此，而不是在百回本之前有一个全真本《西游记》”（《评〈全真教和小说西游记〉》，《文学遗产》1993 年第 6 期）；陈洪、陈宏认为“《西游记》在流传过程中是存在过一个被全真化的环节”（参见《论〈西游记〉与全真教之缘》，《文学遗产》2003 年第 6 期）。

② 参见胡胜：《〈西游记〉与全真教关系辨说——以“车迟斗圣”为中心》，《社会科学辑刊》2016 年第 6 期。

而又严丝合缝地嵌入三藏形象的符号系统之中，使其与全书的隐性层面融合无间，只是作者太过巧妙的遮掩，使得该符号被大众习惯性无视，在被“金公”“木母”“猿熟马驯”等丹道术语搅扰得眼花缭乱的同时，人们往往忽略了取经与证道最为关键的人物形象，忘记了只有“金蝉脱壳”才意味着重证大道。所以，最具象征意义的第九十八回“猿熟马驯方脱壳，功成行满见真如”才更有深意，凌云渡口，接引佛祖驾无底船来渡化三藏师徒：

> 那师父踏不住脚，轱辘的跌在水里，早被撑船人一把扯起，站在船上……只见上溜头泱下一个死尸。长老见了大惊，行者笑道：“师父莫怕。那个原来是你。”八戒也道：“是你，是你！”沙僧拍着手，也道：“是你，是你！”那撑船的打着号子，也说：“那是你！可贺，可贺！”……诗曰：脱却胞胎骨肉身，相亲相爱是元神。今朝行满方成佛，洗净当年六六尘。此诚所谓广大智慧，登彼岸无极之法。①

这段情节象征了三藏脱却凡胎肉体，终成正果，不仅与前文金蝉之名遥相呼应，更是“金蝉脱壳”喻指在文字显性层面的形象图解。

所以说百回本《西游记》中三藏“金蝉子”之名不是无意间的巧合，而是作者苦心孤诣的设置。借助传统文化心理中蝉蜕飞升、高蹈出尘的仙道意识，作者为三藏的形象做了精准定位：惟金蝉方喻长生，因其长生连带食其肉亦可长生，于是就有了西行诸魔必欲食之而后快，必欲与之交合而成真仙，于是诸多魔障由此而生，于是才有那首著名的“佛在灵山莫远求，灵山只在汝心头。人人有个灵山塔，好

① （明）吴承恩著，李天飞校注：《西游记》，第1224—1225页。

向灵山塔下修”①的禅诗在三藏心浮气躁之际适时出现，“心生种种魔生，心灭种种魔灭。”②修心，摄心，直指大道。最终历经千磨万险，“九九数完魔灭尽，三三行满见真如”，在凌云渡口终得脱壳重生。在字面，读者见到的是三藏师徒历尽魔劫，完成自我救赎；在纸后，是功行圆满——“金蝉脱壳”。隐与显完美融合，读者往往为花团锦簇、热闹好看的表面文字所掩，不复深求。

当然，读者对“金蝉子”文化意蕴的忽视，也与百回本作者联想与表现上的“克制”有关系。如前所说，“金蝉”大都是在韵语或角色转述中提及的，即便情节化，也是“虚笔”，而非“实笔”。作者利用“金蝉”的长生羽化象征连接故事的横纵逻辑，但并没有执着于这一细节上，而是用大量情节图解该象征符号而影响全篇叙事，作者从一般知识、思想、信仰语境中提炼出“金蝉”意象，将其应用于叙事，运用于对形象符号系统的建构与完善，这是“点铁成金”式的艺术处理，也是点到即止的，“金蝉”丝毫没有弱化唐僧形象的“人”性，也没有妨碍主干情节的发展，反倒四两拨千斤地帮助引发神魔冲突，成为众多单元故事的“引线”，这正是百回本作者站在文学立场和叙事立场之上，在利用和表现文化符号上的克制。后世的道教徒们，基本都是站在阐教、扬教的立场之上的，故而揪住小说中的一点本教元素不放，用力开掘，尽意阐释；市民大众则不过将小说看作一部“游戏之书”，为书中光怪陆离的形象、情节所吸引，作者未明确指出或极力敷演的文化符号，就很容易被读者所忽视。

能为三藏金蝉子特定身份作注脚的是，百回本《西游记》问世之后，其人物、情节被作为明清民间宗教教义大肆宣讲的民间宝卷多有采纳，唐僧历劫成佛的金蝉脱壳、羽化飞升在宝卷中屡见不鲜。明末

① （明）吴承恩著，李天飞校注：《西游记》，第1076页。

② （明）吴承恩著，李天飞校注：《西游记》，第189页。

东大乘教（圆顿教）的重要经典《古佛天真考证龙华宝经·天真收圆品第二十三》中“金蝉教”“金蝉祖”字样赫然在列。明代有影响的十八个民间教派，其中的金蝉教，教祖即以金蝉为号，似自托唐三藏转世招徕信众①。与百回本作者的“点铁成金”之笔不同，这些宝卷对“金蝉”意象的处理，大多是“点金成铁”，“金蝉”意象被庸俗化、简单化理解，进而降格为单薄的文化符号或身份标签，但这也恰恰说明百回本中的“金蝉”意象，是提炼自民间，又回归于民间的。它没有脱离“元知识”的基本文化土壤，没有在“证道”的阐释蹊径上走得太远，因而是可以为大众所理解、消化的，也就是可以被拉回、降格，甚至庸俗化理解的。由此也可见“金蝉”名实之变源远流长，是民族深层文化心理的不期然流露。

四、三藏的原型（阿难）与色欲考验

顺次而下，百回本和金蝉子名号紧密相连的还有个排行问题，即“如来佛祖的二弟子金蝉子”，为什么不是大弟子、三弟子偏偏是二弟子？有何缘由？分析起来二弟子应指阿难，换言之，三藏的原型之一是佛弟子阿难。

阿难，全称阿难陀，是佛祖十大弟子之一②，自齐梁以降，随着信仰流播，其画像在中土广布。中土常见的释迦如来及弟子组合之一便是佛祖中立，迦叶、阿难左右侍立，二弟子之说应是由此而来。这

① 参见赵雨：《孙悟空形象原型及其宗教精神考释》，《运城学院学报》2003 年第 1 期。

② 佛祖十大弟子，排序多有不同，如：舍利弗、目犍连、迦叶、阿难、富楼那、须菩提、摩诃迦旃延、优婆离、阿那律、罗睺罗。参见弘学编著：《佛教图像说》第三章“声闻部图像”，巴蜀书社，1999 年。

种设置如果追溯佛经教典可能源自《付法藏因缘传》①。但民间大众往往不会介意于此,阿难的形象看起来比迦叶可要年轻得多,所以在他们心目中迦叶被视作大弟子,那阿难自然就是二弟子了。那是什么把阿难和玄奘连在了一起呢?这和唐宋以来对玄奘的圣化有关,民间多有把玄奘视为罗汉加以供奉、崇拜者,就是今天依然如此。如西安大慈恩寺大雄宝殿东西两厢尚排列着包括玄奘在内的十八罗汉(十六位声闻尊者与庆友、玄奘)塑像②;延安安塞樊庄第2窟,南壁西侧罗汉群像、大足石刻五百罗汉中都有玄奘取经像,大足北山168窟,在左壁罗汉群像中,也有玄奘取经像③。将玄奘视为罗汉崇拜成为一种风潮④。

佛徒们对玄奘的推崇在典籍文献中在在皆是,慧立、彦悰所撰《大慈恩寺三藏法师传》云:"且如奘师一人,九生以来,备修福慧,生生之中,多闻博洽,聪慧辩才,于赡部洲支那国常为第一,福德亦然。"⑤熟悉佛经的朋友一望便知,这段描写其实来自佛典对阿难的描写。因为"多闻第一"恰恰是阿难的标配。《杂阿含经》(卷二三)、《增一阿含经》(卷三)、《楞严经》(卷一)等佛教经典皆以"多闻第一"来标榜阿难⑥,作为佛陀十大弟子之一,惟独他对佛陀之法能够融会贯通,记诵无碍。值得玩味的是,唐文宗大和二年(828),大安国

① 参见《乾隆大藏经》,中国书店,2009年,第107册。

② 陈景富主编:《大慈恩寺志》卷12,三秦出版社,2000年,第52页。

③ 魏文斌、张利明编著:《西游记壁画与玄奘取经图像》,江苏凤凰美术出版社,2019年,第8、22—24页。

④ 详见刘淑芬:《唐代玄奘的圣化》,《中华文史论丛》2017年第1期;《宋代玄奘的圣化》,《中华文史论丛》2019年第1期;胡胜:《叠加的影像——从宾头卢看玄奘在"西游"世界的变身》,《文学遗产》2020年第5期。

⑤ (唐)慧立、(唐)彦悰著,孙毓棠等点校:《大慈恩寺三藏法师传》,中华书局,2000年,第224页。

⑥ 参见《乾隆大藏经》,第51、50、47册。

寺僧人令捡上奏请建玄奘塔和窥基塔(窥基为玄奘弟子),第二年塔身竣工,事隔十年塔铭方才镌刻完毕。《玄奘塔铭》对玄奘进行圣化是再自然不过的事,可有意思的是《基公塔铭》有段话:"三藏法师庙讳奘者,多闻第一,见道颇加竦敬,曰'若得斯人传授,释教则流行不竭矣'。"①只"多闻第一"四字便泄露了机关,明显是将玄奘比附为阿难。中土对玄奘的这种崇拜,甚而影响了日本,其镰仓时代的宗教文物,干脆把玄奘和阿难相对应起来安排②。

如果说上述将玄奘和阿难的比附,缘于"内美"——博闻广记、佛法精熟,那么,二者外形的端严靓丽则更为广大信众所津津乐道。《大慈恩寺三藏法师传》对法师的描写是:"(身高)七尺余,身赤白色,眉目舒朗,端严若神,美丽如画"(正因为如此,在《西游记》中才有三藏的炫酷外表"浑如极乐活阿罗,赛过西方真觉秀"③);而阿难之美,"面如净满月,眼若青莲华"④,美到令异性一见倾心,无法自制,典型者便是佛教经书所记摩登伽女之事。《摩登伽经》《楞严经》《摩登女解形中六事经》《摩登女经》《舍头谏太子二十八宿经》等对此皆有记载,只是细节各有不同,以《楞严经》为例:

> 尔时,阿难因乞食次,经历淫室,遭大幻术,摩登伽女以娑毗迦罗先梵天咒,摄入淫席,淫躬抚摩,将毁戒体……世尊顶放百宝无畏光明,光中出生千叶宝莲,有佛化身结跏趺坐,宣说神咒,

① 王昶:《金石萃编》卷113《基公塔铭》,《续修四库全书》第889册,上海古籍出版社,2002年,第546页。

② 参见刘淑芬:《唐代玄奘的圣化》,《中华文史论丛》2017年第1期。

③ (明)吴承恩著,李天飞校注:《西游记》,第180页。

④ (宋)志磐撰,释道法校注:《佛祖统纪校注》,上海古籍出版社,2012年,第136页。

敕文殊师利将咒往护。恶咒销灭,提奖阿难及摩登伽归来佛所。①

阿难俊朗清秀的外貌为他的修行平添了阻力,这段"将毁戒体"的独特经历,其实也是所有出家修行者都要面对的重要关卡——色欲考验,即如何面对"淫"戒。因为"'淫'在经典里多与女性结合紧密……于是便将情欲的对象变成情欲本身,女性就成了情欲化身,成了女难,即女色魔难"②。于是文学作品中在出家修行者面对色欲考验的紧要关头,这熟悉的一幕屡屡再现:明代徐渭《四声猿·玉禅师翠乡一梦》玉通和尚被红莲女引诱破戒,悔之不迭,一支【侥侥令】道尽悔意:"摩登浑欲海,淫咒总迷天,我如今要觅如来何由见? 把一个老阿难戒体残,老阿难戒体残。"③把妓女红莲比作摩登伽女,自比阿难。凌濛初《二刻拍案惊奇》"许察院感梦擒僧,王氏子因风获盗"描写淫尼真静"似摩登伽女来生世,哪怕老阿难不动心"④。而杨景贤《西游记杂剧》中第十七出"女王逼配",唐僧师徒途经女儿国,女王欲强迫三藏,有【寄生草】云:

直裰上胭脂污,袈裟上腻粉香。似魔腾伽(按,即摩登伽)把阿难摄在淫山上……魔王苦苦害真僧,如今佳人个个要寻和尚。⑤

---

① 《楞严经》卷1,《乾隆大藏经》,第47册,第3页。
② 苏美文:《情欲魔女、罗汉圣者——摩登伽女的形象探论》,《汉学研究》第28卷第1期。
③ (明)徐渭著,周中明校注:《四声猿》,上海古籍出版社,1984年,第24页。
④ (明)凌濛初著,石昌渝校点:《二刻拍案惊奇》,江苏古籍出版社,1990年,第425页。
⑤ 胡胜、赵毓龙校注:《西游戏曲集》,第98页。

这样看来,《西游记》唐僧师徒(主要是三藏)屡屡面对色欲诱惑渊源有自。第二十三回("三藏不忘本,四圣试禅心")、第五十四回("法性西来逢女国,心猿定计脱烟花")、第五十五回("色邪淫戏唐三藏,性正修持不坏身")、第六十四回("荆棘岭悟能努力,木仙庵三藏谈诗")、第七十二回("盘丝洞七情迷本,濯垢泉八戒忘形")、第八十二回("姹女求阳,元神护道")、第九十四回("四僧宴乐御花园,一怪空怀情欲喜"),仅"女难"在"九九八十一难"中便有"七难"之多,可见三藏面对的色欲考验极为严苛。其中有佛、有人、有妖,神佛是以色欲作为考验,如第二十三回,黎山老母、观音菩萨等为代表,而其他不论世俗女子(女儿国国王),还是女妖(蝎子精、杏花妖、蜘蛛精、金鼠精、玉兔精),无一例外,除了对异性肉体的垂涎而外,在三藏还多了前世的"基因"诱惑。所谓"童身修行,一点元阳未泄"(第八十回),便有众女妖"采取元阳真气,以成太乙上仙"(第九十三回)的幻想。三藏面临重重色诱,最终与阿难一样,谨守戒体,成功突破自我,完成自我救赎。

当然,可能有人会说,《西游记》中不是还有阿难、迦叶索取取经"人事"一回吗?第九十八回"猿熟马驯方脱壳,功成行满见真如",唐僧师徒历尽艰险得上灵山,当佛祖命迦叶、阿难传经之际,二人百般刁难,先是传了无字真经,被燃灯古佛派白雄尊者点破之后,第二次还是索取了唐王所赐紫金钵盂作为"人事",猥琐不堪,"把脸皮都羞皱了,只是拿着钵盂不放"①,这是作者对神佛的揶揄之笔,是小说滑稽诙浪的叙事风格的体现,这和把阿难作为原型,将其某些特征潜隐进三藏的形象之中并不矛盾。这正是作者的高明处。

对于《西游记》的作者来说,他一方面谙熟传统文化,因此把饱含传统积淀的蝉意象作为比附,使三藏的形象暗含追求长生的隐喻,显性层面则使金蝉子成为诸妖眼中的"唐僧肉",垂涎不已;同时他又把

① (明)吴承恩著,李天飞校注:《西游记》,第1233页。

佛经道典通俗化，以佛子阿难为原型，转嫁他独特的修行经历，把佛教具有代表性的“摩登伽女之难”，拓展演化为三藏所面临的重重色欲考验，为充满惊险悬疑的情节加进了更多的旖旎“情色”，然而分寸的拿捏基本做到了“色而不淫”（这同样可以证明前文所说的作者在叙事上的“克制”），在女色的考验中凸显了三藏的经典形象。作为如来佛的“二弟子金蝉子”，这一准确定位是三藏形象经典化的关键。正是这潜隐的层面绾结起了《西游记》小说的情节发展，成为叙事的原动力。传统的神佛（罗汉）转世、历劫谪世结构，在作者笔下得到了完备、升华（早期作品如《三藏取经》的“三十六难”①，发展为九九八十一难），使小说的艺术品位达到了新的高度。

而对“二弟子”“金蝉子”的阐释，也提醒我们：对《西游记》一书的文化解读不是“猜笨谜”，不是牵强附会，或者有悖常识的自说自话。书中的形象、名物、情节等确实与当时民众（尤其市民阶层）的一般知识、观念和信仰有密切关系，作者也经常利用这些通俗文化素材来辅助叙事，但我们对这些形象、名物、情节的解读应该回归当时通俗文化传播的历史语境，借助考古实物与历史文献来佐证阐释活动所勾连起的逻辑链条，《西游记》中的各处细节，是可以有也应当有深意存焉的，但究竟是怎样的“深意”，如何去挖掘这些“深意”，我们还应当抱着审慎的态度，以学理方法进行考察与分析。一方面，我们应该跳出普通读者的一般性文学接受逻辑，尝试去发现、还原作者提炼自民间而应用于叙事的各种文化符码，另一方面，我们又不能陷入传统“证道者”的逻辑怪圈，强制阐释，偏离原著相对克制的文学表达和文化表现而走得太远。

（原载《陕西理工大学学报》社会科学版，
2019年第6期，与罗兵合作，有改动）

① 泉州地方戏曲研究社编：《傀儡戏·〈目连〉全簿》，中国戏剧出版社，1999年。

《西游记》与全真教关系辨说

——以“车迟斗圣”为中心

作为“世代累积型”成书的典范之作,小说《西游记》经历了漫长的成书过程,思想意蕴极为复杂。从百回本问世之日起,人们对其题旨的阐释,就一直见仁见智,“或云劝学,或云谈禅,或云讲道……”① 莫衷一是。关于小说与全真教(或曰“金丹大道”)的纠结,更是聚讼纷纭。以小说而“证道”者在在尤多。事实上我们必须看到:《西游记》首先是一部小说,而非演述“金丹大药”的“道书”秘典,至于小说中的某些全真教因素(或“丹道”之说),应该是在成书的特定历史区间内,以一种特殊的形态羼入文本,成为小说的有机组成部分。但必须澄清的是,现今我们所能看到的以世德堂本为代表的百回本体系中,丹道思想只是以残金碎玉的形式散见于字里行间,小说的主体意蕴在成书的漫长“累积”过程中已悄然发生了转移,以现存小说文本“证道”无异于刻舟求剑。

一

以“丹道”说解读《西游记》不是现代人的专利。早在世德堂百回本《西游记》问世前后,“证道”之说便不绝于耳。世德堂本署名陈

① 鲁迅:《中国小说史略》,第 166 页。

元之的序中说：

> 旧有叙，余读一过……其叙以为孙，狲也，以为心之神。马，马也，以为意之驰。八戒，其所戒八也；以为肝气之木。沙，流沙，以为肾气之水。三藏，藏神、藏声、藏气之三藏，以为郛郭之主。魔，魔以为口耳鼻舌身意恐怖颠倒幻想之障。故魔以心生，亦心以摄。是故摄心以摄魔，摄魔以还理。还理以归之太初，即心无可摄。此其以为道之成耳，此其书直寓言者哉！彼以为大丹之数也，东生西成，故西以为纪……①

这段关于“心猿意马”“肝木肾水”的叙言，事实上已开“证道”之先河。师徒五人（包括白马）皆有所指，皆为大丹修炼之必须。就是西方路上的诸般妖邪，亦皆由心生，“以为口耳鼻舌身意恐怖颠倒幻想之障”（在小说文本中则谓“心生种种魔生，心灭种种魔灭”）。不管这段玄言正确与否，作为序作者刻意拈出的“旧叙”显然别有深意。世德堂本一般认为刊刻于明万历二十年（1592），其“旧叙”当早于此时，自无疑议。能为这一说法提供佐证的还有明嘉靖初人孙绪《沙溪集》中的一段话：

> 释氏相传，唐僧不空取经西天，西天者，金方也，兑地，金经所自出也。经来白马寺，意马也。其曰孙行者，心猿也。这回打个翻筋斗者，邪心外驰也。用咒拘之者，用慧剑止之，所谓万里之妖（遥）一电光也。诸魔女障碍阻敌临期取经采药魔情纷起也，皆凭行者驱敌，悉由心所制也。白马驮经，行者敌魔，炼丹采

① （明）吴承恩著，李天飞校注：《西游记》，第1页。

药,全由心意也。①

这里的唐僧不空取经说尽管启人疑窦,但限于篇幅,暂不在本文讨论范围之内。引人瞩目的是"意马""心猿""邪心外驰""取经采药魔情纷起""悉由心所制"与前之"旧叙"所谓"魔以心生,亦心以摄"如出一辙。孙绪为弘治进士,嘉靖初任太仆卿,其说与"旧叙"自成呼应。此外,杨慎所著杂剧《洞天玄记》②署名杨悌之"前序"谈到《西游记》则云:

> 予常审思其说。其曰唐三藏者,谓己真性是也;其曰猪八界者,玄珠谓目也;其曰孙行者,猿精谓其心也;其曰白马者,谓意,白则言其清静也;其曰九度至流沙河,七度被沙和尚吞噉。沙和尚者,嗔怒之气也;其曰常得观世音救护。观世音者,智慧是也;其曰一阵香风还归本国者,言成道之易也。人能先以眼力,看破世事,继能锁心猿,拴意马,又以智慧而制嗔怒,伏群魔,则成道有何难哉?③

同样以"真性元神""心猿意马"之说诠释"西游",此则序言署"嘉靖壬寅冬",即嘉靖二十一年(1542),距世德堂百回本梓行问世尚有五十年,这一方面说明世德堂前百回本("世前本")存在的可能,另一方面则透露出此本"语道"的玄机。稍后谢肇淛的《五杂组》亦有"以

① 蔡铁鹰:《西游记资料汇编》,第280页。

② 《洞天玄记》一般认为改编自明初兰茂《性天风月通玄记》,此剧充满"金公木母""姹女婴儿"道教玄理,实为丹道之说的图解,而兰茂又是《续西游记》的候选作者之一,凡此种种,应非巧合,限于篇幅,当另撰文讨论。

③ 王季烈编校:《孤本元明杂剧》二,中国戏剧出版社,1958年。

猿为心之神,以猪为意之驰"①之语。

值得注意的是孙绪、杨慎、谢肇淛皆为朝廷命官,当时较有影响之文人学者,加上"旧叙"所言之"唐光禄",他们异口同声地论"道"《西游记》,只能说明《西游记》(不管是否世德堂百回本)颇具影响,"丹道"之说渊源有自。

世德堂本问世之后,各种删改本、评点本风行一时。晚出的闵斋堂本《新刻增补批评全像西游记》"窾言"则曰:

> 《西游记》虽小说也,内有玄门之工夫、佛门之宗旨。实关大道焉,读者急须着眼;
>
> 孙行者非他也,即吾人之心是也。行者之变化,非他也,即吾心之变化者是也。人身自有一部真《西游记》,勿向外面寻索可也。
>
> 唐三藏亦非他也,即以为吾人之身藏气,气藏精,精藏神,亦无不可。大抵说一藏字,则不许洩露可知已。
>
> 猪八戒亦非他也,即以为戒吾身之不孝不弟、不忠不信、不礼不义、不廉不耻,亦无不可。大抵说一戒字,则不许放肆可知已。
>
> 以行者为吾人之心猿,以白马为吾人之意马,亦非牵强之言,总是关属之语。
>
> 观世音亦不在远,即此心之自在者是也……
>
> 如来佛亦不在外,即此心之本来是也。行者变化,心之变也;如来佛,心之常也。行者一根头去十万八千里,只在如来掌中,见得心之变,出不得心之常之手也,变终归于常而已矣。语

① (明)谢肇淛:《五杂组》卷一五"事部",上海书店出版社,2009年,第312页。

云佛在心头，即此意也。①

说得更加浅显、明白，直如为世德堂本“旧叙”作了脚注一般。

上述几位明代文人学者（不管在世德堂百回本之前还是之后）语涉“西游”，皆直指“意马心猿”“元神真性”，不离“证道”，代表了当时文人的一种普遍看法，未必是误读。顺次而下，清康熙年间问世的《西游证道书》更是将“道书”之说推向极致，不仅书前署名虞集的序言明确提出了著作所有权为全真七子之一的丘处机（一下子将小说和全真教关联在了一起），书中的批注更是连篇累牍，孜孜于“证道”，其后的《西游真诠》《西游原旨》《通易西游正旨》，乃至《西游记记》等皆秉承了《西游证道书》的传统，强参己意，大肆夸张，绵延不绝。所以，“西游证道”其来有自，非独今人心血来潮，自创新说。

至现当代，《西游记》阐扬丹道之说在学界纵非司空见惯，亦时有微澜。因为涉及到了作者归属、版本流变乃至创作思想等问题，可以说牵一发而动全身。所以围绕《西游记》的丹道思想的论述从来就没有停止过。柳存仁②、徐朔方③、陈洪④以及李安纲⑤、胡

① 〔日〕矶部彰编著：《庆应义塾图书馆所藏闽斋堂刊〈新刻增补批评全像西游记〉の研究と资料》（上），第15页。

② 参见柳存仁：《和风堂文集》，上海古籍出版社，1991年，第1319—1382页。

③ 徐朔方：《评〈全真教和小说西游记〉》，《文学遗产》1993年第6期。

④ 陈洪、陈宏：《论〈西游记〉与全真教之缘》，《文学遗产》2003年第6期。

⑤ 李安纲先后出版《苦海与极乐：〈西游记〉奥义》（东方出版社，1995年）、《美猴王的家世》（中国社会科学出版社，2002年）、《观世音的圆照》（中国社会科学出版社，2002年）等系列著作，认为小说《西游记》的人物、情节、主题等皆脱胎于全真教经典《性命圭旨》，因此作者绝非吴承恩。并认为，宋代内丹清静派创始人石泰的《还源篇》81章炼丹五言绝句是八十一难的原型。

义成①、郭健②诸位都有过相关论述,甚而论争。

这里面尤以柳存仁、徐朔方、陈洪三位先生的观点具有代表性。柳存仁受日本学者太田辰夫的启发,在做了大量文献梳理之后发现:小说中的"道教诗词,数目多至不胜枚举","诗词和叙述文字打成一片,情节的描述和修炼的功夫在篇幅里融合无间,却仍旧不失其宗教的本色,正象是一个全真教本的《西游》应该有的东西。一个道教的本子,也许就是这样形成的。""有很多本身虽有道教色彩,实是和正文情节无关的",是由定稿人硬加进去的,还加若干说明性文字,"至少主观上曾经企图把道教的修持功夫和三藏取经的艰难历程,尽量地联系在一起,做一个可以相互印证的比喻。"但源自全真名人的诗词,"都曾经被袭用的人或多或少地改篡",所以,他认为存在一个"全真本"的《西游记》,今本经过了删削③。此语一出,便引来国内知名学者徐朔方的反对意见。徐朔方认为:"这不是删削的结果,而是那时修炼金丹的知识在文人士大夫中间流行,即使不是信徒,也对它的一些术语耳熟能详。""《西游记》这一回某些描写源出全真教经

① 胡义成先后发表《茅山闫希言师徒:今本〈西游记〉定稿者》(《人大复印资料》2003 年第 3 期)、《"内证"显示元明全真道士是〈西游记〉创作主体》(《青岛科技大学学报》社会科学版,2006 年第 2 期)、《论元代全真道士史志经编创的小说〈西游记〉初稿》(《东南大学学报》2006 年第 5 期)、《〈西游记〉主旨研究的新视角:元代"丹学"》(《华北电力大学学报》社会科学版,2007 年第 1 期)等系列文章,论证《西游记》初稿的作者为全真教丘祖门人道士史志经,最后定稿人为明代万历间茅山全真教龙门派道士闫希言师徒,《西游记》的回目结构与"丹经"有关。

② 郭健先后发表《〈西游记〉与"金丹大道"》(《华中科技大学学报》社会科学版,2002 年第 6 期)、《〈西游记〉为"证道书"之说再认识》(《江汉论坛》2009 年第 5 期)、《百回本〈西游记〉作者非元代全真教道士辨》(《社会科学战线》2011 年第 5 期)等系列文章,因其宗教学博士出身,对"丹道"自有心得,所言每每中的。

③ 柳存仁:《和风堂文集》,第 1319—1382 页。

典,而全真教经典却又源出于佛典。这就是三教相互渗透、互为影响的历史真实。从中可以引申的结论如此,而不是在百回本之前有一个全真本《西游记》。"①陈洪则进一步阐释了"全真本"存在的可能性,认为"《西游记》在流传过程中是存在过一个被全真化的环节"②,"百回本之前,平话本之后,当有一个佚失了的本子……应是全真教借助'西游'故事传播教义的工具,也可以说是《西游记》成书过程中'全真化'的一个环节。"③

那么,今天我们能够看到的世德堂百回本《西游记》到底是否存在全真教内容、是否和全真教纠结不清呢?结合以上诸先生的论述不难看出,答案是肯定的。小说行文充斥着全真教的内丹术语,另外还有为数不少的诗词歌赋出自全真门人之手(这一点前文提到的几位先生都有过详细统计,本文为节省篇幅不再赘述)。那么,此全真教内容是否占小说主流,换句话,是否能够完全体现小说作者的主体思想?答案却是否定的。关于《西游记》的主体思想,鲁迅先生那段经典论述早已深入人心:

> 然作者虽儒生,此书则实出于游戏,亦非语道,故全书仅偶见五行生克之常谈,犹未学佛,故末回至有荒唐无稽之经目,特缘混同之教,流行来久,故其著作,乃亦释迦与老君同流,真性与元神杂出,使三教之徒,皆得随宜附会而已。④

---

① 参见徐朔方:《评〈全真教和小说西游记〉》,《文学遗产》1993年第6期。

② 参见陈洪、陈宏:《论〈西游记〉与全真教之缘》,《文学遗产》2003年第6期。

③ 参见陈洪:《〈西游记〉"心猿"考论》(《南开学报》2009年第1期);《〈西游记〉"全真之缘"新证三则》(《新世纪图书馆》2012年第3期);《从孙悟空的名号看〈西游记〉成书的"全真化"环节》(《中国高校社会科学》2013年第4期)。

④ 鲁迅:《中国小说史略》,第166页。

尽管《西游记》作为经典构筑了开放式解读空间，读者自可见仁见智，但鲁迅先生这段话却是极其精炼的概括，赢得了大多数读者的认可。在对先生真见卓识钦佩不已的同时，我们如果进一步追问：既然今本《西游记》思想庞杂，并非单纯“语道”，那么和“（全真）道”相关的这部分内容，是何时渗入小说文本的？又是如何改换的？前文陈洪已作出推论，提出“环节说”，本文在此基础上，截选“车迟斗圣”这段典型情节为个案进行剖析，试对《西游记》的这种精妙、细微变化做一梳理。

二

车迟国在《西游记》中乃一大关目，现存百回本以三回的篇幅演绎此事，分别为：第四十四回“法身元运逢车力，心正妖邪度脊关”；第四十五回“三清观大圣留名，车迟国猴王显法”；第四十六回“外道弄强欺正法，心猿显圣灭诸邪”。叙虎力（虎精）、鹿力（鹿精）、羊力（羊精）三位大仙哄弄国王，把持朝政，兴道灭僧。唐僧师徒路过，倒换关文，悟空兄弟三人大闹三清观戏耍三仙，以至僧道演法对决：呼风唤雨、云梯显圣、隔物猜枚、断头再生、剖腹剜心、滚油洗澡。写得是花团锦簇，热闹非常，把一个促狭、刁钻的孙大圣刻画得活灵活现，吊足了读者的胃口。然而透过文字表面的热闹，有心人在这一情节单元发现了大量的全真教印痕。

如果说回目中的丹道术语“车力”“脊关”“心猿”等尚不足以使人完全信服，因为百回本回目中的丹道术语几随处可见，那么，化入情节，成为叙事流程有机组成部分的丹道概念可作为更令人信服的例证，如第四十四回：

行者渐渐按下云头来看处，呀！那车子装的都是砖瓦木植土坯之类;滩头上坡坂最高,又有一道夹脊小路,两座大关,关下之路都是直立壁陡之崖,那车儿怎么拽得上去……

行者……径往沙滩之上。过了双关,转下夹脊……

那大圣径至沙滩上,使个神通,将车儿拽过两关,穿过夹脊,提起来,摔得粉碎。把那些砖瓦木植,尽抛下坡坂。①

这一大段文字之所以引人注目,是因为极具丹道意味的语言化入了小说情节。以形象的语言,巧妙地在情节中融汇了丹道行功的过程。正如研究者所说:"只有信奉道教内丹之说的人才能如此举重若轻地将如此深奥的理论信手化入小说叙述文本之中。"②

其实早在明刊李卓吾评本即已点出:"此处虎力、鹿力、羊力三道士,亦是虎车、鹿车、羊车的隐名。作者之意,亦欲人不以三车为了义也。读《西游记》者,亦知之乎,否也?"③清康熙年间的《证道书》评点者同样认为:"车迟国之夹脊双关,即吾身之夹脊双关也""以两河之河,合之车迟国之车,夫是之谓河车"④,俱已点破了关窍。"车迟","河车迟滞"之义也(《周易参同契》有"北方河车"之说;《悟真篇》亦有"河车不敢暂留停,运入昆仑峰顶"之语)。所谓"河车",在内丹学中指人体前后任督二脉,二脉通畅即人的元阳正气流通,而河车运行,必经"夹脊"。全真教创始人王重阳的《重阳真人金关玉锁诀》有"用三车搬运上昆仑顶"之说:

---

① (明)吴承恩著,李天飞校注:《西游记》,第585—592页。

② 陈洪、陈宏:《论〈西游记〉与全真教之缘》,《文学遗产》2003年第6期。

③ 陈先行、包于飞校点:李卓吾评本《西游记》,上海古籍出版社,1994年,第624页。

④ 黄永年、黄寿成点校:《黄周星定本西游证道书》,中华书局,1993年,第361页。

> 第一,神性是大牛之车,须索动青牛拽车,车中载宝,是鹿车。第二,行白牛拽车,车中载宝。第三,暖气行火是羊车,赤牛拽车,车中载宝。三车行时,初离荆山尾闾中,入地轴,过天关,过下双关肾俞二穴,是腰腿入漕溪地,夹脊上双关,夹脊是也。①

具体说起来,“丹法在讲运火采药时,用火候有三个阶段即羊车、鹿车、牛车。由尾闾关至夹脊关,细步慎行,如羊驾车之轻柔;由夹脊关至玉枕关巨步急奔,如鹿驾车之迅捷;由玉枕至泥丸,因玉枕关极细极微,必须用大力猛冲,如牛驾车之奋猛。此种比喻,必须有药时才用。所谓‘载金三车,直上昆仑。’”②所以,此回三妖实对应“三车”。但这里最令人惊诧的是,如果按丹道修持应该是牛车、鹿车、羊车,与之对应的形象应该是牛精、鹿精、羊精,可是现存的本子却明明白白是虎精、鹿精、羊精,分明已无法和“丹经”对应,差之毫厘谬以千里,已非复丹经旧貌。那么究竟何时用虎精替换了牛精呢?为何要替换呢?如果循此思路,追溯三仙出现的历史渊源,我们能发现百回本《西游记》演进中“丹道”思想入出的痕迹,从中也可窥见不同作家创作主体思想的变化。这点我们可借助《西游记》不同演化阶段的作品来实现。

众所周知,《大唐三藏取经诗话》出现较早,只是略具雏形,没有车迟国故事,而队戏《唐僧西天取经》中已有“到车迟国”的记载③,但无详细描述。朝鲜汉语教科书《朴通事谚解》所引的《西游记

---

① (金)王重阳著,白如祥辑校:《王重阳集》,齐鲁书社,2005年,第284页。

② 王沐:《〈悟真篇〉丹法要旨》(下),《道协会刊》1982年第2期。

③ 参见《礼节传簿》,载山西师大戏曲文物研究所编:《中华戏曲》第三辑,陕西人民出版社,1987年。

平话》[1]却明确详细演绎了“车迟斗圣”故事：

> 唐僧往西天取经去时节，到一个城子，唤做车迟国。那国王好善，恭敬佛法。国中有一个先生，唤伯眼，外名唤烧金子道人。(《西游记》云：“有一个先生到车迟国，吹口气，以砖瓦皆化为金，惊动国王，拜为国师，号伯眼大仙。”)见国王敬佛法，便使黑心，要灭佛教，但见和尚，拿着曳车解锯，起盖三清大殿，如此定害三宝。一日，先生们做罗天大醮，唐僧师徒二人，正到城里智海禅寺投宿，听的道人们祭星，孙行者，师傅上说之，到罗天大醮坛场上藏身，夺吃了祭星茶果，却把伯眼打了一铁棒。小先生到前面叫点灯，又打了一铁棒。伯眼道：“这秃厮好没道理！”便焦燥起来，到国王前面告未毕，唐僧也引徒弟去到王所，王请唐僧上殿，见大仙打罢问讯，先生也稽首回礼。先生对唐僧道：“咱两个冤仇不小可哩。”三藏道：“贫僧是东土人，不曾认的你，有何冤仇？”大仙睁开双眼道：“你教徒弟坏了我罗天大醮，更打了我两铁棒。这的不是大仇？咱两个对君王面前斗圣，那一个输了时，强的上拜为师傅。”唐僧道：“那般着？”伯眼道：“起头坐静，第二柜中猜物，第三滚油洗澡，第四割头再接。”说罢，打一声钟响，各上禅床坐定，分毫不动，但动的便算输。大仙徒弟名鹿皮，拔下一根头发，变做狗蚤，唐僧耳门后咬，要动禅。孙行者是个胡孙，

---

① 关于《西游记平话》成书时间，一般认为是元末。但石昌渝先生对此持审慎态度(参见《中国小说源流论》修订版，生活·读书·新知三联书店，2015 年，第 343—344 页)。笔者以为，如果从文本的情节繁简变化来看，在百回本问世后的强力影响之下，不应相差如此悬殊，这点如果参看晚出的清传奇《莲花会》即可知，同样用“车迟斗圣”故事，虽主旨有异，但故事原型未变。参见拙文《论稀见戏〈莲花会〉与〈收八怪〉——兼及“西游戏”的俗化》(《文学遗产》2017 年第 4 期)。

见那狗蚤,便拿下来磕死了。他却拔下一根毛衣,变做假行者,靠师傅立的。他走到金水河里,和将一块青泥来,大仙鼻凹里放了,变做青母蝎,脊背上咬一口,大仙叫一声,跳下床来。王道:"唐僧得胜了。"又叫两个宫娥,抬过一个红漆柜子来,前面放下,着两个猜里面有甚么。皇后暗使一个宫娥,说与先生,柜中有一颗桃。孙行者变做个焦苗虫儿,飞入柜中,把桃肉都吃了,只留下桃核出来,说与师傅。王说:"今番着唐僧先猜。"三藏说:"是一个桃核。"皇后大笑:"猜不着了!"大仙说:"是一颗桃。"着将军开柜看,却是桃核,先生又输了。鹿皮对大仙说:"咱如今烧起油锅,入去洗澡。"鹿皮先脱下衣服,入锅里。国王喝彩的其间,孙行者念一声"唵"字,山神、土地、神鬼都来了。行者教千里眼、顺风耳等两个鬼,油锅两边看着,先生待要出来,拿着肩膀飙在里面。鹿皮热当不的,脚踏锅边待要出来,被鬼们当住出不来,就油锅里死了。王见多时不出时:"莫不死了么?"教将军看。将军使金钩子,搭出个烂骨头的先生。孙行者说:"我如今入去洗澡。"脱下衣裳,打一个跟斗,跳入油中,才待洗澡,却早不见了。王说:"将军,你搭去,行者敢死了也。"将军用钩子搭去,行者变作五寸来大的胡孙,左边搭右边躲,右边搭左边去,百般搭不着。将军奏道:"行者油煎的肉都没了。"唐僧见了啼哭。行者听了跳出来,叫:"大王,有肥枣么?与我洗头。"众人喝采,佛家赢了也。孙行者把他的头,先割下来,血沥沥的腔子立地,头落在地上,行者用手把头提起,接在脖项上依旧了。伯眼大仙也割下头来,待要接,行者念"金头揭地、银头揭地、波罗僧揭地"之后(……),变作大黑狗,把先生的头拖将去,先生变做老虎赶,行者直拖的王前飙了,不见了狗,也不见了虎,只落下一个虎头。国王道:"元来是一个虎精,不是师傅,怎生拿出他的本像。"说罢,越敬佛门。赐唐僧金钱三百贯,金钵盂一个。赐行者金钱三百贯打发了。这孙行者正是了的。那伯眼大仙,那里想胡孙手里死了。古人道:“杀人一万,自损三千。”①

这段情节,是《西游记平话》所述内容最为丰赡的一段,隐然已现百回本的某些滑稽谑浪风格,行者的性格也有了百回本的某些影子。但如果对比起来,我们会发现,和百回本差异还是很大。首先,没有三仙,只有一个虎精幻化的先生,“唤伯眼,外名唤烧金子道人”,不存在鹿精、羊精,换句话,无“三车”之名,自然也无法和“丹道”相联系。可以肯定地说,在《西游记平话》阶段尚没有“全真教”的影子,只有“烧金子道人”,没有全真道士之说。元末明初杨景贤的《西游记杂剧》中亦无丹道之说。而世德堂百回本,如前所述,不论诗词歌赋,还是相关情节,充斥“丹道”之说,但恰恰在关键环节(“三车”)上背道而驰,说明了一个问题,如柳存仁所说,全真教“丹道说”曾经大肆渗入过《西游记》,并隐然为自成体系的“全真本”,但需要进一步强调的是今本《西游记》已是改头换面,全真教教理犹存,却迥非旧貌。推测起来,全真教和《西游记》的结缘似只能在《西游记平话》和世德堂百回本之间的某个环节,尤其是明嘉靖之前的几十年,弘治、正德间一段可能性较大②。这一点从前文所列几位明人论述亦不难推出。

① 蔡铁鹰:《西游记资料汇编》,第481—483页。

② 这一时期,除了前文所列几位明代文人关于《西游记》的丹道之论,还有大量民间宗教文献有相关记载,如罗教的教典“五部六册”其中的《叹世无为卷》《巍巍不动泰山深根结果宝卷》等;而刊于嘉靖三十四年的《清源妙道显圣真君一了真人护国佑民忠孝二郎宝卷》,嘉靖三十七年的黄天教经卷《普明如来无为了义宝卷》等多大量出现“意马心猿”之类丹道术语,可与文人相关评论对看,但究竟是谁影响了谁,恐怕还难下断语。可以肯定的是这一时期不论是文人视野中的《西游记》,还是民间宗教视域中的《西游记》,都和“丹道”纠结不清,这应该是世德堂本《西游记》“丹道”之说大量充斥的根本原因。

三

前文所述,世德堂百回本和“道书”旨趣已是背道而驰,由孜孜“证道”一变而为纯然“游戏”,思想意蕴已悄然发生了大转换。这一点仅从车迟斗圣,以“虎”易“牛”即可见一斑。

世德堂百回本以“虎”易“牛”的改换,推究起来颇耐人寻味。

此处虎精恐是承《西游记平话》中的虎精而来,《西游记平话》中的伯眼大仙原形即是虎精,今本小说内容多承《西游记平话》,一脉相承,自无话说。但值得注意的是,如果说在《西游记平话》之后受全真教教义影响,或者说有丹道思想,出现“三车”——牛、鹿、羊也不奇怪。但这一规范的理想化的情节设置,在今本恰恰被打破了。因为今存百回本主体意蕴已经发生了转移,宣扬全真教义,弘扬“丹道”之说迥非作者本意,所以弃牛选虎,自是应有之举。

再者,百回本中的牛精实在不少,三藏初出长安所遇的特处士(第十三回)、火焰山的牛魔王(第六十至六十一回)、玄英洞的犀牛精(第九十一至九十二回),后二者给人留下很深的印象,尤其是牛魔王,更是《西游记》中浓墨重彩描写的对象,所以此处如果再写一牛精未免笔墨重复,从这一角度说,改牛为虎,自出新意(今存百回本中稍成气候的虎精只有第二十回黄风岭的虎先锋,也只会“金蝉脱壳”,最后被八戒一钉钯筑死)。

最引人注目的是,世德堂本由《西游记平话》的一个“烧金子道人”扩充为领了“五雷正法”的三位全真,这本身就流露了作者的命意所在。

作家将原本简单的“烧炼”——“吹口气,以砖瓦皆化为金”(《西游记平话》)演化成祈雨,既有烧炼外丹,又有符箓之功——“呼风唤雨,只在翻掌之间,指水为油,点石成金,却如转身之易”(第四十四回），写得是洋洋洒洒。将三位挟法自重、恃宠而骄的道士，写得极其传神。愚蠢、偏执、不识进退，最终自寻死路。这里面有对元明以来道教内部（“全真”“正一”）争斗倾轧的反讽，如《中国道教史》言：“两大派道教中，以斋醮祈禳为职事的正一派，因其宗教行事与民俗联系密切，所起的社会作用较全真更大，更适应明王朝利用神道设教以进行伦理教化的需要，因而受到明室的青睐，终明之世，正一道的政治地位，都远在全真之上。”①有明一代，正一道士中以方术道法显于时，受朝廷器重，或封爵者不乏其人，如刘渊然、邵元节、陶仲文等，而他们的主要事迹中，都有“祈雨”一说②，《西游记》中的三仙隐然有他们（或者说他们为代表的以“符箓”混世的正一道士）的影子，折射出现实的乱象。而这里所说的“全真”并非指全真教，应只是对普通道士的称谓。作者以纯然一副游戏笔墨，先是悟空三兄弟大闹坛场偷吃供果，哄三仙喝尿，然后是一场场法术比拼，中间夹杂无数噱头，令人忍俊不禁。当把小道士变成小和尚之时，戏剧性高潮出现了，一如李评本所言，“趣至此，妙至此，亦奇矣！”“文人之笔奇幻至此！”（第四十六回）作者对世俗道教完全是一种调侃、挖苦乃至批判的态度，甚而在这一回将三清圣像丢入茅司。

放眼全书，作者笔下车迟国的三仙和比丘国借“外丹”迷惑君王的鹿精国丈、乌鸡国假形害人的狮子精假国王是一丘之貉。作者对谗佞欺世的道教徒极尽嘲讽之能事，同样对贪婪多欲的世俗僧众，也是一样的批判，毫不留情。如观音院老僧谋夺袈裟，妄害人命，最后自害自身（第十六回），借猴子嘲观音“一世无夫”（第三十五回），写佛祖座下阿难、迦叶索要取经人事，公然受贿（第九十八回）。宗教的

① 卿希泰主编：《中国道教史》第3卷，四川人民出版社，1993年，第436页。

② 参见《明史》卷299“列传”第187“方伎”，中华书局，1974年，第7656页；卷370“列传”第195“佞幸”，第7894、7897页。

神圣、庄严完全被解构。所以，今本《西游记》不存在抑僧、抑道，或弘佛、弘道，至少从现存世德堂百回本《西游记》中，从“车迟斗圣”中，我们看到的是三教圆融，正所谓“望你把三教归一：也敬僧，也敬道，也养育人才。我保你江山永固”（第四十七回）。作者是主张三教圆融的儒生（是否吴承恩另当别论），表现的是自己“修、齐、治、平”理想无法实现的愤懑、不平。这是现存百回本《西游记》所传递给我们的主旨。

要之，从“车迟斗圣”这一较有代表性的情节，我们看到了现存百回本《西游记》主题意蕴的悄然改变，虽然文本中依然存在大量的与全真教（或曰“丹道说”）相关的情节元素，但已非复旧貌。如果说丹道之说，在小说成书、流传的某个环节羼入其中，并广为流传，时具影响，但至世德堂百回本问世之后，早已脱胎换骨，作者以滑稽谑浪的笔触“解构”了一切宗教的庄严与神圣。这也从另一个角度诠释了“世代累积型”成书的一个突出特点，非一时一地一人之作，打着浓重的时代印痕，其集大成之作在残留着“胎记”的同时，又有鲜明的个性色彩杂糅其间。

（原载《社会科学辑刊》，2016年第6期，有改动）

杨悌《洞天玄记·前序》所引《西游记》辨

《古本戏曲丛刊》四集《脉望馆钞校本古今杂剧》,收录了署名明代杨慎的《洞天玄记》(全名《宴清都洞天玄记》)[①]。此剧讲述形山道人无名子收伏袁忠、马志、闻聪、睹亮、孔道、常滋等昆仑山下六贼,降东蛟、捉金虎等故事。所谓“六贼”,即眼、耳、鼻、舌、身、意等“六识”,“龙虎”则指称“铅汞”[②],皆为丹道术语。可以看到,这是一部典型的用隐喻手法来图解丹道修行体系的作品,一如张天粹在跋中所云:“微辞奥旨,意在言外。”

不论从思想性,还是艺术性来讲,此剧都难称上乘。但围绕该剧又有一系列问题,关涉甚广,牵连颇多,需做一番辨析。

一

首先是该剧的作者问题。

一般认为此剧作者为杨慎。按,杨慎(1488—1559),《明史》有

① 另,黄仕忠发现现存于日本大谷大学的《四太史杂剧》,含(明)杨慎《洞天玄记》,刊刻于万历乙巳年(1605)。参见《日本大谷大学藏明刊孤本〈四太史杂剧〉考》,《复旦学报》2004 年第 2 期。

② 参见王沐:《〈悟真篇〉丹法要旨》(上),《道协会刊》1982 年第 1 期。

传。字用修,号升庵,四川新都人。正德六年(1511)进士第一,授翰林院修撰。嘉靖初年因触怒皇帝被贬云南,终老蛮荒①。杨氏著作宏富,后人辑为《升庵集》。因其声名远播,才气过人,雅俗兼擅,后世托名者颇多,存世之作真伪混杂,以致其对《洞天玄记》的著作权也遭到质疑。

即使承认杨氏对该书之著作权者,也对其原创性持否定态度。如有人提出:"在此剧前有兰茂的《性天风月通玄记》,内容相同,此剧乃据《通玄记》改编。之后又有陈自得的《证无为作太平仙记》,乃据《洞天玄记》窜改。"②认为他因袭了明代云南另一位隐士兰茂的传奇《性天风月通玄记》,而陈自得的《证无为作太平仙记》又抄袭了他的《洞天玄记》。

当然,说此剧因袭《性天风月通玄记》并非无因。兰茂(1397—1476),字廷秀,别号和光道人、玄壶子、洞天风月子,嵩明(今云南嵩明县)杨林人。是明初滇南名宿,著述甚丰。医学、经史、音韵、诗词、小说、戏曲无不涉猎。有传奇《性天风月通玄记》传世。杨慎贬谪云南之时,兰茂③谢世已久,但其声望仍在,杨慎曾有诗"兰叟和光卧白云,贾生东晦挹清芬。何人为续嵇康传,题作杨林两隐君",向这位滇南名宿致敬。巧合的是,杨氏还著有与兰茂医药著作同名的《滇南本草》一书。可知杨慎对这位前贤颇为关注,受其影响并不意外。而《性天风月通玄记》讲述的恰恰是:风月道人收服六贼(心、意、眼、鼻、舌、耳),降龙伏虎,使婴儿、姹女为婚。同样是用拟人化的手法敷衍故事,阐明"金丹性命之旨"。从立意上看,两剧之间确实有明显的

① 参见简绍芳编,程封改辑:《杨文宪升庵先生年谱》,《北京图书馆藏珍本年谱丛刊》,北京图书馆出版社,1999年,第487页。
② 见吴晓铃:《古本戏曲丛刊》第五集,上海古籍出版社,1985年,"前言",第1页。
③ 有关兰茂生平,参见(清)袁文典《滇南诗略》卷2"兰茂传",《丛书集成初编》第150册,上海书店出版社,1994年,第75页。

因袭色彩。但仔细比照两剧,二者之间并无相似的宾白与曲文,最多只是“师其意”①。所以,邓绍基主编的《中国古代戏曲文学辞典》“洞天玄记”条言此剧与兰茂《性天风月通玄记》情节相似,洵为公允之论。

至于此剧与陈自得《证无为作太平仙记》的纠葛,前者吴晓铃明确指出,陈作抄袭杨剧。但也有持相反意见者,如王文才认为:“剧本陈作,坊刻假大名于升庵,又撰伪序反指陈窃于杨。”②指出《洞天玄记》系商贾伪托杨慎之名以牟利,非杨慎所作。事实上,早在署名浪仙之《洞天玄记序》中已指出:“世之赝书无限……假托名流,幻惑时辈,甚则公取人长,而据为己有,极可恶已。”明确指出伪书乱真。如果我们平心静气,对两剧文本加以比勘,不难看出真伪源流③。其实,清代《扬州画舫录》卷五已直接标明“《洞天元记》,明杨慎作”(笔者按:“元”乃避“玄”字讳)。相形之下,《古本戏曲剧目提要》的说法较为客观:“此剧与杨慎《洞天玄记》所演事迹相同,曲文宾白也大都相同。……《太平仙记》可能是陈自得抄袭杨慎《洞天玄记》而成。”④

二

在明确了本剧的所属权之后,换句话说,在确定了本剧创作、刊刻时间之后,我们再把目光投向本剧的《前序》。不得不承认,这是一

① 参见曾绍皇:《杨慎杂剧创作之文献述评与文本考辨》,《武陵学刊》2014 年第 2 期。

② 王文才:《杨慎学谱·升庵著述录·学谱中》,上海古籍出版社,1988 年,第 358 页。

③ 参见曾绍皇:《杨慎杂剧创作之文献述评与文本考辨》,《武陵学刊》2014 年第 2 期。

④ 李修生主编:《古本戏曲剧目提要》,文化艺术出版社,1997 年,180 页。

篇具有特殊意义的序文。说其特殊，是因为其中提到了《西游记》。众所周知，现存世德堂百回本《西游记》的刊刻时间为明万历二十年(1592)，尽管前有陈元之“旧叙”，但学界大都对其抱以存疑的态度。毕竟“旧本”如何，煞费思量。而此序的出现无疑为我们提供了新的线索。序云：

> 三百篇之作，有益于风教尚矣。世降俗末，今不古若。冬葛夏裘，不无恐泥。是以古诗之体，一变而为歌吟律曲，再变而为诗余乐府。体虽不同，其感人则一也。世之好事者，因乐府之感，又捃摭故事。若忠臣烈士、义夫节妇、孝子顺孙，编作戏文，被之声容，悦其耳目。虽曰俳优末技，而亦有感人之道焉。波及瞿昙氏，亦有《西游记》之作。其言荒诞，智者斥其非；愚者信其真。予常审思其说。其曰唐三藏者，谓己真性是也；其曰猪八界者，玄珠谓目也；其曰孙行者，猿精谓心也；其曰白马者，谓意，白则言其清静也；其曰九度至流沙河，七度被沙和尚吞噉。沙和尚者，嗔怒之气也；其曰常得观世音救护。观世音者，智慧是也；其曰一阵香风还归本国者，言成道之易也。人能先以眼力，看破世事，继能锁心猿，拴意马，又以智慧而制嗔怒，伏群魔，则成道有何难哉？吁，什氏之用意密矣。惟夫道家者流，虽有《韩湘子蓝关记》、《吕洞宾修仙》等记，虽足以化愚起懦，然于阐道则未也。吾师伯兄太史升庵，居滇一十七载，游神物外，遂仿道书，作《洞天玄记》。与所谓《西游记》者同一意。其曰形山者身也；昆仑者头也；六贼者，心意眼耳口鼻也；降龙伏虎者，降服身心也。人能如此，则仙道可冀矣。此书当与《西游记》并传可也。愚也不揣凡骨，孜孜于神仙之学。其于明道立功，亦分内事也。偶睹斯文，有益吾教，敢不为吹棘爇檀之助耶。因祝羽士玄流，捻筠戛简之下，因言会意，得意忘言，庶乎不负所作。若曰恣取谐谑，贪

脱壳,功成行满见真如”),二次传经之后,命八金刚驾送圣僧东回。“金刚随即赶上唐僧,叫道:‘取经的,跟我来!’唐僧等俱身轻体健,荡荡飘飘,随着金刚驾云而起。”第九十九回(“九九数完魔灭尽,三三行满道归根”),为满“九九八十一难”之数,八金刚又奉佛旨,将他众人丢在通天河畔,难满之后,“只听得半空中有八大金刚叫道:‘逃走的,跟我来!’那长老闻得香风荡荡,起在空中。”第一百回(“径回东土,五圣成真”)开篇“且不言他四众脱身,随金刚驾风而起”。

从以上不难看出,《洞天玄记·前序》所说的《西游记》应为世德堂百回本之前的本子,其面貌与后出者之间,还有一定的差异。

三

当然,如果细揣序者之意,可能会有人提出所谓《西游记》应为杂剧或传奇,而非小说。“三百篇之作,有益于风教尚矣。世降俗末,今不古若。冬葛夏裘,不无恐泥。是以古诗之体,一变而为歌吟律曲,再变而为诗余乐府。体虽不同,其感人则一也。世之好事者,因乐府之感,又捃摭故事。若忠臣烈士、义夫节妇、孝子顺孙,编作戏文,被之声容,悦其耳目。虽曰俳优末技,而亦有感人之道焉。波及瞿昙氏,亦有《西游记》之作。”此处所谓“戏文”应泛指戏曲(非仅指南戏)无疑。序作者确是对戏曲的流变作了常规勾划,与时人并无二致①。仅从字面看是戏曲的教化作用“波及瞿坛氏”(即波及佛教),方“有《西游记》之作”。但是如果放眼传统小说、戏曲概念的变迁,跳出字面所拘,恐怕结论便要打个问号。因为传统文人把小说戏

① 如邹式金(约1596—1667)云:“《诗》亡而后有《骚》,《骚》亡而后有乐府,乐府亡而后有词,词亡而后有曲,其体虽变,其音则一也。”(《杂剧三集小引》,董氏诵芬室1941年刻本)

曲二者并举、混而为一的不胜枚举。典型者如日本内阁文库所藏尚友堂刊拟话本集《二刻拍案惊奇》居然收录了凌濛初《宋公明闹元宵杂剧》一卷。李渔称小说为"无声戏",也即无声之戏曲。阮葵生谓:"《续文献通考》以《琵琶记》、《水浒传》列之《经籍志》中,虽稗官小说,古人不废,然罗列不伦,何以垂后?"①蒋瑞藻的《小说考证》谓小说与戏曲"异流同源,殊途同归者也"②。梁启超则云:"盖全国大多数人之思想业识,强半出自小说,言英雄则《三国》、《水浒》、《说唐》……言情绪则《红楼》、《西厢》……"③黄人(摩西)更直称"小说为工细白描之院本,院本为设色押均(韵)之小说"④。所有这些都说明了人们对小说、戏曲文体认知上的含混。所以将小说说成戏曲似并不牵强。

再者,现存较早《西游记》戏曲,不论是吴昌龄《西游记杂剧》(存残折"老回回东楼叫佛"),还是杨景贤《西游记杂剧》皆无"丹道"内容。

退一步讲,即便序中所言《西游记》是戏曲,也不影响其价值。因为它不仅为我们提供了"丹道西游"存在的证据,还拓宽了其影响面,因此在《西游记》演化史上的意义不容抹煞。

概言之,《洞天玄记》作为一部在戏曲史上并不出彩的"神剧",它的前序却为西游学界带来了意外的惊喜,为我们提供了世德堂本之前《西游记》的相关信息,也为"丹道西游"的存在、传播提供了证

---

① 阮葵生:《茶余客话》卷16"小说",转引自朱一玄:《明清小说资料选编》上,齐鲁书社,1990年,第19页。

② 蒋瑞藻:《小说考证·附录·戏剧考证序》,古典文学出版社,1957年,第263页。

③ 梁启超:《告小说家》,《中华小说界》第2卷第一期(1915年),转引自朱一玄:《明清小说资料选编》上,齐鲁书社,1990年,第122页。

④ 黄人:《中国文学史》第一编《略论·文学华丽期》东吴大学堂讲义,国学扶轮社,1906年,第83页。

据链条,让我们理解当时、后世"丹道"之说成为可能。以往,对于明代"丹道西游"的主张,只是零星断片地散见于各家论著中,由于缺乏史料依据,各家观点基本都是对百回本中丹道成分的"遗貌取神",或是由清代"丹道派"批评的历史反溯,杨悌的这篇《前序》,则为我们提供了一个可借以重新组织观点、串联资料的明代文本坐标。只此一点,其在《西游记》演化史上的意义就不容抹煞。当然,杨悌这篇《前序》的存在,也为我们解读《洞天玄记》厘清了思路,这是《前序》的又一价值所在。

又,如果回到前文,学界汲汲于杨慎《洞天玄记》与兰茂《性天风月通玄记》间的纠结,是否考虑到二人与《西游记》的瓜葛呢?因为关于兰茂除了《性天风月通玄记》之外,尚有著《续西游记》一说,清人袁文典纂辑《明滇南诗略》卷一"兰茂"上眉批云:"止庵(按,兰茂之号)著作刊本……惟传其《续西游记》、《声律发蒙》二种,又有抄本《性天风月通元记》、南曲据本此本,寓言金丹之术,疑系伪托。"针对袁氏所载,学界在兰茂对《续西游记》的著作权问题上颇有争议,肯定者有之,认为"并非讹传"①,《续西游记》所据为"古本《西游记》"②,甚至认为"续"字乃抄录之讹,《续西游记》就是《西游记》③;否定者则以为证据不足④。

其实,换一种思路,如果兰茂作为《续西游记》作者的候选人无异议,而所著又与现存百回本不接榫,与"古本《西游记》"关系密切⑤,那么是否与"丹道西游"相关呢?《性天风月通玄记》作为丹道修行

① 参见刘荫柏:《〈续西游记〉作者推考》,《云南社会科学》1984 年第 3 期。
② 张颖、陈速校点:《续西游记·后记》,春风文艺出版社,1986 年,第 784 页。
③ 容津蓉、纪兴:《兰茂与最早的〈西游记〉》,《国学》2012 年第 1 期。
④ 徐章彪:《也谈〈续西游记〉的作者问题——与容津蓉、冉隆中两位先生商榷》,《电影评介》2011 年第 1 期。
⑤ 参见张颖、陈速校点:《续西游记·后记》,第 788 页。

的图解已是不可争辩的事实,而《洞天玄记》与之又百般纠结,且《前序》又明确提到《西游记》,那么我们能否进一步追问:其中是否有某种关联?这将是一个更有趣的话题,暂作引玉之砖,求证于学界贤达。

(原载《社会科学辑刊》2020年第2期)

异,是以戏代仪、仪中有戏的道教法事戏剧①。孙行者已从西天取经回转,娶妻成家,被目连以观音所赐金圈圈在头上,被迫随行,他的角色功能主要是插科打诨,而非降妖驱魔,与目连戏中习见的白猿不同。

《枉府西游》,则是两广交界处的南渡镇仪式剧。科仪本《取经科》、《西游科》(又名《枉府科》)演述观音化身和尚,点化唐僧,送小花帽让其制服悟空。师徒在观音护送下渡过寒冰池、火焰山,流沙河降伏沙精,同上灵山。另有一条线索——何担和尚灵山见世尊。据说南渡道馆仪式体系中有繁、简两本取经故事。简本为《取经科》,在道坛仪式中以诵念形式表现。该版本主要讲述何担和尚挑经救母,前往灵山取经,救度亡魂。繁版为《西游科》,用仪式剧《枉府西游》表现,内容在《取经科》的基础上进一步丰富,并将取经目的从"灵山见世尊",改为"真观见阿弥",以超荐孤魂为主旨。将何担和尚地狱巡游与唐三藏的西天取经融合到了一起②。

南音《罗卜挑经救母》(《目连救母》),是流行于广东、福建、台湾等地的一种说唱曲艺。内有"猿精截路""猿精借宝""金星收伏""二精交战"情节,叙白猿精率手下将目连捉住,吊于房梁。太白金星启奏玉帝,派张天师遣关、康、马、赵四元君救护。双方大战,白猿精用天罗网困住天兵,又与马、康二帅激战一日,白猿精拔毫毛变化无穷法身,但被火烧净,于是去芭蕉山寻契母芭蕉老母借芭蕉扇破了天兵火阵。关公请太白金星收了芭蕉扇,白猿精变化飞雁逃入云端。关

① 参见叶明生:《道教目连戏孙行者形象与宋元〈目连救母〉杂剧之探讨》,载《戏曲研究》第54辑,文化艺术出版社,1998年;刘远:《〈地狱册〉校注》,载《中华戏曲》第21辑,山西古籍出版社,1998年。

② 参见谢健:《仪式·文学·戏剧——〈西游记〉故事与目连救母渊源新证》,《世界宗教文化》2015年第3期。

公请出了齐天大圣。二者赌斗变化,猿精被擒。

湘剧《大目犍连》,第十一出“金狮下凡”、第十二出“观音收狮”讲金毛狮精下凡扰乱红尘,观音法眼观见黎民遭害,携善才、龙女,幻化一面食酒店,金毛狮精不察,入店吃面被铁链锁住心肝。

绍兴“老”本《目连救母》,有“骗钗”“女吊”,为东方亮妻故事。安徽、湖南的民间本子中也有“耿氏悬梁”或相近情节。其他如江苏高淳阳腔本(包含《化钗求子》《出神》《脱凡》),南音《罗卜挑经救母》(包含“翠莲施钗”“施钗误命”“金氏悬梁”)等皆有相似关目。

以上只是初步列举了各地目连戏中与《西游记》直接相关的各类情节。值得注意的是,这类情节涵括在目连戏之中,与目连戏融为一体,是目连戏的有机组成部分。

还有人注意到目连戏演出的一个独特现象,即与其他大戏的合演,如《梁传》《香山》《金牌记》《封神》,尤其是《西游记》,联演更多。现今所见的与《西游记》同演的目连戏即有歙目连(安徽)、川目连(四川)、江目连(江西)、泉目连(福建)等多种,其间各有不同①。

如果进一步追问,为何目连戏中会有如此多的“西游”元素?目连戏为何如此热衷与西游戏联演?抛开宗教因素,最直接的原因恐怕是演出规模和体制。孟元老《东京梦华录》曾载:“构肆乐人自过七夕,便般《目连救母》杂剧,直至十五日止,观者增倍。”②其为期一周的演出规模堪称壮观。正是这种搬演形式决定了其内容的不断扩张及与其他戏剧合演的必要性。因为随着时间的拉长(有七天、十四天,甚而长达七七四十九天的罗天大醮③),仅仅是区区目连本传的

① 参见胡胜:《重估“南系”〈西游记〉:以泉州傀儡戏〈三藏取经〉为切入点》,《复旦学报》(社会科学版)2017 年第 6 期。

② (宋)孟元老撰,邓之诚注:《东京梦华录注》卷 8,中华书局,1982 年,第 212 页。

③ 参见文忆萱:《湖南“目连戏”演出本辩证》,《艺海》2002 年第 4 期。

演出，已难以支撑。其“异形融合”“旁支扩张”的机制，决定了其本身内容不断膨胀的必然[1]。“被迫”合演的习俗，无疑促进了相互间的融合、吸收。所以对于目连戏与《西游记》的关系而言，二者是否一如之前研究者所说，仅是单向度的因袭？这一点只要我们对上述相关情节稍加辨析，即可有较为明晰的认识。

三

先看最为研究者所推重的《白猿开路》，一般认为它是现存目连戏中最早的。如朱恒夫即以为：“铙鼓杂戏的剧目基本上同于戏曲早期的剧目，也就是说，铙鼓杂戏的剧目内容自宋金以来没有什么变化。《白猿开路》为铙鼓杂戏整个剧目的情况推知，《白猿开路》亦是宋金时的剧目，其内容同于宋金时的目连戏内容。而拿《白猿开路》与郑之珍的《劝善戏文》相对应的内容比较，两者出入不大，这就有力地证明，《劝善戏文》的主要内容源于北宋时的目连戏。”[2]欧阳友徽更是认为《白猿开路》“很可能是学者们孜孜以求的宋元时期北方目连戏的遗珠之一”，“上限，不超过北宋大中祥符年间……下限，在元宪宗元年（1251）左右。”[3]但是如果我们将《白猿开路》中的相关情节和百回本《西游记》加以比照，渊源自现。白猿身上种种特征都和孙悟空高度重合。写的是白猿，事迹却明明是孙悟空。

---

① 参见陈泳超：《目连救母故事的情节类型及其生长机制》，《江苏行政学院学报》2006 年第 5 期。

② 朱恒夫：《目连变文、目连戏与唐僧取经故事关系初探》，《明清小说研究》1991 年第 2 期。

③ 欧阳友徽：《宋元遗珠——读铙鼓杂戏〈白猿开路〉札记》，载《中华戏曲》第 15 辑，山西古籍出版社，1993 年。

白猿(吟):
血口龙面眼如环,行动要把乾坤翻。
昨赴瑶池王母宴,蟠桃会上惊群仙。
花果山中逞纵横,寿活十万八千年。
欲知神妖名和姓,菩萨弟子是白猿。
……
手执金箍棒,法旨不敢违。
筋斗忙打起,一去十万里。
……
眼红面长嘴似龙,浑身白毛如雪明。
松柏石崖降生我,花果山中逞纵横。
玉帝仙酒我曾吃,盗去仙桃献寿星。
要知仙人名和姓,得道仙猴孙祖宗。①

不仅白猿如此,就连观音菩萨和沙僧也同样是"西游"范儿。观音召唤白猿,保护孝子目连西行:

既愿前行,我想你一人护送,前面有一流沙河,其中有一沙僧,他系玉帝卷帘将星,罚于沙河受罪,你可收伏作伴,三人同行。若遇妖魔神通广大,赐你法旨一道,召请天师,遣拘天将擒拿,口念吾神即至。②

---

① 山西省文化局戏剧工作研究室编:《山西地方戏曲汇编》第一集,《铙鼓杂戏专辑》一,山西人民出版社,1981年,第533—548页。
② 山西省文化局戏剧工作研究室编:《山西地方戏曲汇编》第一集,《铙鼓杂戏专辑》一,山西人民出版社,1981年,第534页。

沙僧出场,吟:

自幼出家入沙门,不受佛法好横行。
闷了上山去打虎,闲时下海捉蛟龙。
执檀杖赏善罚恶,神鬼见胆战心惊。
若知罗汉法名号,流沙河内一小僧。①

如果说上述情节、人物、语言尚属间接相似,再看更直接的:

表2 铙鼓戏《白猿开路》、百回本《西游记》、郑本《劝善戏文》比照

	铙鼓戏《白猿开路》	百回本《西游记》	郑本《劝善戏文》
白猿吟:	自幼为妖胆气高, 随时变化逞英豪。 花果山前为帅首, 水帘洞里聚群妖。 不管远近妖魔怪,春夏秋冬日日朝。 一卯不到打四十,两卯八十定不饶。 外国王子来纳进,年年献奉柘黄袍。 山后有个老仙长,寿活十万八千高。 老猿拜他为师父,指我长生路一条。 下海龙宫要宝贝,献出金箍棒一条。 凡间耍笑无结果,三十三天走一遭。	自小神通手段高, 随风变化逞英豪。 …… 那山有个老仙长, 寿年十万八千高。 老孙拜他为师父,指我长生路一条。 …… 下海降龙真宝贝,才有金箍棒一条。 花果山前为帅首,水帘洞里聚群妖。 玉皇大帝传宣诏,封我齐天极品高。 几番大闹灵霄殿,数次曾偷王母桃。 …… 送在老君炉里炼,六丁神	

① 山西省文化局戏剧工作研究室编:《山西地方戏曲汇编》第一集《铙鼓杂戏专辑》一,第535页。

续表

	铙鼓戏《白猿开路》	百回本《西游记》	郑本《劝善戏文》
	盗了玉皇平顶冠，又盗蓝田带一条。 正遇王母蟠桃会，吃了仙酒共仙桃。 老君见我成了怪，把我拿在炉里烧。 烧了七七四十九，炼成钢头铁背一身毛。 老君搬开炉里看，一个筋斗不见了。	火慢煎熬。 日满开炉我跳出，手持铁棒绕天跑。 纵横到处无遮挡，三十三天闹一遭。 …… （第十七回）	
沙僧吟：	猿精不必枉逞狂，老爷我也不寻常。 自幼生来神气壮，乾坤万里曾游荡。 常年衣钵谨随身，每日心神不可放。 三千功满拜天颜，志心朝礼明华向。 玉皇大帝便加升，亲口封为卷帘将。 南天门内我为尊，灵霄殿中我称上。 腰间悬挂虎头牌，手中执定降妖杖。 头戴金盔映日辉，身披铠甲明光亮。 往来护驾我为首，出入随朝吾在上。 因赴王母蟠桃会，设宴瑶池邀众将。 失手打碎玉琉璃，天神个个魂魄丧。 玉帝即刻怒生嗔，将我绑在杀场上。	自小生来神气壮，乾坤万里曾游荡。 …… 常年衣钵谨随身，每日心神不可放。 …… 三千功满拜天颜，志心朝礼明华向。 玉皇大帝便加升，亲口封为卷帘将。 南天门里我为尊，灵霄殿中吾称上。 腰间悬挂虎头牌，手中执定降妖杖。 头戴金盔晃日光，身披铠甲明霞亮。 往来护驾我当先，出入随朝予在上。 只因王母降蟠桃，设宴瑶池邀众将。 失手打碎玉玻璃，天神个个魂飞丧。 玉帝即便怒生嗔，却令掌朝左辅相。	

续表

	铙鼓戏《白猿开路》	百回本《西游记》	郑本《劝善戏文》
	多亏赤脚大天仙，越班启奏将我放。 赦死回生不杀我，贬至流沙东岸上。 来来往往吃人灵，翻翻复复伤生瘴。 你今行凶过沙河，拿住稍停捣肉酱。	卸冠脱甲摘官衔，将身推在沙场上。 多亏赤脚大天仙，越班启奏将我放。 饶死回生不典刑，遭贬流沙东岸上。 …… 来来往往吃人多，翻翻复复伤生瘴。 你敢行凶到我门，今日肚皮有所望。 莫言粗糙不堪尝，拿住消停剁鲊酱。 （第二十二回）	
乌龙吟：	吐气成云万里腾，黑暗乾坤日不明。 猛风吹到太行山，寒烈练成一片冰。 有人若从冰地过，振动风雷一口吞。 欲知豪杰神妖术，鳌王太子乌龙精。		嘘气成云万里腾，呼风搅作一池冰。 …… 生人若到冰池过，震动风雷一口吞。 …… （《过寒冰池》）

由上述比照，不难看出铙鼓戏《白猿开路》相关情节，明显移自百回本系统《西游记》乃至《劝善戏文》。这样前者关于《白猿开路》为宋元作品的论断就值得商榷了，抛开目连的相关情节不论，至少有关白猿、沙和尚、乌龙精部分内容为晚出，明显袭自百回本系统《西游记》，所以无法证明铙鼓戏《白猿开路》相关内容影响了《西游记》的形成，反而使人得出相反的结论。

《地狱册》和《枉府西游》同样如此。《地狱册》中的孙行者与齐天大圣已然合一，明显是《西游记》发展至一定阶段的反流，这从目连称孙悟空为“齐天大圣千岁爷爷”就可见一斑[①]。目连去“水淋（帘）洞”寻访孙行者，佛祖向目连介绍孙悟空：

> 我这里没有好徒地（弟）。原先有一介孙悮（悟）空，因为变乱天庭，返（反）下天官。后来唐三藏收去，西天取经回来，封他齐天大圣，名唤孙杏（行）者，那畜生又不才了，因为盗吃仙桃仙酒，如今师父收在花果山水淋（帘）洞，把一介（个）大石磕（盖）监在那里。我想起来，看他五百年灾殃已满了，尔可叫他为伴前去。那畜生盗心不改，还要契（吃）人。尔将观音娘娘赐尔金圈，圈在（他）头上，自己（会）归降，同尔前去。[②]

尽管《地狱册》中的孙悟空与我们熟知的孙悟空有所不同，事迹无序、变乱，甚而更加世俗化（娶妻成家而且惧内），但他的许多事迹还是暴露了百回本之后的痕迹：“东洋大海去洗浴”“油窝（锅）之中去洗浴”（《行者起身》），加上八戒挑担，情节上还是有迹可循。有人将道坛本《目连救母》与郑本《劝善戏文》的曲词做了比较，保守地认为道教目连戏之孙行者与郑本《劝善戏文》之白猿原为一源所出[③]。笔者以为可以进一步认定是在百回本《西游记》流行后，在民间广为传播影响所致。

《枉府西游》中唐僧与悟空过火焰山、寒冰池、烂沙河的情节明显出自《劝善戏文》中卷“观音渡厄”中观音救度张佑十兄弟；观音赠唐

---

① 蔡铁鹰：《元明之际“孙悟空”“齐天大圣”的文化身份及〈西游记〉成书过程的阶段划分》，《晋阳学刊》2010 年第 4 期。

② 刘远：《〈地狱册〉校注》，载《中华戏曲》第 21 辑，山西古籍出版社，1998 年，第 264—265 页。

③ 叶明生：《道教目连戏孙行者形象与宋元〈目连救母〉杂剧之探讨》，载《戏曲研究》第 54 辑，文化艺术出版社，1998 年。

僧小花帽制服悟空的情节、悟空护送西行的情节与《劝善戏文》中的“遣将擒猿”“白猿开路”等高度重合①。但这些情节同时也与百回本《西游记》纠缠不清,因为剧中人物已经用唐僧、悟空替代了目连、白猿,更为直接,明显属于“拿来主义”。

南音《罗卜挑经救母》中更有趣的是白猿作乱,由齐天大圣出头将其降服。此本“虽然不能断定它直接由郑本改编而来,但可以肯定地说,原本一定是郑本系统的戏曲本”②。这种“大圣”降“白猿”的套路本身也说明了一种接受心理,大圣所属的“西游记”与白猿所属的“目连戏”是两个系统,可以交互融合,不存在谁蹈袭了谁的问题。

湘剧《大目犍连》则另有所本,第十一出“金狮下凡”中有一支曲子:

> 【点绛】(净白)铜头铁骨自生成,绿耳黄毛百炼身。豹头岭上曾显圣,竹节山前旧有名。吾乃,金毛狮精是也。曾在九灵元圣门下,炼成千变万化……③

“金毛狮”“豹头岭”“竹节山”“九灵元圣”,几个关键词就将底细尽泄,分明移自百回本《西游记》第八十八至九十回玉华国降狮精。

而绍兴“老”本《目连救母》的“骗钗”“女吊”,“论者多以为系敷衍《西游记》刘全进瓜情节而成。这可能是作为连台本戏的目连救母杂剧,在流播过程中吸收与自己剧情主干无关的剧目,而又未充分

---

① 谢健:《仪式·文学·戏剧——〈西游记〉故事与目连救母渊源新证》,《世界宗教文化》2015 年第 3 期。

② 朱恒夫:《南音〈目连救母〉的道德叙事》,《学术研究》2007 年第 3 期。

③ 戴云选编:《目连戏珍本辑选》,台北施合郑基金会“民俗曲艺丛书”,2000 年,第 154 页。

'消化'的痕迹。"[1]江苏高淳阳腔本、南音《罗卜挑经救母》等相似情节皆是如此。

由此我们知道,目连戏中许多与《西游记》相关的因素,明显出自百回本《西游记》之后,是受百回本影响的产物,因为唐僧、孙悟空(大圣)、猪八戒与目连、白猿动辄相互取代,动辄纠缠杂糅,难以切割,这充分说明了双方的密切程度。那么,造成这一现象的原因究竟为何?目连为何与白猿为伍?白猿为何与孙悟空有那样高的相似度?

四

关于目连戏中的白猿出身,已有学者注意到了这一点:白猿即是目连。敦煌讲经文《四兽因缘》:

> 过去久远,往昔世时,有一个大国号日迦尸。人则安乐,五稼丰稔,四序调和,无诸灾疫。……仙人答曰:"非王所感,亦非夫人太子之福。彼是山林中迦毗罗乌、兔及猕猴、象等四兽,结为兄弟,行恩布义,互相尊敬,感此事也。"……尔时如来告诸大众:"彼时乌者,即我身是;兔是舍利;猕猴即是大目犍连;白象即是阿傩施是。"[2]

原来,按照经文的说法,猕猴即是目连,那么从现存郑本《劝善戏文》白猿的出现,可以推知白猿应是由目连形象分化而来,而又吸收了民间传说中某些同类形象的因子,然后进一步发展又与《西游记》有了

① 徐斯年:《绍兴目连戏散论》,《绍兴文理学院学报》2005年第3期。
② 王重民等编校:《敦煌变文集》,人民文学出版社,1957年,第855页。

地域、信仰与西游故事的变迁

重估“南系”《西游记》:以泉州傀儡戏《三藏取经》为切入点

上世纪80年代日本学者中野美代子曾经从社会学、民俗学、地理学等角度入手,提出孙悟空“祖籍”福建泉州一说①。中国学者一方面认为此说极具启发意义,但同时又认为就此下定论为时尚早,因为“这些猴的故事零星散乱,谈不上体系,在形态上与取经故事无法相比”②。20世纪90年代以来,随着福建一带与“齐天大圣”“通天大圣”有关文物的先后发现,闽地学者旧话重提,孙悟空“祖籍”之争又一次成为热门话题③。学者们将其纳入《西游记》成书过程的范畴进行探讨,但最终争论双方未达成一致,有学者认为:“顺昌的齐天大圣体现了南方一种民间信仰,这种民间信仰在元末明初参与了《西游记》的演化,对后来取经故事的丰富发展有很大的贡献,但它对于《西

① 参见〔日〕中野美代子著,王秀文等译:《孙悟空的诞生》,《〈西游记〉的秘密》(外二种),中华书局,2002年,第410—420页。

② 蔡铁鹰:《“大闹天宫”活水有源——顺昌“齐天大圣”之我见》,《学海》2006年1期。

③ 参见齐裕焜:《〈西游记〉成书过程探讨——从福建顺昌宝山的“双圣神位”谈起》,《福州大学学报》(哲学社会科学版)2006年第3期;王枝忠、苗健青、王益民:《顺昌大圣信仰与〈西游记〉》,《福州大学学报》(哲学社会科学版)2006年第3期;徐晓望:《论〈西游记〉传播源流的南北系统》,《东南学术》2007年第5期。

游记》成书的意义是有时间、地域方面的限制的，不可随意扩大。”① 对“福建说”审慎地持保留意见。其实说到底，还是由于《西游记》的成书过程太过复杂，涉及广泛，从“齐天大圣”“通天大圣”信仰到《西游记》，整个成书链条的拼接，“缺少中间环节和证据，存在着相当大的难度。”②然而，一部泉州傀儡戏《三藏取经》的出现，在相当大的程度上补足了证据链条的缺失，使我们不得不对“福建说”重新加以审视。

一

现今所见这部泉州傀儡戏《三藏取经》为清抄本，是民间傀儡戏班的舞台演出脚本。这种抄本称作“傀儡簿”，因傀儡艺人学戏是靠师父口传心授，而非纸上功夫，其作用是供演出前演师浏览（俗称“走簿”），以及演出时挂在前台作为提示，与古今剧作家编写的用以阅读和排练的正规文学剧本有所区别。

正因如此，该抄本一直未能引起学界足够重视。零星几篇文章，均出自当地学者之手，其论述重点，或就内容进行简介、分析，或偏于目连戏的考论，大都未能将其提升至宋元时期“西游故事”生成、传播之关键坐标的高度来加以观照。而笔者认为，如果我们对该剧相关文化信息，尤其是剧本本身加以深入研究，就会发现它的产生年代似应远远早于我们的想象。曾有人认为“今存傀儡戏清代抄本《三藏取

---

① 蔡铁鹰：《元明之际“孙悟空”“齐天大圣”的文化身份及〈西游记〉成书过程的阶段划分——兼答齐裕焜、王枝忠、徐晓望等福建诸贤》，《晋阳学刊》2010年第4期。

② 苗怀明：《论明清时期的齐天大圣崇拜》，载《西游记文化论丛》第1辑，中国矿业大学出版社，2009年，第146页。

续表

简名	总本数	《西游记》出数	出目
江目连	七本:《梁武帝》一本,《目连救母》三本,《西游》一本(包括太宗入冥),《岳飞》两本	斩龙、入冥15出,与取经15出合成一本	坐台、上寿、登殿、打鱼、赌赏、上奏、回宫、看田水、献榜、求救、登殿、五殿、四王并审、三殿、二殿;超度、起程、作饯、天宫、上奏、上寿、逃走、度化、花果山、拐宝、追赶、拐扇、见佛、超度、回家,计30出①
徽目连	三本:《目连救母》一本、《西游记》一本(包括入冥)、《精忠记》一本	斩龙、入冥12出与取经26出合成一本	观音坐台、唐僧庆寿、打渔赌赛、田中看水、托梦斩龙、告状改谱、三曹对审、四殿审案、三殿对审、游枉死城、观音下凡、超度龙王;唐僧饯别、猴王生日、收伏猴王、高府降神、投宿收猪、收沙和尚、收红孩儿、过火焰山、收老鼠精、偷盗三宝、见佛传经、过通天河、水陆大会、团圆,计38出②
川目连	四十八本目,其中《西游记》四本	97出(包括江流故事、斩龙、入冥)	第一本江流故事;第二本魏徵斩龙、刘全进瓜;第三本沙桥饯别、回回指路、过五行山、收猪八戒、收沙和尚;第四本过火焰山、斗牛魔王、吃人参果、雷音赐经、渡江落水,金殿面圣、午门超度,计97出③

和江目连、徽目连、川目连相比,泉目连有很大不同,仅从内容比较看,种种迹象表明前三者明显比泉州本晚出,应为百回本流行之后问

① 毛礼镁:《江西南戏目连考》,载中国艺术研究院戏曲研究所、安徽省艺术研究所等编:《目连戏研究文集》,1988年。

② 茆耕茹辑:《目连资料编目概略》,台北施合郑基金会,1993年,第265页。

③ 李树成抄本《川剧四十八本〈目连〉连台戏场次》,载重庆市川剧研究所编:《四川目连戏资料论文集》,1990年,第247页。

世的,受百回本情节影响较大。仅从上表所列出目即可看出端倪。

至为关键的一点,前三者皆将“太宗入冥”与“三藏取经”连接在一起,实现了无缝对接,由超度龙王,引出玄奘取经。而泉目连二者各自独立,是并行的两本,没有明确的连接点。这正合西游故事的早期形态,各自独立发育、传播,发展到后期才彼此黏着、勾连,形成一个整体,成为连接“闹天宫”与“西天取经”两大单元的车钩①。

从表中可见江目连、徽目连出目的相似度较高,情节相近。如都有沙桥饯别(一作“作饯”;一作“饯别”)、黑熊精拐宝(一作“拐宝”;一作“偷盗三宝”)、火焰山盗扇(一作“拐扇”;一作“过火焰山”)等情节。已有研究者注意到“作饯”——尉迟恭郊外饯别,唱北曲【小梁州】【古梁州】,剧本完整,可独立演出,其与元剧吴昌龄剧本关系密切,对其定位为宋元杂剧影响下的产物②,但更多细节明确显示了其后出的痕迹。典型者如江目连中的“拐宝”“追赶”两出:说乌风洞的黑熊精欲骗唐僧三宝,幻化茅庵,行骗得手。悟空追妖寻宝,打死了前来祝寿的黑熊精妹妹白衣秀,化其模样。又将毫毛变作金丹,诱使黑熊精吞吃入腹,打死黑熊精,夺回三宝。一见之下,不由人不想起百回本第十六至十八回黑风山的黑熊精,黑熊精盗得袈裟,与白花蛇精、苍狼精筹划“仙衣会”,被悟空当场撞破,蛇精被一棒打杀。而当时的白花蛇精幻像正是一名“白衣秀士”,结果在这里却讹成了“白衣秀”。“白衣秀”与“白衣秀士”仅有一字之差,人物性别就搞了个对换,蛇精变熊精(只是不知是否白熊,“白衣秀”与“白熊”本身发音相近,也有产生音转讹变的可能),还成了妹妹,充满民间智慧与谐

① 赵毓龙、胡胜:《论张大复〈钓鱼船〉对“刘全进瓜故事”的改造》,《社会科学辑刊》2011 年第 6 期。

② 毛礼镁:《江西南戏目连考》,载中国艺术研究院戏曲研究所、安徽省艺术研究所等编:《目连戏研究文集》,1988 年。

趣。说明尽管江目连在流播过程中夹杂少量旧本内容，但比例有限，更多内容后出的迹象明显。

而川目连，仅从其情节的完备上就可知是百回本影响之下的产物。

鉴于此，本文对后出的江目连、徽目连、川目连中的《西游记》不再多费笔墨，下面只对泉目连中的《三藏取经》加以剖析。

三

《三藏取经》与目今所见各本西游故事，尤其是隶属于百回本谱系者有诸多不同。虽然故事的整体流程大致相近而略简，但不论取经团队成员、神佛，还是各路妖精都有各自与常见故事系统不同的演绎。

先来看取经团队。作为团队的两位核心人物，三藏和悟空的形象、身世，与百回本谱系大体相同，前者是典型的“江流儿”（后文屡次提及他前身为佛前第三位尊者金禅罗汉，因私赴灯果会，被罚历劫），后者所呈现的也是妖猴作乱、被伏、皈依的过程。但又有迥异于别本之处，如前者被唐王认作“三太子”，而非御弟，后者被俘后，压在幽州野马桥下万丈花闪琉璃井中近千年（这一点与所有我们熟知的西游故事完全不同，原因容后文再加探讨）。

团队的其他成员中，猪八戒出身猪屎山，强占民女，为悟空收伏，唐僧为之改名“朱八戒”，与百回本谱系相近；沙悟净则尚未出现，而以深沙神亮相，身为黑沙洞食人魔的他，劫掠唐僧，被观音收伏，化作白马，这也是迥异于别本之处；而更大的不同在于另一位成员——二郎神，这位大名鼎鼎，与“西游”故事有诸多牵连，却与“取经”故事没有多少直接关系的神道人物，他的加盟彻底改变了取经团队的样貌。

再来看沿途妖魔。登场的妖怪只有蜘蛛精(地养夫人)、三圣、蛇精、赤面鬼、八轮等寥寥数位,但其所反映的故事历史形态的信息量却颇大。

蜘蛛精是西游故事系统里面出现较早的。早在《礼节传簿》(明万历二年抄录,一般认为是宋元时期甚至更古老的古剧遗存)所存《唐僧西天取经》队戏①、《销释真空宝卷》②、《西游记平话》③等文本中,已可见其名色,但又有所不同。傀儡戏中的蜘蛛精被称为“地养夫人”,似应为“地涌夫人”的音讹,其上场之后“半身土上,半身土下”④,向三藏师徒求救的情节,很容易令人联想到后来百回本黑松林金鼠精(半截观音)变化求救的段落。

蛇精与百回本中七绝山的蟒蛇精截然不同:“一大仙,十分通灵乜显现。若还不祭献,乡里不平善……”⑤令人联想到百回本中通天河灵感大王的段落。

此外,收赤面,百回本高老庄收八戒情节与之相似,又和收黄袍怪,骗吞内丹相似。只有收八轮,不知典出何处,是否由佛经中的“八轮”一词衍化而来不得而知。总体看来,后来百回本的许多桥段似乎都能从中找到影子,而这正符合原生西游故事早期发育阶段的形态特征,即一个单元故事中,包含后来多个单元故事的元素。

当然,反驳者可能主张:这些相似之处,正可作为傀儡戏受百回本影响的证据。但如果我们仔细考究细节,会发现该戏的许多人物、名色、情节乃至细节,其实直接承自《大唐三藏取经诗话》,而非其他。

---

① 参见《中华戏曲》第三辑,山西人民出版社,1987年。

② 蔡铁鹰:《西游记资料汇编》,第456页。

③ 蔡铁鹰:《西游记资料汇编》,第478页。

④ 泉州地方戏曲研究社编:《傀儡戏·〈目连〉全簿》,第82页。

⑤ 泉州地方戏曲研究社编:《傀儡戏·〈目连〉全簿》,第90页。

如戏中齐天大圣孙悟空的身上有一个细节——“九万三岁”:

(齐介,白)自我食九万三岁,无今旦日——第九出“收蜘蛛”①

(齐亥,白)“今年九万三岁”——第十八出“收赤面”②

百回本中的孙悟空,自破石而出,至踏上西行之路,寿算未过九百,这“九万”之数从何而来呢?笔者以为,正是《大唐三藏取经诗话》中猴行者多次自我标榜的“九度见黄河清”(“入大梵天王宫第三”“狮子林树人国第五”“入王母池之处第十一”)。猴行者九万岁的“高龄”,在此戏中成为孙悟空的炫耀资本,被一再提及。

再如深沙神,这一角色最早也是出现在西游故事——《大唐三藏取经诗话》中,不论是杨景贤《西游记杂剧》还是《朴通事谚解》所引《西游记平话》出场的都是沙和尚,而傀儡戏中却是深沙神。第五出“收马”:

(神上,唱)【大山慢】我是深沙神,灵通变化世无尽。(白)若有凡人山下过。(唱)摄来生食不留情。(坐白)气力赛过双蛟龙,目光恰似千里灯。神通显化实无比,飞沙走石逞劳荣。但吾黑沙洞深沙神,论我神通广大,神圣钦仰。只几时无生人肉通食,不免腾云观瞻。若有凡人经过,摄来宰配酒。小鬼看洞处,大王落山寻人。③

---

① 泉州地方戏曲研究社编:《傀儡戏·〈目连〉全簿》,第84页。
② 泉州地方戏曲研究社编:《傀儡戏·〈目连〉全簿》,第105页。
③ 泉州地方戏曲研究社编:《傀儡戏·〈目连〉全簿》,第72页。

看这气质与沙和尚的差异就是“山妖”与“水妖”之别。与其他西游故事的不同处,就在于深沙神奉观音佛之命变白马(第五出)。这是此戏的独特处。

由于《大唐三藏取经诗话》中深沙神的相关段落残缺不全,我们无法比较本剧情节与之存在的因缘嬗变关系,但仅从角色名称及尚未蜕化成“水系”魔怪的状态,也足可见其时代之早。

再如毗沙门天王出现在第十六出“天宫会”:北方毗沙宫李天王,因小儿哪吒再度出世,大排筵宴,请五百尊者赴会。三藏恰逢其会,吃酒三杯,大醉不醒。而《大唐三藏取经诗话》则是“入大梵天王宫第三”,猴行者携玄奘一行七人赴水晶斋,讲《法华经》。虽然一为庆生,一为讲经,但由“宫”的空间设置,以及“斋会”的场景呈现,也隐约可见二者的渊源关系。

另外,此出有关“蟠桃”的描述还涉及了《大唐三藏取经诗话》的另一处情节:

> 【驻云飞】尊者听起,微筵蔬菜可轻微。群仙来把盏,仙童献果子。嗏,仙桃实可吝,贵气非常比。三千年开花,三千年结子。(合)计共六千年,即有仙桃味。①
>
> 此桃种一根,千年始生,三千年方见一花,万年结一子,子万年始熟。若人吃一颗,享年三千岁。②

紧接着第十七出“讨和尚”,悟空、二郎前来寻师,闻之在毗沙门宫醉酒,想起自己当年闹天宫偷桃(调戏玉女)的前科,皆不敢前去。与

① 泉州地方戏曲研究社编:《傀儡戏·〈目连〉全簿》,第102页。

② 李时人、蔡镜浩校注:《大唐三藏取经诗话校注·“入王母池之处第十一”》,第32页。

《大唐三藏取经诗话》“入王母池之处第十一”情节亦差相仿佛。

其他细节，如西行取经，历经“三十六劫磨难”（第六出“收二郎”、第十五出“隔柴渡”、第十六出“天宫会”、第二十出“收八轮”、第二十一出“见大佛”多次提及），与百回本的“九九八十一难”相差悬殊，究其渊源，似也出自《大唐三藏取经诗话》：

> 秀才曰：……我今来助和尚取经，此去百万程途，历经三十六国，多有祸难之处。①

再如“五百罗汉（尊者）”之说，亦应出自《大唐三藏取经诗话》：

> ……请五百尊者赴会，因何未到？
> ……且喜太子再出世，五百尊者齐贺喜。
> ……五百条手帕分五百罗汉，尚剩一条，无人收领——《三藏取经》第十六出“天宫会”②

> 且见香花千座，斋果万种，鼓乐嘹亮，木鱼高挂。五百罗汉，眉垂口伴，都会宫中，诸佛演法。③

由此可见《大唐三藏取经诗话》应是此戏取材的主要来源之一。当然，除了《大唐三藏取经诗话》而外还有与其他宋元杂剧重合处，如孙悟空除齐天大圣名号外还有个身份为铁色猕猴，有兄弟十一人：

① 李时人、蔡镜浩校注：《大唐三藏取经诗话校注 · 行程遇猴行者处第二》，第3页。
② 泉州地方戏曲研究社编：《傀儡戏 · 〈目连〉全簿》，第102页。
③ 李时人、蔡镜浩校注：《大唐三藏取经诗话校注 · 入大梵天王宫第三》，第5页。

老君奏说,我是铁骨色猕猴。——第二出“坐井猴”①

别人不知你根底,你根底铁骨色猕猴。——第五出“收马”②

阮兄弟十一人,号为十一曜星君。——第二出“坐井猴”③

在元明杂剧《二郎神锁齐天大圣》中,我们见到了相同的名目:

吾神三人,姊妹五个:大哥哥通天大圣,吾神是齐天大圣,姐姐是龟山水母,妹子铁色猕猴,兄弟是耍耍三郎。④

《西游记杂剧》则是兄弟五人:

小圣兄弟姊妹五人,大姊骊山老母,二妹巫枝祈圣母,大兄齐天大圣,小圣通天大圣,弟弟耍耍三郎。⑤

宋元杂剧中频频出现的“通天大圣”“齐天大圣”身份不定,但同为淫猴家族的一员,兄弟姊妹众多。

戏中二郎的身份也十分可疑:

(上场,白)但吾二郎神,镇守在灌口山。我前年在天津桥头,戏弄传言玉女。玉帝大怒,卜绝我香火。即得南海佛祖劝

---

① 泉州地方戏曲研究社编:《傀儡戏·〈目连〉全簿》,第 60 页。
② 泉州地方戏曲研究社编:《傀儡戏·〈目连〉全簿》,第 74 页。
③ 泉州地方戏曲研究社编:《傀儡戏·〈目连〉全簿》,第 59 页。
④ 胡胜、赵毓龙校注:《西游戏曲集》,第 12 页。
⑤ 胡胜、赵毓龙校注:《西游戏曲集》,第 70 页。

免,乞我来灌口山镇守,做一庇佑菩萨。佛祖有话叮咛,若遇道德圣僧,修归正果,以赎前罪。只事且觅一边。我拙时思食生人肉,我不免落山摄人。(亥,下)①

由此,我们知道他是灌口二郎神,和元剧《灌口二郎斩健蛟》《二郎神锁齐天大圣》出身相同,打着“灌口”烙印,不同的是居然因“戏弄玉女”被贬,而等待取经人,这又和所有灌口二郎神的传说不同。他与悟空见面的对话耐人寻味:

(郎上,亥)(齐拦住亥,白)我不知是谁,都是开镜匣的朋友。(介)二郎神。(郎白)齐哥你立边,我摄一个和尚分你食。②

“开镜匣”三字,直教人疑心来自《二郎神醉射锁魔镜杂剧》,“只因醉射金鈚镜面开,妖魔遁走惹飞灾”(第一折)③。二人明显是老相识,称兄道弟。

深沙神被收伏,是观音亲自出面:

(音白)你既有神通,我有一口钵盂还你捧,捧得起,三藏度你宰,我亦度你宰食。④

结果是深沙神无力捧钵,跪拜皈依。这一情节隐然有宋杂剧《鬼子母揭钵》的影子。

① 泉州地方戏曲研究社编:《傀儡戏·〈目连〉全簿》,第76页。
② 泉州地方戏曲研究社编:《傀儡戏·〈目连〉全簿》,第77页。
③ 王季烈编校:《孤本元明杂剧》(一),中国戏剧出版社,1958年。
④ 泉州地方戏曲研究社编:《傀儡戏·〈目连〉全簿》,第75页。

由上述对比,不难看出,此戏的素材、情节来源多取自《大唐三藏取经诗话》乃至其他宋元杂剧,杂取种种,合成一个,但恰恰与后来的百回本相去霄壤。所以它的出现应远在百回本之前,属宋元时期民间流传的西游故事系统。能为此作补充的还有元王振鹏《唐僧取经图册》,日本学者矶部彰认为:"元代的图册中的西天取经故事跟流传至今的《西游记》在系谱上有明显的不同……它跟现存的西游记故事不是出之同一系统的绘画,标题也不属一个系统。元代还存在与以上两者不相同的其他系统的唐三藏故事。"①图册中的上 7"毗沙门天王与索行者"、下 4"神龙救唐僧飞见天王"、下 15"唐僧随五百罗汉赴天斋",与《三藏取经》第十五出隔柴渡寒山、拾得做法,使山崩桥断,三藏落水,龙王差鬼将送上方广寺;第十六出与五百罗汉同赴毗沙门天王斋,有相似处,尤其最后一则。二者为数不多的重合处,似印证了矶部彰的论断。作为与后来流行传本不同的故事系统,在不断的嬗变中被整合。

除开情节上的因素而外,如从艺术传承的角度做些分析的话,也可为此戏的与众不同做些解释。

如开篇悟空被压琉璃井,这一情节不见于今见任何西游故事系统。此情节似可从傀儡戏的演出技巧上探知一二。观音赐三藏"宝绦"一条,因为是提线(悬丝)傀儡,从演出效果考虑,垂吊而起,更符合艺术规律,表演更容易出彩,算是"偶味"盎然。

再如收大蛇情节,常见的"西游"系统中的蛇精并不出彩。《大唐三藏取经诗话》中有"过长坑大蛇岭处",但与蛇精无涉;《西游记平话》有"遇猛虎毒蛇之害"一说;《西游记杂剧》则无蛇精;百回本中的蛇妖有黑风山的白花蛇精,是一过场配角,七绝山的蟒蛇精也不见

① 〔日〕矶部彰:《元代〈唐僧取经图册〉研究要旨》,载矶部彰编集:《〈唐僧取经图册〉解题》,日本东京二玄社,2001 年。

佳。从目连戏的宗教性质祭祀仪式中或可找到答案。据说《三藏取经·收大蛇》社头(相当于村长)为供奉蛇仙,也要来一段《派帐》,与《郭子仪祝寿·派帐》(郭府都管为郭子仪庆寿大操大办,间插不少诨话)如出一辙。且演出前请神,演出后辞神①。收大蛇的情节为此《三藏取经》所独有,应是目连戏的宗教性质决定的。所以,此傀儡目连戏《三藏取经》,不仅受傀儡戏的表演特质限制,也受制于目连戏的宗教性质,与佛道的法事科仪关系密切。尽管仍带有浓烈的宗教色彩,但还是由法事科仪向成熟戏剧形态演进。

因它是民间艺人的口头创作,难免有方言俚语入曲。民间艺人重戏轻文的倾向造成了现存文本的粗糙驳杂,雅俗交错。但所有这些恰说明其早期流传的原生形态,未经过文人的加工打磨。因为后出转精,古朴、稚拙的艺术特质往往只有在早期艺术形态中才得以留存。这一点从其所用曲牌亦可见一斑。《三藏取经》所用音乐曲牌,残存了大量宋元戏文的遗制。

粗略统计,《三藏取经》合计使用曲牌 95 支(有极少部分阙文未计入),其中 65 支(有重复出现)见于《永乐大典戏文三种》②,约占全部曲牌的 68%。简单列举如下:

【江儿水】【西地锦】【出队子】【驻马听】【大迓鼓】【皂罗袍】【剔银灯】【园林好】【尾声】【甘州歌】【尾声】【风入松】【金钱花】【双鸂鶒】【红绣鞋】【玉抱肚】【锁南枝】【女冠子】【绣停针】【北江儿水】【光光乍】【步步娇】【红衲袄】【缕缕金】【四边静】【(窣)地锦裆】。

以上皆属于早期南戏常用曲牌,在这些曲牌的使用中,少者 2 支(如第二、八、十九、二十三出),多者 10 余支(如第十五、十八出),毫

① 参见黄锡钧:《泉州傀儡〈目连〉概述》,载福建省艺术研究所编:《福建南戏暨目连戏论文集》,1990 年。

② 钱南扬:《钱南扬文集》,中华书局,2009 年。

不顾及“引子—过曲—尾声”的一般程式；还有南北合套现象出现，即以南曲连缀为主，间或插入北曲曲牌（如第四、八、十五出），曲牌联套的组合手法迥异于元明以后规范化了的传奇体套数，由此可知相关情节应出自早期南戏无疑。

能为此作为旁证的还有泉本傀儡戏《目连救母》的创作年代。已有学者注意到了其剧本与明刊郑本《目连救母劝善戏文》等的显著差异，指出：

其一，罗卜籍贯，诸本皆作“王舍城”，只有泉本作“大唐国湘州府追阳县王舍城”（第十四出“请神”），应是“目连故事在民间流传过程中产生的地名混合，并烙上唐变文、宋俗经的地名印记”[①]。

其二，“三分钱财”情节，为郑本系统所无，泉本独有。此情节来自《目连缘起》《目连变文》；而罗卜经商诸本皆无具体地名，只是泛言“外州”“他国”，独泉本明确作“金地国”，这一地名见于宋代《佛说目连救母经》：“儿将一分往金地国，兴生经纪。”这说明泉本保留了变文、俗经的遗迹，在郑本问世前，有自己的母本流行[②]。

其三，游地狱模式，泉本顺序混乱，不像郑本等有明确的“十殿”概念，次序井然。且泉本以“打刘氏”为主，杂以科诨。与杂剧、院本特征相符。由此可知“傀儡戏《目连救母》保留了宋元目连戏的某些与众不同的初始形态”[③]。

与之相应，同为“目连全簿”组成部分的《三藏取经》保留大量的宋元印痕也就不足为奇，毕竟同生、兼容、互渗难以避免。

当然，我们还要看到《三藏取经》中也有个别细节似晚出，如孙悟

---

① 马建华：《宋元民间目连戏的另一种形态》，载《戏曲研究》第71辑，文化艺术出版社，2006年，第222—223页。

② 马建华：《宋元民间目连戏的另一种形态》，载《戏曲研究》第71辑，第224页。

③ 马建华：《宋元民间目连戏的另一种形态》，载《戏曲研究》第71辑，第225—227页。

围绕这一形象,形成了《大唐三藏取经诗话》,并刊刻流传。它的刊行地南宋都城杭州与当时“陪都”泉州的关系,本身也说明问题。可以说以泉州为中心,形成了《大唐三藏取经诗话》故事系统,此系统故事打着浓重的密教烙印。

这样,再联系上世纪 90 年代,福建顺昌发现的宋元间齐天大圣、通天大圣的相关文物,和当地的“齐天大圣崇拜”之风,我们有理由相信傀儡戏《三藏取经》在泉州的出现是水到渠成。

《大唐三藏取经诗话》出现之后,泉州走出的猴行者与毗邻地域的齐天大圣、通天大圣之类的民间传说合流,进一步生成了孙悟空,逐步衍生出了一个带有强烈地域性民间色彩的西游故事——《三藏取经》。

这也可以解释《三藏取经》中带有密教印痕,但又明显弱化的原因,即猴行者、深沙神、毗沙门天王、观音、五百罗汉、八大金刚①为代表的密教的因子一定程度上得到了继承,但又在本土道教、民间传说的冲击下有所弱化,最后碰撞、融合的结果就是,猴行者为孙悟空所取代,深沙神、毗沙门天王完全本土化,打上了本土道教的印痕。从形象到气质比之《大唐三藏取经诗话》都有了彻头彻尾的改变。深沙神的标配——项下枯骨(骷髅)②已无,所纵横驰骋的八百里黄沙变成了“黑沙洞”③;北方毗沙门天王则成了“执掌玉皇殿前使,判断善恶无差移”④的道教天神。外佛内道间杂密教色彩的“南系”西游故

---

① 八大护法金刚,属密宗规制,一般的寺院是看不到的,只有在泉州开元寺甘露戒坛这样的密宗寺院内的建筑里才能看到。

② 画像有“以髑髅为颈璎珞”之说,大藏经刊行会,《大正藏·图像部》卷 3;赞诗有“璎珞枯髅项下缠”句,见(宋)楚圆集《赞深沙神》,《汾阳无德禅师语录》,《大正藏》卷 47,台北新文丰出版社,1996 年,第 611、623 页。

③ 泉州地方戏曲研究社编:《傀儡戏·〈目连〉全簿》,第 72 页。

④ 泉州地方戏曲研究社编:《傀儡戏·〈目连〉全簿》,第 102 页。

事充实起来了。

如此,蔡铁鹰认为"取经故事在内地形成了南北两个故事类型。孙悟空代表了北方故事"①的观点就值得商榷了。蔡铁鹰明确提出西游故事"南北"系统之说,但他一直认为南派以《大唐三藏取经诗话》为代表,而北派的《队戏》也好,《西游记杂剧》也罢,才是真正使孙悟空与齐天大圣合一的作品。换言之,他认为"南系"西游故事发育不够完全②。关键在于所有证据链条中缺失了重要一环,即位于《大唐三藏取经诗话》之后的一个完整的西游故事,而不是民间散在的野"猴"的传说,所以即便后来福建又出现了大量年代明确(宋元间)的齐天大圣、通天大圣祭祀文物,也没能动摇他的看法。但如今傀儡戏《三藏取经》作为一部发育完全的《西游记》出现,尽管还稍嫌粗糙,但至少已初成规模,不再是零散的民间传说,而是集腋成裘。它的楔入,使"南系"《西游记》的演进呈现出了较为完整的链条,由《大唐三藏取经诗话》顺次而下的《三藏取经》填补了一段空白,作为"南系"海上丝绸之路的取经传说进一步北上,与"北系"(《西游记杂剧》为代表)陆上丝绸之路传播的西游故事碰撞、合流,造就了我们熟知的齐天大圣孙悟空,逐步发展,最后发育成了百回本《西游记》。

(原载《复旦学报》社会科学版,2017 年第 6 期)

---

① 蔡铁鹰:《南宋浙闽"猴行者"来源再探——以顺昌、泉州的田野考察为中心》,《淮海工学院学报》(人文社科版)2015 年 10 期。

② 蔡铁鹰:《南宋浙闽"猴行者"来源再探——以顺昌、泉州的田野考察为中心》,《淮海工学院学报》(人文社科版)2015 年 10 期。

叠加的影像

——从宾头卢看玄奘在"西游"世界的变身

泉州傀儡戏《三藏取经》在"西游"成书史上是不容忽视的存在①。仅从其中三藏法师身份的变化,即可见其价值之一斑。众所周知,关于《西游记》中三藏法师的前世今生,称得上是变幻多端,影像叠加。江流儿、毗卢伽尊者、三藏太子、御弟三藏、宾头卢尊者、荷担僧、金蝉子、旃檀佛……从晚唐《大唐三藏取经诗话》②开始,至宋元间的傀儡戏《三藏取经》《西游记》杂剧、平话乃至明代百回本《西游记》,其身影一直处于变幻之中。可以说,每一个名号之下都潜隐着一个充满传奇色彩的故事,每一个故事都有自给自足的叙事逻辑。在受众面最广的百回本小说中,三藏法师功成行满,证果旃檀功德佛;而在《三藏取经》中,他最终受封果位却是人所罕知的宾头卢罗汉尊者。纵观"西游"故事各种版本,通观《西游记》成书的全过程,宾头卢似仅此一见,但就是这惊鸿一瞥,却暗伏玄机。这一特殊形象,绾结了宗教、历史、文学、绘画、雕塑等多个领域,是"西游"演进过程

① 《三藏取经》的成书应在《大唐三藏取经诗话》之后,与《西游记杂剧》同时或稍早,详见胡胜:《重估"南系"〈西游记〉:以泉州傀儡戏〈三藏取经〉为切入点》,《复旦学报》(社会科学版)2017 年第 6 期。

② 关于《大唐三藏取经诗话》成书年代颇有争议,本文取李时人晚唐五代说。参见李时人:《西游记考论》,浙江古籍出版社,1991 年。

中极具意义的一环,可惜一直不为人所知(重)。一如研究者所说,“以往研究或关注历史中的玄奘生平遭际,或聚焦文艺中的唐僧人物形象,但都无法圆满解释在漫长的唐宋时代,‘玄奘’究竟是如何成为‘唐僧’的。”①过往研究的局限在于,要么偏重历史文献,瞩目历史真实玄奘的“圣化”②;要么偏重玄奘取经图像乃至罗汉图像的艺术流衍③;要么偏重分析小说人物形象,未能将文学之外的玄奘与“西游”故事以至百回本《西游记》的文学经典形象衔接。其关键在于缺乏一个高效的“广角镜头”,但这一切因为泉州傀儡戏《三藏取经》中宾头卢尊者的出现而得以改变。如果能以跨文本多元视角观照“西游”故事(传说)的延展,最后聚焦并破解宾头卢的文学形象,某种意义上即获得了解读从玄奘到(唐僧)三藏,从西游故事到《西游记》经典化的密钥。

---

① 郑骥:《西游先声:论唐宋图史中玄奘“求法行僧”形象的确立》,《明清小说研究》2018 年第 2 期。

② 参见刘淑芬:《唐代玄奘的圣化》,《中华文史论丛》2017 年第 1 期;刘淑芬:《宋代玄奘的圣化:图像、文物和遗迹》,《中华文史论丛》2019 年第 1 期;刘淑芬:《高僧形象的传播与回流——从“玄奘负笈图”谈起》,《徐苹芳先生纪念文集》,上海古籍出版社,2012 年;王静芬著,张善庆译:《以东亚玄奘画像为中心审视圣僧神化历程》,《敦煌研究》2016 年第 2 期。

③ 参见谢继胜:《伏虎罗汉、行脚僧、宝胜如来与达摩多罗》,《故宫博物院院刊》2009 年第 1 期;李翎:《玄奘大师像与相关行脚僧图像解析》,《佛教文史》2011 年 1 期;孙晓岗:《敦煌“伴虎行脚僧图”的渊源探讨》,《敦煌学辑刊》2012 年第 4 期;李翎:《“玄奘画像”解读》,《故宫博物院院刊》,2012 年第 4 期;刘玉权:《玄奘图像之滥觞及早期玄奘图像》,《敦煌研究》2016 年第 5 期;于向东:《五代、宋时期的十八罗汉图像与信仰》,《民族艺术》2013 年第 4 期;王鹤琴:《中国佛教罗汉信仰早期形态研究》,《宗教学研究》2017 年第 1 期;王仲尧:《玄奘与中国罗汉造像艺术》,《普门学报》2005 年第 25 期。

一

《三藏取经》第二十二出"降佛旨",佛旨敕封三藏师徒四众[1],三藏被封宾头罗汉尊者。"宾头卢尊者"这一封号,是我们以往熟知的"西游"故事序列中闻所未闻的,以往本土相关研究者对此亦是无人置喙。惟一提到宾头卢与《西游记》关系的是日本学者矶部彰。他在论及《大唐三藏取经诗话》的成书时,认为"唐末至宋代,中国处于干戈风云之中,有关玄奘三藏的形象在密教文化中被神格化了。结合十六罗汉信仰的前世宾头卢、现世唐三藏以及取经成功的来世宝胜如来,伴随着如斯种种,形成了新的唐三藏西天取经故事"[2]。他以过人的洞察力,在未见《三藏取经》文本的情况下,认为玄奘形象聚合了宾头卢、宝胜如来种种,创造性提出了"前世宾头卢、现世唐三藏",发人深省。惜乎,限于材料与论述对象(《大唐三藏取经诗话》),他未就宾头卢与唐玄奘之间的微妙关系作进一步深入阐释,而《三藏取经》中突兀而出的宾头卢却在某种意义上暗合了他的论断。那么,宾头卢究竟是何方神圣?他是唐三藏前身吗?《三藏取经》所谓的证果"宾头卢"究竟向我们透露了何种玄机?

宾头卢,一作宾度罗,全名宾头卢跋罗堕阇,为释迦牟尼弟子之一,证阿罗汉果位。该形象在中国传统文化语境内享有特殊地位,"唐以前的罗汉信仰是以宾头卢为主的单尊罗汉崇拜,宾头卢

---

① 与我们熟知的西游故事大不相同,《三藏取经》的取经团队组合为:三藏、悟空、八戒、二郎神、深沙神(被降伏后化身白马)五众,其渊源、变化详见拙文《重估"南系"〈西游记〉:以泉州傀儡戏〈三藏取经〉为切入点》。

② 大仓文化财团藏宋版《大唐三藏取经诗话》矶部彰"解题",日本汲古书院,1997 年,第 242—243 页。

在中国罗汉信仰史上地位独特,是了解中国罗汉信仰早期历史的关键。"①宾头卢是佛教"四大罗汉(声闻)"、"十六罗汉"乃至民间传说"十八罗汉"、"五百罗汉"之一,在中土声名显赫,信徒众多,流播极广。

关于他的神迹流传颇多。宾头卢在佛经中有一著名出格行为——"神力取钵",《法苑珠林》曾载:

> 如昔有树提伽长者,造旃檀钵,著络囊中,悬高象牙杙上,作是言:若沙门婆罗门不以梯杖能得者,即与之。诸内外道知,欲现神通力,挑头而去。宾头卢闻是事,问目连言:实尔不? 答言:实尔。汝师子吼中第一,便往取之。其目连惧佛教不肯取。宾头卢即往其舍入禅定,便于座中申手取钵。依《四分律》:"当时坐于方石,纵广极大,逐身飞空,得钵已还去。佛闻诃责云:何比丘为外道钵,而于未受戒人前现神通力? 从今尽形摈汝,不得住阎浮提……"②

《四分律》《五分律》《增一阿含经》等经律也皆有相似记载,可见流传之广。

又《杂阿含经》以宾头卢第一人称自述往事曾云:

> 又复世尊住舍卫国,五百阿罗汉俱,时给孤独长者女适在,于富楼那跋陀那国,时彼女请佛及比丘僧。时诸比丘各乘空而往彼。我尔时以神力合大山往彼受请。时世尊责我:"汝那得现

---

① 王鹤琴:《中国佛教罗汉信仰早期形态研究》,《宗教学研究》2017 年第 1 期。

② (唐)释道世撰,周叔迦等校注:《法苑珠林校注》卷 42,中华书局,2003 年,第 1300 页。

> 神足如是,我今罚汝,常在于世,不得取涅槃,护持我正法,勿令灭也”。①

又,《佛祖统纪》“供罗汉”条:

> 佛灭时,付嘱十六阿罗汉,与诸施主作真福田。……除四大罗汉、十六罗汉,余皆入灭。四大罗汉者,《弥勒下生经》云迦叶、宾头卢、罗云、军徒钵叹。十六罗汉出《宝云经》。②

可见其不入涅槃,正法护世渊源有自。只是其形象颇有些人间烟火气,喜出风头,爱弄神通,是一个“不省事的”,因而受到佛祖训诫,被罚住世。(这些记载中屡次出现的钵盂和后来“西游”故事中的一个重要物象——钵盂,是否有某种潜在联系,因材料不足,待考。)

唐五代、宋以后,宾头卢作为十六罗汉之上首仍为敦煌民众崇奉,现存的敦煌文书中尚保存晚唐至宋初12件《请宾头卢疏》,唐宋以来处处皆有宾头卢像,天下食堂皆以为上座③。可以说宾头卢是唐宋以来大名鼎鼎的住世罗汉,深为民众信奉,广受供养,灵异常显,声名远播。

---

① 天竺三藏求那跋陀罗译:《杂阿含经》卷23,《乾隆大藏经》第52册,第64—65页。

② (宋)志磐撰,释道法校注:《佛祖统纪校注》卷第34,上海古籍出版社,2012年,第748页。

③ 参见王惠民:《古代印度宾头卢信仰的产生及其东传》,《敦煌学辑刊》1995年第1期;党燕妮:《宾头卢信仰及其在敦煌的流传》,《敦煌学辑刊》2005年第1期。

二

那么,宾头卢是如何与玄奘合体,又是如何走进西游世界的呢?追溯起来是一个有趣的过程,该过程显示出正统信仰与民间信仰相互碰撞、容受,以至最终合流的动态机制,前者为后者所解构,在民间记忆中沉淀,在俗文学中显像。

说起二者的渊源,首先应该缘于玄奘的罗汉信仰。已有学者注意到玄奘所著《大唐西域记》对西域各国罗汉遗迹及传说做了生动描述,对罗汉崇拜做了详尽考察①。以玄奘其人作为当时的传播热点,其影响可想而知(详见下文)。更有人以玄奘所译《法住记》为线索,论证公元7至8世纪的十六罗汉信仰②。点出了问题关键——玄奘促进了中土罗汉信仰的发展与普及,因为他翻译了《大阿罗汉难提蜜多罗所记法住记》(简称《法住记》)。《法住记》为狮子国(今斯里兰卡)庆友所著,是一本释氏弘教之书,全面介绍了十六罗汉的名号、住处、眷属数目及各自守护的范围、功德、作用。这一特殊群体遵依佛旨,以绝大神通护持世尊正法,护佑世间僧俗的喜乐康宁③。值得强调的是,《法住记》所载十六罗汉,第一尊便是宾头卢,只是全称有些冗长——宾头卢跋啰堕阇。

自玄奘译出《法住记》后,十六罗汉成了中国佛教徒与世俗民众的普遍信仰。宋以后的寺庙中多设有罗汉堂,时至今日,全国各地依

---

① 参见王琴鹤:《论玄奘对西域罗汉崇拜的考察》,《西南民族大学学报》(人文社科版)2015年第1期。

② 参见王霖:《7—8世纪的十六罗汉信仰——以玄奘所译〈法住记〉为线索》(上)(下),《新美术》2015年第1期、第7期。

③ 参见〔法〕莱维、孝阀纳著,冯承钧译:《〈法住记〉及所记阿罗汉考》,商务印书馆,1930年。

居

等,其所绘罗汉图风靡一

汉”“李罗汉”,本名反而不显者[1]。他们笔下的

神道,也多了一份“世间相”。因其造像的“烟火气”,而广受世俗民众的喜爱。可以说,这些画坛圣手不仅推动了中国传统人物画技法的进步,同时也促进了罗汉信仰的普及,以及世俗化、甚至通俗化。

就在这普及过程中,罗汉队伍在悄然壮大,十六罗汉的队伍,又悄然添进了两位,不知何时成了十八罗汉。细究起来,“十八罗汉传说的兴起,并没有什么经典的根据,只是由于画家们在十六罗汉之外加绘了两人而成为习惯,于是引起后人的种种猜测和考定。最初的传说,十八罗汉中第十七即是《法住记》作者庆友尊者,第十八便应是《法住记》译者玄奘法师。但是后人以未能推定为玄奘而推定为宾头卢,以至重复,结果造成众说不一,难以考定。由此,十八罗汉的传说因而普遍,自元朝以后,各寺院的大殿中,多雕塑十八罗汉像,十六罗汉的传说则不甚通行了。”[2]就是今天,中国本土大慈恩寺大雄宝殿东西两厢尚排列着包括玄奘在内的十八罗汉(十六位声闻尊者与庆友、玄奘)塑像[3]。

对队伍中所增两位罗汉比较常见的看法,认为是《法住记》的著者庆友和译者玄奘。一著者,一译者,按民间方式把他们双双“提拔”,跻身罗汉行列确实符合民间信仰的逻辑。只是因年深日久无法

---

① 参见李福顺编著:《苏轼与书画文献集》,荣宝斋出版社,2008 年,第 145—148 页。

② 周叔迦:《法苑谈丛》,上海辞书出版社,1999 年,第 185—186 页。

③ 陈景富主编:《大慈恩寺志》卷 12,三秦出版社,2000 年,第 52 页。

况的传说

像画起来或塑起

，再加上皇帝御定，以后的十

为准了。”③

简单梳理，可知这十八罗汉的队伍在民间称得上“你

方……去我登场”，热闹非常。第十七、十八尊罗汉，走马灯般变换不定，某种意义上体现了正统宗教和民间信仰的矛盾。然而，依着民间话语构造逻辑的模糊性、随意性、发散性，张冠李戴的情况在所难免，在玄奘与宾头卢于第十八尊罗汉位置上进进出出之际，将二者合一，似乎也顺理成章。

值得一提的是，贯休所画罗汉图之宾头卢像：扶乌木，养和正坐，下有白猴献果，侍者执盘受之④。此白猿与后来玄奘法师身边的猴子难免令人产生几分联想：是否因为这只猴子，混淆了二者的面目？

---

① 《苏轼文集》，中华书局，1986 年，第 626 页、第 586 页。

② （宋）志磐撰，释道法校注：《佛祖统纪校注》卷 34，第 748 页。

③ 白化文：《中国的罗汉》，《文史知识》1984 年第 7 期。

④ 参见杨新：《新发现贯休〈罗汉图〉研究》，《文物》2008 年第 5 期。

值得进一步玩味的是,存世的几幅玄奘画像与宾头卢还真的有某些“连像”之处:日本留存13世纪的绢画《玄奘负笈图》,图中的玄奘有着弯曲的长眉,而罗汉画宾头卢的显著特征正是长眉①。关于这一特征,文献多有记载:唐代名僧道宣“尝筑一坛,俄有长眉僧谈道,知者其实宾头卢也”②。五代欧阳炯咏贯休十六罗汉图中宾头卢有“雪色眉毛一寸长”之句(《禅月大师应梦罗汉歌》)③;宋代明州天童山觉和尚更是有诗:“会得宾头卢见佛,向人卖弄有长眉”(《教禅人出丐求颂》)④。日本13、14世纪的三幅《玄奘十六善神图》、奈良药师寺、个人藏《释迦十六善神图》中的玄奘皆有长眉⑤。这一细节恐怕也从侧面为玄奘与宾头卢的合体提供了证明。虽然这几幅画皆存日本,为日本信众所画,但这些图像(原型)源自中土是毫无疑问的。

另外,不知下面这两段关于宾头卢和玄奘的描画是否能引起某些微妙的联想:

> (宾头卢)姿容丰美,世所希有。聪明智慧,博闻广识。仁慈泛爱,志存济苦。劝化国民,尽修十善。信乐三宝,出家学道。得具足果,游行教化。还拘舍弥城,欲度亲党。⑥

---

① 朝日新闻创刊百二十周年纪念特别展《三藏法师の道》,朝日新闻社,1999年,第44页。

② (宋)赞宁撰,范祥雍点校:《宋高僧传》卷14,中华书局,1987年,第329页。

③ (宋)黄休复:《益州名画录》卷下,人民美术出版社,1982年,第56页。

④ 北京大学古文献研究所编:《全宋诗》第3册,北京大学出版社,1991年,第19799页。

⑤ 刘淑芬:《高僧形象的传播与回流——从“玄奘负笈图”谈起》,《徐苹芳先生纪念文集》,第352页。

⑥ 求那跋陀罗译:《宾头卢突罗阇为优陀延王说法缘经》1卷,《乾隆大藏经》第108册,第181页。

> (玄奘)七尺余,身赤白色,眉目舒朗,端严若神,美丽如画……且如奘师一人,九生以来,备修福慧,生生之中,多闻博洽,聪慧辩才,于赡部洲支那国常为第一,福德亦然。①

按这两段文字描述,这二位可以说都称得上既有颜值又有内涵,从内到外都有契合处。当然,对于那些不识字的下层民众而言,图像的特殊传播功能是远远超出文字的。出于感性认知,图像更容易对他们的信仰观念产生影响。按图索骥,看图说话原本就是下层民众无师自通的长项。

玄奘与宾头卢合一,除了上述罗汉排名的混乱,二者画像、文字的某些相似度,还有一点或许能够提供新的思路——敦煌藏经洞"伴虎行脚僧"图像的发现。画中高僧足下或踩莲花或踏祥云,学界将之统称为"玄奘取经图"。这些作品现藏于英国国家博物馆、法国吉美美术馆、韩国国家博物馆等处,敦煌壁画也有此类作品,如莫高窟第45窟、第363窟、第306窟、第308窟各有两幅②。图中僧侣肩背经箧,手执拂尘,悬挂香炉或舍利匣,足踏芒鞋,彩云腾起,有虎随行。右上角有小佛像,有些画上题名为宝胜如来。有研究者经过大量实物与文献勘察比附,认为正是由于玄奘西行求法的成功及西来僧的增多,公元10世纪《伴虎行脚僧》图本开始大量流行,其后大量出现的"玄奘取经图"的出现是受《伴虎行脚僧》化现图影响③。"在形象的处理上,画家删除了虎、大沿帽和胡相等图像元素,加入了代表其苦行的耳环和与传说中深沙大神有关的骷髅饰,最终确定了我们今

---

① (唐)慧立、彦悰著,孙毓棠等校点:《大慈恩寺三藏法师传》卷10,第224页。

② 段文杰主编:《中国敦煌壁画全集》第10卷,天津人民美术出版社,1996年,第4页。

③ 孙晓岗:《敦煌"伴虎行脚僧图"的渊源探讨》,《敦煌学辑刊》2012年第4期。

天看到的图像样式。”①

“伴虎行脚僧像”和“玄奘像”本是两个绘画题材，但是后者明显受到了前者的影响，于是玄奘的形象被赋予了“伴虎行脚僧”的元素和特征②。“目前学界普遍认为，这一过程大约成于晚唐到宋朝这段时间，镰仓时代的两幅作品很有可能就是基于已经佚失的中国宋代绘画的摹本。玄奘以行脚僧的新形象出现于12到13世纪之间，具有特殊意义。因为关于他的传说——包括口头和传统故事、戏剧以及其他佛教或非佛教的娱乐形式——正是在这一时期不断涌现出来的。”③佛教艺术中出现的“唐僧取经图”的形成应是由“玄奘取经图”渐次发展而来的，随着时间的推移，登场的人物逐渐增多，内容日趋繁杂，与文学作品《西游记》的故事情节更加接近。

相反，若由玄奘像反推“伴虎行脚僧”，按照思维定式，人们可能很自然地想到前文的“伏虎罗汉”。日本学者山口瑞凤即认为伴虎行脚僧即是第十八罗汉④。这一看法恐怕不是异想天开，也非空穴来风。如果伴虎行脚僧是第十八罗汉（伏虎罗汉），那么宾头卢、伏虎罗汉和玄奘三位一体似是水到渠成的事情。

更有意思的是唐传奇《马拯》一则：

> 唐长庆中，有处士马拯性冲淡，好寻山水……见一老僧眉毫雪色，朴野魁梧。甚喜拯来，使仆挈囊……俄有一马沼山人亦独

---

① 李翎：《玄奘大师像与相关行脚僧图像解析》，《佛教文史》2011年第1期。

② 孙英刚：《三藏法师像初探——一件珍贵的图像文献》，《中国民族博览》2014年Z1期。

③ 王静芬著，张善庆译：《以东亚玄奘画像为中心审视圣僧神化历程》，《敦煌研究》2016年第2期。

④〔日〕山口瑞凤：《与虎为伴的第十八罗汉图来历》，《印度古典研究》1984年第6卷。

登此来,见拯,甚相慰悦,乃告拯曰:“适来道中,遇一虎食一人,不知谁氏之子。”……又云:“遥见虎食人尽,乃脱皮,改服禅衣,为一老僧也。”拯甚怖惧。及沼见僧,曰:“只此是也。”……向夜,二人宿其食堂,牢扃其户,明烛伺之。夜已深,闻庭中有虎,怒首触其扉者三四,赖户壮而不隳。二子惧而焚香,虔诚叩首于堂内土偶宾头卢者。良久,闻土偶吟诗曰:“寅人但溺栏中水,午子须分艮畔金,若教特进重张弩,过去将军必损心。”二子聆之而解其意……①

这则传奇故事,讲述了一个民间所祀宾头卢像显灵点化,伏虎救人的故事。这则故事单独看不足为奇,但是如果和前述伴虎行脚僧、伏虎罗汉图联系起来,恐怕别有意味。所以宾头卢和玄奘能够在民间信仰流通的渠道中被当成一人不足为奇。在民间的“模糊记忆”中,把“伴虎行脚僧”讹传为伏虎罗汉,而这一思维指向最终的结果就是:玄奘,即伏虎罗汉,即宾头卢。这是民间记忆含混性决定的。

三

其实,玄奘之所以和宾头卢合体,前面我们只是分析了浅表视觉层次的原因(罗汉图、行僧图令观者尤其是下层民众眼花缭乱,思维混乱),民间信仰“乱入”式的嫁接,是直接原因,但更为关键的深层原因是唐宋以来民众对玄奘的圣化。在释徒、信众的推崇、粉饰下,玄奘一步步被推上神坛,从一个单纯的历史真实中的“取经(求法)僧”,成为世俗顶礼膜拜的罗汉,住世救人,度化万物。这一圣化过程,在民间逻辑中是有迹可循的。

① (宋)李昉等编:《太平广记》卷430,第3492—3493页。

玄奘法师于大唐贞观年间(629—645),只身西行,历经艰难险阻至五印度求取真经,历时十七年,取经东归,朝野震动。因其这段充满传奇色彩的经历,为当时及后世所景仰。其徒慧立、彦悰所著《大慈恩寺三藏法师传》等为代表的传记类作品多有美化、神化之笔。许多情节是我们耳熟能详的,如"摩顶松""(佛)授《心经》""金甲神(深沙)救难"等,这些情节后来多半被百回本《西游记》所吸纳,研究者早已言之凿凿,这里不再赘述。

当然,也有为研究者所忽略的,如百回本第八回(《我佛造经传极乐,观音奉旨上长安》),我佛如来委派观音菩萨东土去寻取经人,随赐五件宝贝,第一件便是"锦襕袈裟",且云"穿我的袈裟,免堕轮回"①。第十二回(《玄奘秉诚建大会,观音显象化金蝉》),菩萨与木叉行者,变化俗僧,售卖佛宝,当街炫耀,在太宗面前更是大谈特谈:

> 这袈裟:龙披一缕,免大鹏吞噬之灾;鹤挂一丝,得超凡入圣之妙。但坐处,有万神朝礼;凡举动,有七佛随身。这袈裟……三宝巍巍道可尊,四生六道尽评论。明心解养人天法,见性能传智慧灯。护体庄严金世界,身心清净玉壶冰。自从佛制袈裟后,万劫谁能敢断僧?②

当唐王把观音所赠袈裟赐予玄奘穿着后,有诗为证:

> 玄奘法师大有缘,现前此物堪承受。浑如极乐活阿罗,赛过西方真觉秀。③

① (明)吴承恩著,李天飞校注:《西游记》,第111页。
② (明)吴承恩著,李天飞校注:《西游记》,第177—178页。
③ (明)吴承恩著,李天飞校注:《西游记》,第180页。

从“活阿罗(罗汉)”“真觉秀(罗汉)”的赞语中大家是否感受到了时空的穿越——千古同慨:玄奘就是罗汉!

看来,这袈裟真是有故事的物象。难怪后来又由袈裟引出第十六、十七、十八三回故事,观音禅院行者炫宝,院主垂涎,放火谋害,黑熊精偷盗,成了“八十一难”(“夜被火烧”“失却袈裟”两难)核心情节之一的,但是《玄奘法师传》中却能找到这一情节的原型:贞观二十二年(648),太宗曾赐玄奘价值百金的精致袈裟一件。时释慧宣有咏袈裟诗(今存两句)“如蒙一被服,方堪称福田”;释道恭则有《出赐玄奘衲袈裟衣应制》:“福田资象德,圣种理幽薰。不持金作缕,还用彩成文。朱青自掩映,翠绮相氤氲。独有离离叶,恒向稻畦分。”①(后者还被《全唐诗》收录)由此,我们知道了这一故事的原型,也了解了后来故事的发展走向,只是在“西游”序列中,被略加变化,《取经诗话》赐“钻天帽”一顶(《入大梵天王宫第三》),《三藏取经》赐“无尽宝绦”一条(第一出《见佛祖》),《西游记杂剧》赐“金襕袈裟”(第五出《诏饯西行》),至百回本,袈裟方被大书特书,这也是百回本经典化的必经之路。

如果说袈裟作为一物象,尚被如此“圣化”,那么关于玄奘身份的“神”来之笔更是不胜枚举,典型者如:印度王舍城那烂陀寺106岁高龄的戒贤法师,曾于三年前梦中得文殊菩萨谕示授经《瑜伽论》,三年后玄奘果然如期到来②,这里他成了神谕的践行者;弘福寺僧众迎请法师所携经像之际,“其日众人同见天有五色绮云现于日北,宛转当经、像之上,纷纷郁郁,周圆数里,若迎若送,至寺而微。”③此处祥云

① (唐)慧立、彦悰著,孙毓棠等点校:《大慈恩寺三藏法师传》卷7,第151页。
② (唐)慧立、彦悰著,孙毓棠等点校:《大慈恩寺三藏法师传》卷3,第67页。
③ (唐)慧立、彦悰著,孙毓棠等点校:《大慈恩寺三藏法师传》卷6,第128页。

献瑞和他圆寂后，韦陀天尊现身告知玄奘生至弥勒内院①，这都无疑是佛子身份的暗示。

除慧立、彦悰《大慈恩寺三藏法师传》而外，释道宣《续高僧传·玄奘传》、冥详《大唐故三藏玄奘法师行状》等也多有圣化倾向。更为关键的是以皇帝为代表的官方的推广肯定，追谥、建塔、铭文、塑像，无疑带动了民间崇祀的风潮。

唐中宗追谥玄奘“大遍觉(大菩萨)”。中晚唐佛教文本有以“大遍觉”代替玄奘之名者，日本沿用至今(今奈良药师寺玄奘三藏院供有塑像，牌位“南无大遍觉玄奘三藏菩萨”，受僧俗供养礼拜)。代宗大历年间，“大遍觉”之谥已被用来取代玄奘之称②。

玄宗开元四年(716)，建《西明寺塔》，苏颋撰《西明寺塔碑文》，称其为证果罗汉，将其比拟为迦叶尊者(“封迦叶之上人兮，延德光之太子”)③。

中晚唐，和玄奘相关的深沙神信仰流行，入宋后经藏院供奉玄奘像④。

宋代仁宗年间，名僧梵才大师长吉，在台州建“般若台”，尊崇《大般若经》译者玄奘。徽宗宣和(1119—1126)初年，右文殿修撰罗畴(1076—1137)在南剑沙县(今福建沙县)宝云禅院建转轮殿，在转轮藏殿之西，经堂之后另造一殿，其中即有玄奘像供奉⑤。又，南宋明州(今浙江宁波)惠安院制作的五百罗汉图中，玄奘以西行取经之

---

① (唐)慧立、彦悰著，孙毓棠等点校：《大慈恩寺三藏法师传》卷10，第224页

② (清)王昶：《金石萃编》卷113《玄奘塔铭》，《续修四库全书》，第889册，540页。

③ (唐)苏颋：《唐长安西明寺塔碑》，《全唐文》卷257，中华书局，1987年，2597—2598页。

④ 参见刘淑芬：《唐代玄奘的圣化》，《中华文史论丛》2017年第1期。

⑤ 参见刘淑芬：《宋代玄奘的圣化：图像、文物和遗迹》，《中华文史论丛》2019年第1期。

形被绘入其中,成为五百罗汉之一员①。上述二例显示玄奘已被圣化为神祇且被礼拜供养。另,张世南(约1225年前后在世)《游宦纪闻》一书中,也曾记载福州永福县重光寺的转轮藏殿有玄奘画像②。

作为本土备受敬仰的"求法"高僧,在域外(尤其是我们的东邻日本)同样备受仰慕。在日本镰仓时代(1185—1333)开始,在"大般若会"所用仪式绘画"释迦十六善神图",玄奘已进入护法神祇行列③。玄奘取经的罗汉图,至少有三幅传世。平安时代(794—1192)12世纪的"十六罗汉图"中,第五尊"诺矩罗尊者"即题作"唐僧取经像"。今藏于日本京都大德寺宋本"五百罗汉图"中,第77幅被题为"唐僧取经",玄奘无疑已成为五百罗汉中的一员④。事实上,日本玄奘圣化的内容大多源自中国。能和日本所藏对看的是现存本土的罗汉图(北宋):延安安塞樊庄第2窟,南壁西侧罗汉群像、大足石刻五百罗汉中都有玄奘取经像;大足北山168窟,在左壁罗汉群像中,也有玄奘取经像⑤。

如果说玄奘的圣化在《大慈恩寺三藏法师传》等为代表佛徒释子所作传记类作品中多有体现,那么从现存绘画、雕塑,我们同样可以感知玄奘在民间已然超凡入圣,进入罗汉行列,被崇拜、供养。十六罗汉、十八罗汉、五百罗汉,总之庞大的罗汉群体已经将他吸纳,他的身上笼罩着神圣的光环,令世俗顶礼膜拜。结合前文,他和宾头卢形

---

① 〔日〕东京文化财研究所编集:《大德寺传来五百罗汉图》,京都思文阁,2014年,第86页。

② (宋)张世南:《游宦纪闻》卷4,中华书局,1981年,第30—31页。

③ 朝日新闻创刊百二十周年纪念特别展《三藏法师の道》,朝日新闻社,1999年,第234、236、237页。

④ 《三藏法师3万キロの旅》,朝日新闻社、奈良国立博物馆,2001年,第182、183页。

⑤ 魏文斌、张利明编著:《西游记壁画与玄奘取经图像》,第8页,第22—24页。

象合一,内外条件全部成熟。所以《三藏取经》中玄奘证果宾头卢尊者是合乎并顺应民间信仰的必然结果。

可以说,《三藏取经》的出现,是“西游”故事发展的一个特定的不可或缺的阶段,仅以宾头卢尊者与玄奘关系而言,即体现得极为明显。玄奘与宾头卢的合体,是民间记忆对正统宗教经典重构、再造的结果,而这种重构、再造涵盖了历史文献、绘画、雕塑多个领域,是辐射式的无处不在,最终却在俗文学范畴之内集中在某一人物身上。宾头卢不再仅仅是一个空洞的符号,他是民间信仰的聚结的焦点之一。

当我们从外在到内在对玄奘成圣历程加以梳理,我们发现在“西游”故事中玄奘圣化是当时民间传说的自然演变。在《大唐三藏取经诗话》中,因为情节的缺失(其实说过于简陋更准确),玄奘的形象不够丰满,近乎符号化,而且此法师尚残留许多他人(如不空三藏)的印痕①,无法承袭历史人物圣化所带来的一切,《三藏取经》则进一步演进②,玄奘不仅超凡入圣,而且被嵌进了谪世模式。这一点在《三藏取经》中表现得极为自然。第十五出“隔柴渡”,借拾得之口说出三藏前身,“只人原是第三位尊者金禅罗汉,因私赴灯果会,佛罚伊过三十六劫磨难,咱今来抨(骗)伊。”③第十六出“天宫会”,毗沙门天宫庆贺哪吒太子再出生,五百尊者赴会,五百条手帕分五百罗汉,尚剩一条,无人收领。再次强调,“因第三位尊者金禅罗汉,当日私赴灯果会,佛罚伊过三十六劫磨难。今卜去西天取经,同来宰天宫外。”④佛

① 参见张乘健:《古代文学与宗教论集》,吉林人民出版社,2001年;杜治伟:《试论〈大唐三藏取经诗话〉本事为不空取经》,《中国古代小说戏剧研究丛刊》,甘肃人民出版社,2018年。

② 参见胡胜:《重估“南系”〈西游记〉:以泉州傀儡戏〈三藏取经〉为切入点》,《复旦学报》(社会科学版)2017年第6期。

③ 泉州地方戏曲研究社编:《傀儡戏·〈目连〉全簿》,第98—99页。

④ 泉州地方戏曲研究社编:《傀儡戏·〈目连〉全簿》,第102页。

弟子犯戒—被贬历劫—重证果位，为后来“西游”故事的框架做出了样板。所以仅从这个意义上说，《三藏取经》的价值即不可轻忽。如果说《大唐三藏取经诗话》为“西游”故事勾勒出了一幅草图，那么《三藏取经》就是在这幅草图上开始精心着色，不断皴染。宾头卢是在原有法师像上涂抹的又一层油彩，他的画像不觉间已经累积吸纳了罗汉像、行僧图的不同造型。有趣的是《三藏取经》中还不断出现中土佛教圣地——天台山，恐怕也不是偶然。

除了前述的十六、十八罗汉，中国民间还广泛流传着五百罗汉的传说，而天台山方广寺正是五百罗汉驻锡福地。唐文宗时在天台山福田寺兴建了五百罗汉殿。从五代至两宋，伴随着五百罗汉信仰的日渐炽热，天台山成为五百罗汉信仰的核心区域。据《天台山志》载：吴越王钱氏曾在天台山方广寺铸五百罗汉。雍熙元年，宋太宗敕造罗汉像五百十六身，奉置于天台山寿昌寺。《广州东莞县资福禅寺罗汉阁记》也记载了五百罗汉信仰的史实。两宋以后，各地均建五百罗汉殿，造型基本依天台山石梁桥的五百罗汉而来①。

《三藏取经》不断点出天台山方广寺。第十五出“隔柴渡”，寒山、拾得点化三藏师徒，化桥使其落水，龙王将他送上天台山方广寺，“到许处正是见佛时，送你去权且安身已。慢慢即去，西天极乐市。”（【绣停针】）接下来李天王差人将三藏从方广寺请入北方毗沙门天宫赴斋，三藏醉酒，引出悟空、二郎大闹广方寺②。在这里，天台山方广寺成为不亚于后世百回本小说中灵鹫山的神圣所在。

这五百罗汉、方广寺在戏中的频繁出现，其实和宾头卢信仰是相契合的，为这一作品的成书时间提供了佐证，应是宋元间宾头卢与五

① 参见李玉珉：《住世护法罗汉——罗汉画特展介绍之一》，《（台北）“故宫”文物月刊》，1990 年第 7 期。

② 泉州地方戏曲研究社编：《傀儡戏·〈目连〉全簿》第 15、16、17 出。

百罗汉信仰极度流行之际。能为宾头卢在戏中适时出现作注的还有实物——泉州东西塔石雕,上面不仅有宾头卢(长眉)塑像①,而且耐人寻味的是,还有玄奘与梁武帝对应的一组雕像②。日本学者中野美代子认为,二者不应该同时出现,因为时代间隔太远③。但是如果宾头卢和玄奘本为一人的话,二者的对应关系自然顺理成章。因为梁武帝本就是宾头卢的狂热崇拜者,这在数量可观的文献记载中俯拾即是,仅以《法苑珠林》为例,即可见一斑:

> ……梁帝闻而赞悦,敬心翘仰。家国休感,必于斋供。到永明八年,帝躬弗愈……乃洁心发誓,归命圣僧。敕于延昌殿内,七日祈请,供饭诸佛及众圣贤……于是斋坐既毕,而御膳康复。所以遍朝归依,明验神应。④

如果说,泉州东西塔的石雕仅有宾头卢,或者《三藏取经》中仅有宾头卢一例,那么我们界定《三藏取经》中的故事流播年代恐怕还要大费周折。问题是塔上与"西游"故事相关的物证,除了学界熟知的如带刀猴行者、火龙三太子、玄奘之外,还有寒山、拾得⑤,宾头卢与这一系列实物一起,形成了《三藏取经》中"西游"故事流播年代归属的证

---

① 开元寺东塔,"长眉,3—4(西南)",王寒枫编著:《泉州东西塔》,第92页。

② 开元寺西塔,"玄奘,4—2(南)","梁武帝,4—1(南)",王寒枫编著:《泉州东西塔》,第154页。

③ 〔日〕中野美代子撰,岷雪译:《泉州开元寺东西塔浮雕考——十八罗汉、梁武帝、目连戏和初期〈西游记〉》,《中国与日本文化研究》第一集,中国大百科全书出版社,1991年。

④ (唐)释道世撰,周叔迦等校注:《法苑珠林校注》卷42,第1299—1300页。

⑤ 寒山、拾得为《三藏取经》中的一对关键人物,对取经故事形成有特殊意义,参见胡胜:《小议"和合二仙"寒山、拾得与〈西游记〉的渊源》,《南开学报》2019年第1期。

据链条。于是我们可以放心地把《三藏取经》放在整个西游故事的发展中加以观照。

《大唐三藏取经诗话》因为文本残缺(关键是过于简陋),对法师的前生后世,尤其最终证果语焉不详;《西游记杂剧》中玄奘的前身"毗卢伽尊者"无法确定具体身份,也没有前后的照应,无法深入解析;现存平话也只是粗略说他证果旃檀佛(这一点和百回本一致)。在百回本之前,只有《三藏取经》情节较为圆满,他的罗汉谪世模式,为后来同类作品提供了可资借鉴的经验,这也是此戏应该受到重视的价值所在。百回本的高明处在于弃置了年深日久,渐为民间所疏远乃至忘却的宾头卢,在玄奘法师的前身我佛如来二弟子金蝉子(《三藏取经》作三弟子金禅罗汉)作足了文章,这里面既有传统层面的金蝉暗喻长生,也有金蝉脱壳、肉体飞升的丹道喻指,同时如来二弟子的排行,其实是借用了阿难的原型,除了相貌清秀,关键在于色欲考验①。这样玄奘的形象更加丰满,成为文学史长廊中的经典造像。回顾从玄奘到三藏的历程,我们触摸到了《西游记》经典化的内在脉理,而这和《三藏取经》的适时出现是分不开的。尽管随着民间信仰的变迁,宾头卢逐渐消失在"西游"故事演变的时空隧道中,但他在"西游"故事演进中的价值却不应被抹煞。宾头卢形象出现的意义,关键是在"西游"故事的演化过程中完成了玄奘的圣化,这一名相之变影响久远,一直延展到百回本。

其实,宾头卢如此,目连、寒山、拾得乃至更多的在"西游"故事演化过程中的过场式人物莫不如此。他们有的在百回本《西游记》中尚

---

① 参见罗兵、胡胜:《金蝉脱壳有玄机——说百回本〈西游记〉中金蝉子的名实之变》,《陕西理工大学学报》(社会科学版)2019年第6期。

有孑遗（如鬼子母）①，大部分却难觅踪迹。这些消逝在漫长成书过程中的人物形象，看似无关紧要，然而在"西游"故事形成、演化和写定本成书过程中却有难以替代的作用。当我们围绕着"百回本"，遵循着写定者的思路，去权衡、筛选，认定相关角色、名物、情节的学术价值时，是无法真实再现"西游"故事生成、演化的原始生态的，这种单一的思维向度局限了我们的研究视野，使我们无法还原经典文本生成的真实途径。只有当我们注目于"西游"故事的演化发展史，而不仅仅是百回本的成书史之时，才有助于我们深入考察"西游"故事的演化、传播机制，也有助于我们进一步研究其他题材故事的演化、传播。只有完全跳出以"百回本"为中心的思维定式，挣脱单一的文学视角，借助历史、哲学、宗教、艺术（雕塑、绘画）等多学科、跨文本研究视野与研究手段，才能打破制约《西游记》研究的瓶颈。

（原载《文学遗产》2020年第5期）

① 参见赵毓龙、胡胜：《以"鬼子母揭钵"为例看原生"西游"故事的聚合机制》，《求是学刊》2014年第6期。

小议“和合二仙”寒山、拾得与《西游记》的渊源

在《西游记》累积成书的漫长历史区间里,“西游故事”始终处于一个动态的更生、蜕变、聚合过程之中,许多角色、名物、事件出入其间,有些最终得以保留、改造,成为“终极”文本的一部分,有些则被舍弃、刊落,成为题外话①。这一点,从由《取经诗话》《三藏取经》《西游记杂剧》《西游记平话》等文本坐标所串联起来的故事演进轨迹里,看得尤为清晰。随着学界对泉州傀儡戏《三藏取经》的深入认识②,我们又发现了两位特别值得关注的角色——寒山、拾得。这两位民间传说中的焦点人物——“和合二仙”,在《西游记》成书过程中是曾经有过一席之地的,其与“西游故事”的因缘聚散关系,又可作为判定关键文本时代归属,以及考察特定时代故事基本形态的证据。

一

现存明清刊本《西游记》小说系统中是看不到寒山、拾得踪影的。追溯起来,二人曾在杨景贤《西游记杂剧》第六本第二十二出“参佛

---

① 参见赵毓龙:《西游故事跨文本研究》,中国社会科学出版社,2016 年。

② 参见胡胜:《重估“南系”〈西游记〉:以泉州傀儡戏〈三藏取经〉为切入点》,《复旦学报》2017 年第 6 期。

取经”中出现过：

> （寒山、拾得扮出山佛像上）（云）玄奘，你来也！（唐僧云）我佛，弟子来也！（佛云）玄奘，你往日是西天罗汉，今为东土国师。心坚念重，至公无私，磨而不磷，涅而不缁。今日归来，万物有时。给孤引见大权，将经文法宝，交付与玄奘。孙、猪、沙弟子三个，乃非人类，不可再回东土，先着三个正果。我佛座下弟子四人，一名成基，一名惠光，一名恩昉，一名敬测。基、光、昉、测四人，送你到于东土，开阐戒坛，大兴妙法，后回西天，始成正果。给孤长者，引将他去，着他领取经宝，疾忙便行。（下）①

这段剧情很简略，只有一个场景。从角色功能上看，寒山、拾得作为过场的接引者出现，点破前因后果。整个场景中，既没有戏剧冲突，也不涉及与两个形象民间传播实际相关的文化符码。

比较而言，泉州傀儡戏《三藏取经》第十五出“隔柴渡”有较大不同：

> （山、得②上，唱）【前调】长老吩咐讨柴，讨柴卜去煎茶汤，方广寺内好妆糕。（合）通上界，透天堂，放紧行，畏日晚匕匕。（各三合，唱）（生上，见，白）二位师兄稽首。（亥）敢问二师兄，只处是何名？（山、得白）正是隔柴渡。（生白）前面可有寺院否？（山、得白）过渡就有寺院。（生白）有船可渡否？（山、得白）无船，只有一条船。（亥）桥在怀中。（亥）僧行值去？（生白）卜去西天取经，遇日晚，望师兄引我借歇一宵，情无不知感。

① 胡胜、赵毓龙校注：《西游戏曲集》，第112页。

② 按，“山”指寒山，“得”指拾得。

(亥)名三藏,住大唐国蟠桃寺,祖居崇林。(山背亥,白)师兄,你晓得否?只人原是第三位尊者金禅罗汉,因私赴灯果会,佛罚伊过三十六劫磨难,咱今来抨(骗)伊。(亥)你既是卜同玩去,阮将只怀中桥放只水上,渡你过去。阮收拾柴担,就来。(生亥,唱)【大迓鼓】收拾柴担,放早过桥来相伴。(山、得唱)三藏来去寺内,做紧过桥心放宽,恐畏日落西山乜乜。(山、得断桥亥,下)(生跋落,下)(龙内白)望面山崩桥断,毫光灿烂,透入龙宫海藏。乜般神圣,跋落隔柴渡?鬼将,扶入龙宫来。(龙上,唱)【正慢】望面听见山崩桥断,乜般神圣跌落隔柴渡中?(叉扶生上,唱)望面跌落,神魂颠倒都失迷。(见亥,白)龙王稽首。(龙亥)请坐。(白)原来是三藏法师。小神望面听见山崩桥断,毫光透入龙宫海藏,失迎届,恕罪。(生白)小僧卜去西天取经,日晚腹饥,令行者去取凡食未到。不期遇着二位小真,引我过桥,误跌落江中,感谢龙王深恩。(龙白)许二位乃是方广寺寒山、拾得,法师着伊所误。(生白)且喜得见佛面,但可惜不见二位行者,又不得到西天,真个忝人烦恼。(龙白)法师请宽心,吾令鬼将送你上山,方广寺中安身。①

尽管方言俚语可能造成一定的阅读障碍,但我们仍可明确概括出其大致剧情:寒山、拾得化身樵夫,在隔柴渡接引唐僧师徒(三藏、悟空、二郎神),放桥引路。最后关头,山崩桥断,三藏落水,为龙王所救,龙王道出原委。

客观上讲,这段戏文也不算长,寒山、拾得的戏份仍旧有限,只涉及“三十六难”中的一难,但它涉及一连串事件,又透露出不少极具价值的信息:二人化身樵夫;点破前因:三藏为金禅罗汉,私赴灯果会,

① 泉州地方戏曲研究社编:《傀儡戏·〈目连〉全簿》,第98—100页。

佛罚经历三十六磨难①,此“山崩桥断”为一难;龙王遣夜叉将三藏引入龙宫;龙王揭破谜底:二人为广方寺行者。这些信息,指向、涉及“西游故事”的多个段落,既有被百回本吸纳、改造者,也有被其刊落、隐去者。

其中,最为直观、明晰的,就是“断桥落水”的情节,这很容易让人联想到《西游记》第九十八回《猿熟马驯方脱壳,功成行满见真如》,凌云仙渡,接引祖师撑无底船度脱三藏师徒:

> 那师父踏不住脚,轱辘的跌在水里,早被撑船人一把扯起,站在船上……那佛祖轻轻用力撑开,只见上溜头泱下一个死尸……②

“接引”与“落水”这两个关键信息,作为一处“针脚”,让我们进一步看到杨本杂剧、傀儡戏与百回本小说之间的因缘关系(寒山、拾得的接引功能,下文还要论及,此处不赘言)。这也就引发了一系列问题:寒山、拾得为何与《西游记》发生纠葛?这段“公案”为何最终又被黜落?从他们进入“西游故事”到离开“西游故事”,这中间究竟发生了什么?寒山、拾得在“西游故事”中的亮相又意味着什么?

二

提起寒山、拾得,人们并不陌生,二人在民众中的知名度,其实不

---

① 为何后世定本的“九九八十一难”在此为“三十六难”,详见胡胜:《重估“南系”〈西游记〉:以泉州傀儡戏〈三藏取经〉为切入点》,《复旦学报》2017 年第 6 期。

② (明)吴承恩著,李天飞校注:《西游记》,第 1224 页。

亚于唐僧师徒。在雅文化中，他们是唐代的诗僧，俗文化中则是喜庆团圆之神——和合二仙，但他们的传记和传说颇有些扑朔迷离的味道。或说二者活动于唐贞观中①，或说其生活于唐中叶②，亦僧亦道亦隐。寒山诗“改头换面孔，不离旧时人”③，大抵可作为二人真幻相兼形象的一个注脚。

寒山有《寒山诗集》传世，现存诗三百余首。晚唐贯休曾作《寄赤松舒道士二首》，其一云：“不见高人久，空令鄙吝多。遥思青嶂下，无那白云何。子爱寒山子，歌惟乐道歌。会应陪太守，一日到烟萝。”另有诗提及拾得：“天台四绝寺，归去见师真。莫折枸杞叶，令他拾得嗔。”④有趣的是，贯休还绘有寒山、拾得像⑤。此外，流传至今的宋金元绘画造像尚有梁楷的《寒山拾得图》、释法常的《寒山拾得丰干图》、马远的《寒山子像》、刘松年的《拾得图》、因陀罗的《寒山拾得图等》⑥。这些诗歌和画像的留存可以说明他们曾经真实存在。

关于他们的事迹，除个别细节外，许多文献记载相差无多。常为今人所引述的，如宋代志磐《佛祖统纪》卷三十九：

> 寒山子者，隐居天台之寒岩，时入国清寺。有拾得者，因丰干禅师于赤诚路侧得之，可十岁。委问无家，付库院养之三年，令知食堂。常收菜滓于竹筒，寒山若来，即负而去。或长廊叫唤

---

①《全唐诗》卷807“拾得”，中华书局，1960年，第9104—9105页。

②《太平广记》卷55“寒山子”，第338页。

③《全唐诗》卷806“寒山”，第9089页。

④《全唐诗》卷830、832“贯休”，第9360、9391页。

⑤（明）汪珂玉：《珊瑚网》卷25“贯休应真高僧像卷”下引董其昌题记，景印文渊阁四库全书本。

⑥参见王海男：《“和合二圣”造像及其嬗变》，《中国社会科学报》2014年5月28日第8版。

快活，寺僧逐骂，辄抚掌大笑……二人即把手而笑，走向寒岩，更不返寺。胤乃令道翘于村墅人家屋壁、竹石之上，录歌诗三百余首，传于世云。①

如果说唐代杜光庭的《仙传拾遗》中寒山、拾得尚属道家之仙，那么宋代赞宁《宋高僧传》（卷十九），宋代道元《景德传灯录》（卷二十七），宋代普济《五灯会元》（卷二）、《古宿尊语录》（卷十四）等，他们则似“入释”已深，在后世一些禅宗语录亦随处可见其身影：

弟呼兄应岂偶然，嬉游时在旧山前。通身手眼如何会，拾得寒山笑揭天。（《禅林类聚》卷十）

山云昨夜雨，檐头滴滴举。寒山拾得知，双双为伴侣。（《普庵印肃禅师语录》卷三“庄严净土分第十”）

寒山兄，拾得弟，相呼相唤，踏步石梁桥畔……（《方山文宝禅师语录》卷一）②

北宋李遵勖《天圣广灯录》最早将寒山、拾得归于“散圣”，“时至元明，寒山等人的散圣形象就被普遍接受认可了，无论在礼拜仪式上、在上堂示众时，或狂禅之风盛行的世俗场合，寒山诗偈都是惯用的‘接物利生弘扬圣道’的机语。散圣，在教化人心、扩大佛教影响方面产生了特殊作用。”③这大概是佛教徒偏爱寒山、拾得的一个深层原因。但相比较而言，二者在民间的受欢迎似乎无关佛理，更多的是

① （宋）志磐撰，释道法校注：《佛祖统纪校注》，第911页。
② 蓝吉富主编：《禅宗全书》第48册“语录部”13，台北文殊文化有限公司，1989年，第550页下。
③ 罗时进：《伪托闾丘胤〈寒山子诗集序〉的接受与演化——以寒山、拾得之形象演变为中心》，《复旦学报》2017年第4期。

对其所表征的兄弟情谊的肯定。

关于二人友情的民间传说很多,最典型的是相传兄弟二人同时爱上一个女子,最终为了友情同时舍弃了爱情,出家为僧,一手持荷,一手持盒,于是"盒荷"便成为"和合"二仙的标配。"和合二仙"传说的出现大约在宋元间,至明代广为流行,入清后依然。雍正十一年(1733),二人被敕封为"妙觉普度和圣寒山大士""圆觉慈度合圣拾得大士",并称"和合二圣"①。由唐至宋,再到明清,从文人圈子到市井渠道,以至得到"官方认证",寒山、拾得两人,正是进入时间范畴的历史人物,在后世传播过程中,向文艺形象和文化符号演变的典型。在不同的流通渠道和文化语境内,其形象揉入了驳杂的成分:既有来自口头的,又有形于案头的;既有雅趣的,又有俚俗的;既有下自民间的,又有上自官方的;既有宗教的,又有世俗的。而当这一由复杂成分构成的符号系统,开始形成反馈效应,作为素材被吸纳进各种故事的形成、演变,以及各种文本的编创、传播过程时,即使未能与具体的叙事结构形成高品位融合,也可成为相关故事、文本的一个重要的文化印记。二者与"西游故事"的因缘聚散关系,便是如此。

三

那么,寒山、拾得因何与《西游记》结缘?换言之,为何会成为《西游记》成书某一环节的重要人物,充当三藏师徒取经的接引者呢?

前文说过,寒山、拾得的传说之所以流行,一方面是他们的"和合"身份,喜庆、接引之神,另一方面是他们了无挂碍的人生态度。试问:"世间谤我、欺我、辱我、笑我、轻我、贱我、恶我、骗我、如何处治?"

---

① 王海男:《雍正敕封"和合二圣"之始末及其影响》,《中国社会科学报》,2015年4月1日第2版。

“只是忍他、让他、由他、避他、耐他、敬他、不要理他,再待几年你且看他。”[①]这种无争、无碍的处世之道,对下层百姓弱势群体无疑是最好的安慰,即便作为某些上层人士隐忍无争的处事态度,也未尝不是较好的人生选择。

其实,这种了无挂碍者和佛教所谓“和合僧”契合无间[②]。以此大德作为唐僧师徒的接引者似无不妥,但深究起来,未免过于“文”化——真正的佛经、道典,为民间话语体系所吸收的成分,其实是有限的。换句话说,民间话语体系内故事聚合所遵循套路另具一格。具体而言,民间编创、传播者在将宗教人物纳入通俗故事时,依据的往往不是相关的经文教义,而是一种世俗化(甚至庸俗化)的理解,他们可能只是留意到了一个(或一组)背倚迷人光晕的形象,一种大众约定俗成的文化艺术符号,将其拉入“客串”故事角色。

当然,这种“客串”现象,有时是毫无理据可言的,令人感到莫名其妙,有时却可寻得蛛丝马迹,找到形象植入、嬗变的中间环节。在寒山、拾得形象植入“西游故事”的过程中,“和合”万回就是这一中间环节。具体来说,先是万回和“西游故事”发生纠葛,最后又被张冠李戴,此“和合”(寒山、拾得)取代了彼“和合”(万回),于是寒山、拾得成了“西游”人物。

万回是唐代的一位民间奇人,事迹真假难辨。他生活于唐高宗、武后、中宗、睿宗四朝,《太平广记》引韦纾《两京记》、胡璩《谭宾录》:

万回师,阌乡人也,俗姓张氏。初,母祈于观音像,因而娠

① (清)叶昌炽:《寒山寺志》,江苏古籍出版社,1999年,第110页。

② (晋)僧无谶译:《大方等大集经》卷5,《乾隆大藏经》第21册,第92页,所谓“和合僧”概括起来即:“一菩提心无碍,无生无灭无碍,心无杂染无碍,离欲解脱无碍,行无漏法无碍”之大德。

回。回生而愚,八九岁乃能语,父母亦以豚犬畜之。年长,父令耕田。回耕田,直去不顾,口但连称平等。因耕一垄,耕数十里,遇沟坑乃止。其父怒而击之,回曰:"彼此总耕,何须异相?"乃止击而罢耕。回兄戍役于安西,音问隔绝。父母谓其死矣,日夕涕泣而忧思焉。回顾父母感念之甚,忽跪而言曰:"涕泣岂非忧兄耶?"父母且疑且信,曰:"然。"回曰:"详思我兄所要者,衣裘糗粮巾履之属,请悉备焉,某将往之。"忽一日,朝赍所备而往,夕返其家。告父母曰:"兄平善矣。"视之,乃兄迹也,一家异之。弘农抵安西,盖万余里。以其万里回,故号曰万回也。①

段成式《酉阳杂俎》、郑綮《开天传信记》皆有相似的记载,讲述的是万回得名由来,强调其"万里而回"的神迹,至宋代其"和合之神"的名声渐起。元代刘一清《钱塘遗事》卷一"万回哥哥"条谓:

临安居民不祀祖先,惟每岁腊月二十四日各家临期书写祖先及亡者名号,作羹饭供养,罢即以名号就楮钱上焚化,至来年此日复然。惟万回哥哥者,不问省部吏曹市肆买卖及娼妓之家,无不奉祀,每一饭必祭。其像蓬头笑面,身着彩衣,左手擎鼓,右手执棒,云是和合之神,祀之可使人在万里外亦能回家,故名万回。隆兴铁柱观侧、武当福地观内殿右亦祠之,未知果为淫祠否乎?②

此外,元代无名氏所撰《湖海新闻夷坚续志》及明田汝成《西湖游览志馀》卷二十三皆有相关条目。有趣的是,相传为唐代李淳风

① (宋)李昉等编:《太平广记》卷92,第606—607页。
② (元)刘一清:《钱塘遗事》,上海古籍出版社,1985年,第32页。

著、袁天罡增补的《万法归宗》中也有一段与万回相关的“和合咒”：

> 真观元年五月五日，万回圣僧生下土。不信佛法不信仙，专管人间和合事。和合来时利市来，眼观梨园舞三台。拍掌呵呵常耍笑，鼕鼕金鼓滚地来。男女相逢心相爱，营谋买卖大招财。时时刻刻心常恋，万合千和万事谐。吾奉万回歌歌张圣僧律（原双行小字夹注：令敕）。①

万回的崇拜似流行于南宋至元代，在当时的离乱背景下，他被寄予乱世之民的愿望，作为团圆之神出现。明代的世情小说《金瓶梅》第五十七回即讲述了万回老祖创建永福寺的故事②。

其实万回和“西游”的纠结，关键在于《谭宾录》这段记载：

> 先是玄奘法师向佛国取经，见佛龛题柱曰：“菩萨万回，谪向阌乡地教化。”奘师驰驿至阌乡县，问此有万回师无，令呼之。万回至，奘师礼之，施三衣瓶钵而去。③

赞宁《宋高僧传·唐虢州阌乡万回传》则云：

> 贞观中，三藏奘师西归云：“天竺有石藏寺，奘入时见一空房，有胡床锡杖而已。因问此房大德，咸曰：‘此僧缘阙法事，罚在东方，国名震旦，地号阌乡，于兹万回矣。’”奘归求见，回便设

① 《新刻万法归宗》，上海古籍出版社，2002年，第717页。

② 参见刘紫云：《论〈金瓶梅词话〉的民间信仰基础及其文学再现——以“万回老祖”为例》，《云南大学学报》2015年第1期。

③ （唐）胡璩：《谭宾录》卷2，转引自《太平广记》卷92，第607页。

> 礼问西域,宛如目瞩。奘将访其家,回谓母曰:“有客至,请备蔬食。”俄而奘至,神异之迹,多此类也。①

前一条说玄奘佛国取经,因见万回神迹,师礼之;第二条则是三藏转述万回神迹,阌乡至天竺“于兹万回”。皆和玄奘取经有关。也就是说,该形象参与了“取经故事”的早期生成、传播阶段,虽然角色功能尚未固定,但从存世文献来看,“曝光率”还是不低的。

尽管这次聚合中,“和合”这一形象符号似并未发挥作用,但它毕竟是宋元时期万回现象在民间流通渠道的一个最突出的标签,而此一时期,又恰恰是“西游故事”实现通俗化、神异化,以及各单元故事裂变、聚合最为活跃的时期②。“和合”由隐到显,并成为其他形象植入的楔口,也就不足为奇了。至于明代,“和合”万回逐渐退出民间流通渠道(起码不再具有之前的影响),比较而言,万回传说表达的是特定历史时期(乱世飘零)世人祈盼亲人团圆的美好愿望,寒山与拾得的传说则更加符合“和合”(朋友和合、夫妻和合)的本义。“和合二仙”的影响力与日俱增,万回影响日减,至明正德、嘉靖间其祀已绝③。一如翟灏《通俗编》卷十九所云:“今和合以二神并祀,而万回仅一人,不可以当之矣。”④此为极具代表性的民间心理:和合仙应该是二人,不应是一个人。这样在“西游故事”群落进一步聚合的过程中,万回便被寒山、拾得所取代⑤,且由一变二,衍化成寒山、拾得两人。该过程可以概括为:万回—(和合)—寒山、拾得。

当然,寒山拾得进入“西游”系统可能和目连戏的演出也脱不了

---

① (宋)赞宁:《宋高僧传》卷18,中华书局,1987年,第455页。

② 参见赵毓龙:《西游故事跨文本研究》第二章。

③ (明)田汝成:《西湖游览志馀》,上海古籍出版社,1998年,第335页。

④ (清)翟灏:《通俗编》,台北大化出版社,1979年,第424页。

⑤ 参见崔小敬:《和合神考论》,《世界宗教研究》2008年第1期。

干系。因为傀儡戏《三藏取经》本就是“目连簿”的一部分，《西游记》与目连戏本就纠结不已[1]，此《三藏取经》作为“《目连》全簿”的一部分，与目连戏同台合演：“换货”一出，寒山、拾得奉佛祖法旨，变化凡人陈山、秦得携珍宝襄助目连，令世人知善恶有报[2]。民间目连戏的开放式结构使得诸多民间传说夹杂其间，民间俗神乱入其中，故事情节纠葛交错。所以，这也是寒山、拾得和合二仙成为接引角色的可能原因之一。

四

那么，最终和合二仙被《西游记》的最终写定者摒弃，原因何在？

笔者以为：他们不过是重演了其前身“和合”万回退出故事的历史，即被其他影响力更大的形象所取代。随着《西游记》的写定，一方面，许多人物完成了自己的历史使命，淡出了读者的视野；另一方面，一些人物被改造。寒山、拾得即属于后者，他们最终让位于两位在民间影响力更大的形象——文殊、普贤。

当然，这一演化过程，是早于“西游故事”之定型以及百回本写定的。在民间，寒山、拾得曾一直被视作文殊、普贤二菩萨的人间化身。在宋代伪托唐闾丘胤撰《寒山子诗集序》云：“……寒山文殊，遁迹国清。拾得普贤，状如贫子，又似风狂。”[3]宋代志磐《佛祖统纪》卷五十三：“丰干弥陀化现，寒山文殊化现，拾得普贤化现。”[4]此外，《景德传灯录》卷二，《五灯会元》卷二，以及《天台山寒山子》《天台丰干禅师》

① 参见胡胜：《重估“南系”〈西游记〉：以泉州傀儡戏〈三藏取经〉为切入点》，《复旦学报》2017年第6期。

② 参见曾金铮校订：《目连救母》，中国戏剧出版社，1999年，第332页。

③ （唐）寒山著，项楚注：《寒山诗注》，中华书局，2000年，第932页。

④ （宋）志磐撰，释道法校注：《佛祖统纪校注》，第1257—1258页。

等文皆有关于寒山为文殊菩萨化身的暗示。

这就为“和合二仙”让位于两位菩萨提供了可靠的文化语境。而从“西游故事”和百回本《西游记》的内容来看，文殊、普贤参与故事的时代更早，戏份也更多（如四圣试禅心故事、乌鸡国故事、狮驼国故事等），无论是从宗教氤氲浓淡、文化影响力大小，还是从叙事成本高低等方面来考虑，两位菩萨遮蔽其人间化身，都是比较合理的事情。寒山、拾得也就成为写定本的“零余人”，退出故事系统也就势所难免了。

当然，与其他被写定本淘汰的“零余人”一样，寒山、拾得虽退出了“西游”系统，却长期作为“神魔”故事系统的经典“客串”角色。如余象斗《南游记》哪吒帐下有“和合二神”，一位手使如意，念动咒语，能把华光招来，另一位则能用珠宝果盒装住华光。这和《西游记》正好形成鲜明的对比：《西游记》删削了大量人物，真正是化零为整，点铁成金，而《南游记》等则是广为搜罗，不计工拙，神仙体系极为庞杂，甚而有许多不合逻辑的演绎①。《西游记》则是在历代累积的基础上，做了大幅调整，作家的主体意识决定了作品的最终高度。

要特别提到的是：寒山、拾得在《三藏取经》中的出现一方面让我们对西游故事聚合机制有进一步明晰了解，同时也为界定傀儡戏《三藏取经》的时间提供了证据。作为文本资料，它与泉州本地风物相联，彼此互证，说明泉州作为《西游记》发源地的可能。

泉州开元寺的东西二塔，初建于唐，为木制，南宋间两次为火焚毁，改为砖塔，后历时十年，于绍定元年（1228）至嘉熙元年（1237），改为花岗岩石塔。二塔是南宋泉州佛教极盛的标志，也是当时泉州

---

① 其他如（明）罗懋登《三宝太监西洋记》第五十六回、（清）李汝珍《镜花缘》第一回，分别出现了“和合二仙童”与“和合二仙”。

然[2]。有趣的是，西塔象征西

果的佛、菩萨、罗汉、护法神等。第二层寒山、拾得造像

是形象稍有不同，寒山（西2—2）右手握笔，左手执蕉叶（似在写诗）；拾得（西2—1）右臂稍屈，左手举在肩头，二者皆咧嘴嘻笑[3]。

有意思的是，开元寺甘露戒坛也有寒山、拾得立像，戒坛建于北宋天禧三年（1019）[4]，由东西塔及戒坛的建造时间可知，寒山、拾得的雕像不会晚于南宋。

原来研究者的注意力往往都被东塔上持刀的猴行者雕像所吸引，由此论证其与《大唐取经诗话》的关联，大家从未把寒山、拾得与“西游”故事连在一起。傀儡戏《三藏取经》的相关情节让我们重新审视开元寺的实物雕像，二者之间到底是怎样的一种关联？说毫无瓜葛恐怕难以服人。其实，东西塔上和《大唐三藏取经诗话》《三藏取经》有关的雕像尚有宾头卢尊者（《三藏取经》中玄奘的前身）、毗沙门天王、目连尊者、观音、文殊、普贤、火龙太子等一系列人物，远非一两人，因所涉较广，当另撰文述之。

仅以寒山、拾得的雕像与《三藏取经》中的寒山、拾得形象相互印证，亦可见《三藏取经》故事主体形成的时间之早，似应在宋元间，在《大唐三藏取经诗话》之后、杨景贤《西游记杂剧》之前。其作为“南

---

① 王寒枫：《泉州东西塔》，第14页。

② 王寒枫：《泉州东西塔》，第79页。

③ 王寒枫：《泉州东西塔》，第146页。

④ 朱亚仁、黄真真：《泉州开元寺的“寒山拾得”像》，《东南文化》1990年第6期。

经济繁荣的象征①。东塔象征东方婆娑世界，计分五层，表示佛教修行的五种境界。寒山、拾得即位于第二层“声闻乘”，属十六罗汉的组合。寒山（东2—1）左手执念珠，右手二指指点拾得；拾得（东2—2）左手持经卷，右手翘起小指，似在嘲笑寒山，二者面露喜容，洒脱自[illegible]象征西方极乐世界，也分五层，交错着修成正[illegible]拾得造像依然在列，只

民俗话语中"西游"故事的衍变

——以常熟地区"唐僧出身"宝卷为例

作为"西游"故事演化史上的集大成之作,世德堂本《西游记》(及其所代表的"百回本系统")对其之前的故事进行了全面的吸纳、整合,以及高水平的艺术提炼、改造,使故事系统相对定型,并借助小说文本的传播而产生广泛影响。然而,百回本《西游记》与"西游"故事的关系,并不是只有"成书"这一个维度。在百回本以前的"西游"故事,并不是为了日后某一部集大成小说的成书而生成、演化的,在百回本对其进行提炼、改造后,这些故事未必就固化定型,仍保持着一定的"艺术活性",而那些没有被百回本系统所吸收的故事,也不一定就此销声匿迹,它们可能沿着民间话语的固有逻辑衍生、发展、传播。关于这一点,只要关注下南北方所流传的"西游"宝卷,即可了然。

全国各地皆有"西游"宝卷流传,而常熟地区①尤多。抛开信仰、仪式不谈,仅考察其对"西游"故事的地域性、民俗化讲述、传播,就饶有兴味。这些宝卷中,既有专门讲述唐僧出身的江流儿故事者(《盗

① 本文所谓"常熟地区",包括了历史上与常熟文化脉络相联的周边地区,如张家港毗邻地区(参见陈泳超《〈太姥宝卷〉的文本构成及其仪式指涉》,《民族文学研究》2017年第2期),所以河阳宝卷、沙上宝卷相关内容亦在本文考察范围。

印谋官》《陈子春恩怨记》），也有讲述李翠莲施钗、刘全进瓜故事者（《唐僧化金钗》），还有涵盖全本取经故事本子（《长生卷》），更有以续书《南游记》作为蓝本加以发挥的《感应宝卷》（又称《太姆宝卷》），也不乏展现虔诚的大圣信仰的《猴王宝卷》。这其中有关唐僧出身的《盗印谋官》与《陈子春恩怨记》及《三官宝卷》（《三元宝卷》）本来同是演述唐僧出身故事，但却“同中见异”。细察其差异处，不仅事关区域神灵信仰，且与“西游”故事的演化、《西游记》的成书、传播有着微妙的互动。

一

常熟地区关于唐僧出身的宝卷基本可分为两类，一类和我们熟知的百回本小说系统中的“陈光蕊赴任逢灾，江流僧复仇报本”（《西游证道书》第九回）相近，如《盗印谋官》（又名《江流宝卷》《唐僧出世》）。故事情节基本如下：洪农人陈光瑞得中头名状元，丞相殷开山将小女（或作温娇，或作凤英）配婚，携妻归家探母，母病想吃鲜鱼汤，天寒地冻光瑞买到活鲤鱼，却发现鱼儿眨眼，于是放生江中。鱼为龙王三太子所化，三太子铭记放生之恩。状元奉旨洪州上任，半途因风浪过大，将老母寄养海门县招商饭店。夫妻过江，被水贼刘洪打劫，陈光瑞投江，为龙王三太子所救。殷三小姐被强占，刘洪假冒状元上任。殷小姐怀胎十月，产下一子。观音菩萨送锦匣一只，佑护孩儿“遇难成祥”。抛江孩儿为金山寺法明和尚收养，取名江流儿。江流儿十七岁知晓身世，寻娘认亲，相府搬兵，刘洪伏法。陈光瑞现身，一家团圆。

这个故事套路是我们耳熟能详的，与《西游证道书》中的相关情节基本一致，最为关键的一些细节处，如殷三小姐咬下婴儿左脚小趾为记，金山寺法明和尚救人，江流儿为婆婆舔眼复明等，都与小说相同，应属同一故事系统，至于先后则难下定论，留待后文论述。只是宝卷作为民间说唱文学，与小说中的情节相比更加鲜活、详尽，尤其一些细节处，敷演得更为合理。如满月抛江，宝卷加入观音与太白金星的戏份。观音化身凡妇送宝匣（一作化身木匠打造木匣），保证了江流儿风浪中平安着陆。用了大段唱词铺垫，比小说情节更“接地气”。

相比之下，河阳宝卷中的《长生宝卷》与《盗印谋官》内容基本相同，只是增加了陈光蕊、殷温娇与刘洪的前世冤愆。殷温娇前身是看守王母蟠桃园的彩凤仙子，陈光蕊则是南极仙翁身边的鹤童，因偷盗蟠桃与彩凤仙子冲突，王母贬二者下凡历劫，以了前缘。鹤童与岐山两只猫精结怨，猫精转世化身强盗刘洪、刘青兄弟。比较起来，除了这一“前缘”有所不同，二者情节相近、相似处甚多，详见下表：

表 4 《盗印谋官》与《长生宝卷》的相似情节

	《盗印谋官》	《长生宝卷》
买鱼放生	勿差丫鬟与使女，亲身料理要买鱼。二人双双回家转，已经到了自己门。手拿钢刀来破肚，鱼儿霎时泪淋淋。状元看见卓然惊，今日鱼儿眨眼睛。亲娘听见叫儿子，眨眼鱼儿不能吞。吩咐我儿放他命，快把鱼儿去放生…… 惠天泉眼真活水，江鱼放下把头点。此鱼落水逃性命，摇头摆尾回转身。一路滔滔回家转，要谢凡间一善人。此鱼龙王三太子，凡间哪有这般情……	思鱼得食天缘凑，状元心中喜十分。不用丫鬟并使女，亲手刮鳞奇怪形。鱼头煞眼双流泪，状元一见卓然惊。太老夫人亲听见，登时转念就回心。寿数年方四十九，并天寿数放残生。亲身放到洪江去，佛天保佑我娘亲。惠天泉眼真活水，太平江内得超身。一丈三恭回头看，认认凡间一善人。龙皇太子回宫转，凡间哪有这般人。
刘洪劫江	且说强盗姓刘名洪，身高丈二，腰大十围，头如笆斗，眼如铜铃，白面短须，手拿钺斧，跨上船头……	都说强盗王名叫刘洪，身长丈二，腰大十围，头如巴斗，眼如铜铃，白面黄发，手拿刀斧，跨到船头……

续表

	《盗印谋官》	《长生宝卷》
殷氏不从	上天入地无路门,魂灵飞去九霄云。 我是三朝元老女,你是落荒做强人。 我是多年沉香木,你是河边余草根。 你是江边为强盗,怎能凤凰一同等? 奴奴不愿贪性命,岂可强盗结成亲? 小姐欲要寻短见,强盗看住不放松。 我夫状元身及第,洪江太守治万民。 万岁是我亲姊丈,皇后同胞一母生。 父亲三朝宰相皇亲国丈,我不是那贪生怕死人也, 今朝逼我成亲事,今死黄泉也甘心。	奴奴不愿成亲事,忙抢钢刀一命亡。 仰面上天天无路,低头入地地无门。 欲要将身寻死路,强盗缠住不容情。 父亲就是殷丞相,奴奴岂肯伴强人。 婆婆住在招商店,丈夫杀死海中心。 要我成亲万不能,不是刀来定是绳。 皇帝是我亲姐丈,皇后同胞骨肉生。 如今奴奴身独一,并无孤葛至亲人。 大王放我回家转,看看婆婆报你恩。

从上述所选几例韵语与散文,二者的关联清晰可见。细节处如冬日打渔的地点——惠天泉眼;殷氏的身份——皇后之妹,完全一致,只是所述语言详略有别,有所变化。由此可知此地域所流传唐僧出身的故事大同小异,皆以江流儿为主,可称"江流记"。

而如果将宝卷与小说进行比较,其"同中见异"的特征,就会清晰地显现出来。与《西游证道书》相比,小说与宝卷情节框架相似,但内容繁简则大相径庭。如"满月抛江",小说只有寥寥数语;《盗印谋官》用了四大段韵语,整整616个字;《长生宝卷》则用了三段韵语,546个字,来渲染母子分离的惨相。详见下表:

宝卷唱词在描写、抒情方面,似远不及鼓词、子弟书、弹词等艺术样式,但与小说比较起来,则要丰满、活泼得多。在小说中,"抛江"一节主要承当"结构功能",而非"主题功能"。殷氏的形象,也不是小说作者的着力点所在。因而这段情节,被作者当成"冷淡处",加以"提掇"。而在宝卷中,殷氏是一个重要的表现对象,是为民众所同情、理解的角色,叙事者给予其足够的篇幅笔墨,以展现人物的心理,尤其是在特殊伦理困境中的精神状态。无论宝卷与小说孰先孰后,

表 5 “满月抛江”情节在小说与宝卷中的差异

《西游证道书》	《盗印谋官》	《长生宝卷》
小姐到了江边，大哭一场。正欲将此子抛弃，忽见江岸岸侧飘起一片木板，小姐大喜，莫非天意要救此子？即朝天拜祷，将此子安在板上，用带缚住，血书系在胸前，推放江中，听其所之。小姐仍大哭回衙不题。	…… 手抱儿子朝天拜，祝告虚空过往神。 娘看子来子看娘，母子今日话离分。 将儿放在小箱内，推入河中浪里行。 双手拍胸脚下跳，一跤跌倒地埃尘。 三魂六魄归阴去，张公吓得舌头伸。 若要母子重相会，下卷之中细表明。	…… 娘捧官官朝天拜，祝告虚空救儿身。 硬了心肠藏匣内，扯住娘衣不放松。 娘看子来子看娘，乱箭穿心断肝肠。 …… 双手拍胸双脚跳，一跤跌倒地埃尘。 三魂六魄归阴府，哭煞殷三小姐身。 救了官官娘变死，张公悲泪痛伤心。

起码我们可以看到：在宝卷系统中，故事有自己富于个性的具体形态，这些细微形态并不受小说的束缚。

同时，宝卷的故事形态也可以为我们对百回本系统故事的生成、传播轨迹，提供一个重要的“坐标”参考。江流故事的原型，可以上溯到唐人小说（《太平广记》卷一百二十一《崔尉子》、卷一百二十二《陈义郎》皆有相似情节），宋元南戏则有《陈光蕊江流和尚》，杨景贤《西游记杂剧》第一本四出分别为“之官逢盗”“逼母弃儿”“江流认亲”“擒贼雪仇”，演绎唐僧出身。戏曲与说唱较为接近，抒情性强。倒是小说行文显得拘谨。明刊百回本只是零星提及（如第十一回唐僧出场的韵语；第九十九回“历难簿”提及），康熙间《西游证道书》方才多了第九回“陈光蕊赴任逢灾，江流僧复仇报本”，所以江流故事是否为百回本固有情节备受争议。李时人以为“‘陈光蕊、江流儿’故事产生和盛传于吴承恩家乡，在吴承恩《西游记》以前，它就已经和取经故事有了联系，从这一点说，吴承恩采用这个故事写唐僧出世，是‘有所本'的。"①抛开吴承恩是否为作者,与吴地江流儿传说可以相互印证的恰恰就是宝卷等民间说唱。

二

常熟宝卷中最富有吸引力的部分,是"陈子春游龙宫"的一条线索。与"江流故事"有所不同,本地第二类唐僧出身故事,可被称作"陈子春"系列(包括《陈子春恩怨宝卷》《三元宝卷》等),其最大的特点是双线结构,即多出了一条"陈子春游龙宫"的情节线索,增加了三元大帝的情节。陈子春中状元,招赘相府,携家眷上任。因母病买鲤鱼放生。洪江被害落水,得龙王三太子相救,为报前番放生之德,三太子将三个妹妹许配与陈,生下三子——三元。子春放心不下殷氏,不顾龙女劝阻前去寻妻,再遇刘洪,二次被害,尸体被丢入枯井。殷氏得观音所赐黑虎护身,保全贞节。江流长大认母,复仇,母子相会。三元救父还阳。殷氏自尽亦为所救。最后三元被皇帝敕封为天地水三官——"三元三品三官大帝"。

陈子春故事和江流故事最大的不同就是,前者揉进了当地的风物传说。与陈子春故事同一系列的还有《三官宝卷》(《三元宝卷》),但又有不同。《三官宝卷》讲述灵台陈子春元宵看灯,被太白金星引入龙宫,与东海龙王三位公主(白莲、青莲、翠莲)结亲,婚后生三子——上元、中元、下元,三元幼年即入云台山修道。子春重返人间,高中状元,被公主抛彩球打中,却拒婚不肯被招为驸马,被贬放边关做知县。迷魂洞魔王劫掠城池,将陈子春抢入洞中。三元修道八载,法力无边,归家访父。太白金星取妖精放入皇宫井内,兴妖不断,无法收伏。三元捉妖,受皇封领兵出征,剿灭魔军三十六万,救父团圆。

① 李时人:《西游记考论》,第111页。

被玉帝敕封为三元大帝，永受后世香火，“云台山上安然坐，巍巍宫殿接青云。”这个故事的独特处在于只有陈子春的故事，在习见的抛彩招亲套路上反其道而行，拒绝招亲，也就没有江流出世，只有三官大帝的传说。

这两个故事对比起来，就耐人寻味了。一者包含江流故事，一者不含江流故事，二者之间关系若何？二者和江流故事之间关系若何？

追溯陈子春的故事，源远流长。《录鬼簿续编》有《陈子春四女争夫》杂剧，已佚①，疑本事即为陈子春与龙女事。明成化刊本说唱词话《开宗义富贵孝义传》有“四女争陈子春”之句。而吴地不仅宝卷演此事，江淮神书、香火戏皆有相似的题材②。

三元大帝的传说是云台山本地风光，源远流长。

明万历三十年（1602）张朝瑞《东海云台山三元庙碑记》说：“余按干宝《搜神记》，三元之先，世家东海，今大村盖有陈子春遗冢，子春者名光蕊，实始诞三元。”③清代颜帅保《重建云台山三元庙碑记》说：“考之三元，生于海州，得道云台……且发迹于唐，重建于宋，敕赐以明，其来久矣。”④

阙名《绘图三教源流搜神记》有的版本“三元大帝”条作“父姓陈，名子梼，又曰陈郎。为人聪俊美貌，于是龙王三女自结为室。三女生三子，俱是神通广大，法力无边。天尊见有神通广法显现无穷，即封为上元一品九气天官紫薇大帝，中元二品七气地官清虚大帝，下元三品五气水官洞阴大帝”⑤。

---

① 庄一拂：《古典戏曲存目汇考》，上册，上海古籍出版社，1982年，第396页，

② 载朱恒夫主编，姜燕搜集编校：《江淮神书·六合香火戏》（二），《中国傩戏剧本集成》上海大学出版社，2016年，第185—204页。

③《嘉庆海州直隶州志》卷29，转引自李时人《西游记考论》，第108—109页。

④《嘉庆海州直隶州志》卷29，转引自李时人《西游记考论》，第109页。

⑤《绘图三教源流搜神大全》，上海古籍出版社，2012年，第43页。

早在明万历十五年(1587),谢淳扩建江苏云台山之三元宫,即在三元宫里建了一座“九圣团圆宫”,所奉神像为五男四女,即陈光蕊和他四个妻子、四个儿子(道光年间,谢元淮修《云台新志》卷七云“团圆宫所塑像,肖三元大帝、三藏禅师,盖其昆仲四人,并肖帝父母像”)。①

可知当地盛传的三元大帝传说,在重述、流传过程中,被附会于陈子春,而陈子春(一作陈光蕊或陈光瑞)游龙宫,又与江流传说合流。于是有了《陈子春恩怨宝卷》和《三官宝卷》类故事的产生。

作为吴地特有的陈子春系列故事,在当地三官信仰的强大背景下广为流播,吸纳了江流故事,使得情节更为繁复,但江流儿的故事,并没有被完全消化掉,依然流传如旧。这从北方宝卷②中亦多有“江流故事”可见一斑。江流故事是多地域重构,现于吴地而又不仅限于吴地。应是由吴地散播而出,这从不同版本所记唐僧出身海州弘农(亦作洪农、弘隆)可证。尽管后来有些记载写作山东,但细节处还时常露出吴地印痕。

三

这些在各自流通渠道传播、并行的故事,最终在《西游记》作者的手中还是有所取舍,最后仅有“江流儿”故事进入了小说文本。在《西游记》小说成书过程中,陈子春与三官大帝的传说无疑被摒弃了,如果从《西游记》的成书规律来看,有些原生的“西游”故事无法纳入。从编创机制上说,百回本小说中唐僧第一主人公的地位已为孙悟空所取代,他的故事不宜过于枝蔓,江流故事与唐王游地府故事、

① 《云台新志》,转引自李时人《西游记考论》,第111页。
② 参见朱瑜章:《河西宝卷存目辑考》,《文史哲》2015年第4期。

刘全进瓜故事，一并成为衔接闹天宫故事与取经故事的“车钩”。作者更多关注其结构功能，至于其中若干人物形象的丰满性、灵动性，不是其关注的重点。连“江流儿”形象尚不能享受更多的笔墨，遑论其他与主干情节关系更远的人物，作者删去三元一支，也就是情理之中的事情了。

《西游记》成书的“准入”机制之下，一些情节被挡在了外围，但并非绝迹，依然以自己的方式流传，当然或多或少会受小说强大的反作用。这是“唐僧出身”宝卷的流布轨迹。这也是为什么全国各地多有唐僧出身的宝卷，但除了常熟之外，其他地域没有陈子春龙宫奇遇这一段的原因。陈子春故事（三元大帝传说）只是本地风光，是依附于本地的民间信仰而广为流播，带有浓厚的地域色彩，体现了民间传说演变的动力机制。能为此作注的还有观音赐黑虎保护殷氏不受强盗玷污这一情节。黑虎的出现看似突兀，实则是当地玄坛信仰与观音信仰合流的结果①。说起来还是在本地民间信仰的基础上发展、演变而来。陈子春故事或者说三元大帝故事，地域色彩过于浓厚，所以反不如单纯的江流传说流布广泛，能够脱离地域限制进入更为广阔的流通空间。

江流故事则与此不同，因为情节集中，流布甚广，反而可能进入文人视野，吸纳进小说，同时也可能在小说的影响下，进一步衍变。这是同一个故事、不同体系在同一地域并存的原因。

说起来，常熟地区不同类型的“唐僧出身”宝卷，所反映的恰恰是民间传说自我调整、自我完善的动力机制，它们作为民间话语系统中的代表，一旦进入文人话语体系，势必被“削足适履”，于是零化、整合在所难免。但是随着文人“定本”的流布，原有的故事体系未必瓦解、

① 参见赵毓龙、胡胜：《论古代通俗文艺伦理叙事中角色的道德困境——以“江流儿”故事中的殷氏为例》，《福建论坛》2018 年第 5 期。

消亡,反而随着强大的惯性在原有的基础上进一步壮大,和文人话语系统中同类作品并生,难分轩轾。这是民间故事、传说强大生命力的体现。所以不必强行论证此类"西游"故事到底早于还是晚于百回本小说。仅以故事形态而论,它们完全可能更早,只是在受到文人话语体系的冲击之后,会有所调整,但依然沿着自我的固有逻辑发展、流布。也正是从这方面上讲,常熟地区的"西游"宝卷具有重要的"坐标"意义,值得我们给予更为全面而深入的考察与分析。

（原载《渤海大学学报》2019年第5期）

《受生宝卷》与早期“西游”故事的建构

近年来随着研究视点下移,学界对宝卷类说唱文学的兴趣愈来愈浓,这一点在《西游记》研究中表现得尤为明显,而相关文献的发掘与整理也确实为打破旧有研究格局提供了可能。在众多“西游宝卷”中,《受生宝卷》具有独特的文献价值和阐释意义。该卷中不仅残留早期西游故事原型,还反映出西游故事的原生状态,一方面为《西游记》的成书、传播研究提供了新的材料,另一方面也为我们从宗教科仪角度研究《西游记》提供了新参照。

一

《受生宝卷》由佛教经文《受生经》衍变而来,《受生经》原本为佛道两教皆有的经典。道教《受生经》现存两部:《太上老君说五斗金章受生经》与《灵宝天尊说禄库受生经》,被收入明《道藏》。佛教《受生经》现存三种,分别为:俄罗斯藏黑水城文献中编号为“俄 A32”的金代抄本《佛说寿生经》、《嘉兴大藏经》著录的《诸经日诵集要》卷中《佛说寿生经》、《卍续藏经》收录的《佛说寿生经》。近有上海师范大学侯冲在此三者基础上的整理本①,本文所论,即以之为据。

《受生经》,又作《寿生经》《受生真经》《填还受生经(卷)》《受生

① 侯冲整理:《佛说受生经》,载方广锠主编:《藏外佛教文献》第二编,中国人民大学出版社,2010 年,第 109—136 页。

果福尊经》等,包括序文、经文、十二相属和疏文四部分。内容大致为:世间众生在由冥司转轮阳间,受(投)生为人时,皆根据自己出生时的属相,在冥司借下数目不等的"签证费"——注生钱。转世为人后,如果能及时纳还钱钞,便可福寿双全;反之则将遭受恶报,无法再世为人。所以人们通常要延请僧道,诵经折纳。简要分次如下:

序文为总括:

……《经》云:南赡部洲众生总居十二属相,受生来时,悬欠下本命受生钱数。若今生还足,再世即得为人,无苦有乐。若世不还,坠堕冥间,后生恶道。设得为人,贫穷诸衰,有苦无乐。所以佛运慈悲,转经折还。此不妙哉?①

正文以佛与阿难问答进一步敷演:

如是我闻:一时佛在毗耶离城音乐树下,与八千比丘诸菩萨四众等,说利益法门……佛告阿难:"若善男子、善女子,看转经文,还纳了受生钱,得长命富贵。又得十大菩萨之所护持,亦得一切诸星福耀……或有前生冤业,宿世恶缘,悉皆消减。四时有度,八节无灾……不还受生钱,不看《受生经》者,难得人身。若得为人,瘫残丑陋,愔揑盲聋,衣不蔽形,食不充口,人所恶贱,不能自在。"②

"十二相属"(一作"六十甲子十二相属")部分,即按属相分次,计算应还钱钞诸项,如:

---

① 侯冲整理:《佛说受生经》,第112—113页。
② 侯冲整理:《佛说受生经》,第113—115页。

子生相

甲子,欠钱五万三千贯,看经十七卷,纳第三库,曹官姓□。

丙子,欠钱七万三千贯,看经二十四卷,纳第九库,曹官姓王。

……(以下依次排列)①

最后的疏文部分,是为祈请祝祷文辞:

奉填还,谨专献上天曹真君、地府真君、本命元神、本命星官、善部童子、恶部童子、宅神、土地、五道将军、家灶大王、水草将军、福禄官、财禄官、衣禄官……本库官。已上星官,银钱各一百贯文……今者谨备香茶果盘筵奉,伏望纳领,照察经文,准折冥债。疏。②

可以看到,“按照中国传统的欠债还钱的观念,《佛说受生经》理论上把每一个人都与佛事活动紧密联系起来。为僧人举行相关法事活动,从而为佛教深入中国社会各阶层提供经典依据。还纳受生钱其后成为中国社会的一种习俗,在民间有广泛影响。”③如其所说,“受生”信仰无处不在,“注生钱”人人要还,无人能置身事外。可以说《受生经》是佛教与旧时中国下层民众心灵世界与日常生活情境形成紧密联系的纽带之一。

如果说《受生经》还停留于旨在弘教醒世的宗教典籍层面,那么至《受生宝卷》已属“教外别传”。从文本叙事形态看,《受生经》经文比较简单,只是按科仪结构文本,发挥度人化愚的固有功能,故事性

① 侯冲整理:《佛说受生经》,第 116 页。

② 侯冲整理:《佛说受生经》,第 135—136 页。

③ 侯冲整理:《佛说受生经·题解》,第 111 页。

不强，缺乏有意义的情节，《受生宝卷》的内容则丰富得多。

《受生宝卷》，异名众多，诸如《佛门受生宝卷》《佛门受生因果宝卷》《佛门受生宝卷启录》《佛说受生因果道场》《佛说受生科》等，不一而足。今存抄本，撰人不详。该卷为明代以来瑜伽教僧所用科仪，是以《佛说受生经》为蓝本衍生而来的瑜伽道场科仪，为荐亡法会的科仪文本①。

此文本保留了《受生经》的内容，但使其进一步故事化、通俗化了，关键是掺进了“西游故事”。由“玄奘译经”事迹发展为“三藏取经”故事，这是一个飞跃，和小说《西游记》将玄奘取经史实生发点染为三藏历经九九八十一难取经故事，实则异曲同工。

检视《受生宝卷》，在原本围绕因果主旨的宣经模式里，加入了“有意义”的情节。从其文本故事形态看，流传于湘、鄂、赣等地的不同抄本，情节上大同小异。

表6　《受生宝卷》异本简况

异名	流传地域	抄本时间	情节构成	相关角色、名物
佛门受生宝卷	湖北宜昌、湖南益阳	光绪六年（1880）抄本；清雍正（1723—1735）间抄本	①唐僧取经 ②宣讲《受生经》 ③魏徵斩金河龙，龙王阴司告状 ④唐王张榜招贤取经，三藏师徒取经 ⑤唐王入冥，游十八重地狱，借王大受生钱 ⑥唐王还阳，还王大受生钱 ⑦三藏取经回环，再宣《受生经》 ⑧疏文（祝祷）	唐王、唐僧（正果旃檀佛）、孙行者齐天大圣、朱八戒、沙和尚、金河小龙、王大。取回经卷：《受生经》《华严经》《莲经》《般若经》

① 参见侯冲整理：《佛说受生宝卷·题解》，第219页。

续表

异名	流传地域	抄本时间	情节构成	相关角色、名物
佛说受生因果道场	湖北宜昌	同治十二年(1873);十四年(1875)	同上	唐王、唐僧(正果旃檀佛)、僧行者齐天大圣、诸八戒、沙河尚、金河小龙、王大。取回经卷:《金刚经》《受生经》《般若经》
佛门受生宝卷启录	湖北鄂州	咸丰三年(1853)	①宣讲《受生经》 ②魏徵斩龙 ③太宗挂榜,三藏取经 ④太宗游冥 ⑤魏徵说情,阎王使太宗借王大库内钱贯偿还受生钱。 ⑥唐王还魂,还钱,封王大县丞 ⑦三藏取经回,与唐王说《受生经》	朱八戒、孙行者齐天大圣、泾河老龙、王大。取回经卷:《金刚经》《受生经》
佛门受生因果宝卷	湖南益阳	民国二十九年(1940)	同上	泾河老龙、王大、猪八戒、孙行者齐天大圣

可以看到,在几个不同文本中,宣讲《受生经》是主题,但该主题被打散在西天取经的故事中,宝卷的主体内容不再是对《受生经》的简单宣讲。按照宝卷散说夹唱的形式,唱词以五、七言为主,也有十言句,偶尔也唱散曲曲牌,如【挂金锁】①。其叙事流程也基本一致,都是魏徵斩龙;三藏奉敕取经;唐王入冥,借王大库钱,还魂后偿还受

① 见侯冲整理:《佛门受生宝卷》异本一,载方广锠主编《藏外佛教文献》第二编,第240页。

生债;三藏法师取经回转,宣《受生经》,普度众生。

原来的佛与阿难问答,变成了三藏应唐王所请宣讲经文。

> 太宗曰:“国师你既知因果报应,如何早不做声?”国师叩头俯伏:“万岁,我小臣先不知因果。蒙君王差遣,西天去取经。见大藏经中有《受生经》一卷,专说此等因果。有十二相属,庚甲轮流不等,钱贯多少不同,又有报库曹官各姓。待至本人四十已上、五十已下,交生之日,请僧于家,请三宝证盟,依经填还。”①

韵语则为:

> 库官闻说经中意,出榜晓谕天下人。/三藏取经不虚言,劝君早纳受生钱。/今生不还冥司债,后世为人体不全。/痴聋喑哑多丑陋,贫穷下贱惹人嫌。/若是今生纳还足,富贵荣华寿百年。②

如此一来,西游故事成为实现《受生经》主旨的“肉身”,通过对民众耳熟能详的通俗故事的改造,为《受生经》的来源与功能提供依据。

二

尽管现存抄本所署时间较晚(最早为雍正间本子),但有种种证

---

① 见侯冲整理:《佛门受生宝卷》异本一,方广锠主编《藏外佛教文献》第二编,第238—239页。

② 见侯冲整理:《佛门受生宝卷》异本一,方广锠主编《藏外佛教文献》第二编,第239页。

据表明,此宝卷首次出现的时间应更早。与百回本《西游记》相比,宝卷有相近、相似的角色、名物、情节,但又有很大不同。

因宝卷中屡次出现“瑜伽大教”字样,侯冲认为它是以《佛说受生经》为根据编集的瑜伽教道场仪,是为荐亡法会科仪文本。因瑜伽道场仪传承较为严格,秉承师传,鲜有添加,文本惰性较大,故事形态的稳定性较强,故整理者侯冲推断其成书时间下限不晚于明初①。结合瑜伽教僧制度形成与法定化过程,及其相关科仪的官方统整与民间落实情况②,这一推断是成立的。

换言之,《受生宝卷》即使最晚出现于明初,也要比世德堂百回本《西游记》的问世时间(万历二十年)早得多,能为此提供佐证的是宝卷的形式和内容。从形式上看,完全符合车锡伦判定的明正德以前的佛教宝卷③。而相关内容则更具备早期西游故事的显著特征——粗糙、稚拙。

众所周知,现有百回本《西游记》的故事板块,为“大闹天宫”与“西天取经”两大部分,而聚拢这两大板块的粘合剂为“魏徵斩龙”“唐王入冥”“刘全进瓜”几个原本独立流传的故事。这几个故事何时何地进入“西游”系列,又是怎样成为整个故事系统之稳定成分的,至今存疑。

从其他早期宝卷内容的对比看,其中含括的西游故事各有不同。如《销释真空宝卷》《普明如来无为了义宝卷》《佛门请经科》《销释显性宝卷》等,这些宝卷包含的西游故事内容,有的对西行磨难多有排

① 参见侯冲整理:《受生宝卷·题解》,第219页。

② 参见张贤明:《明代瑜伽教仪式程序范式研究——以〈佛门犒赏科〉为中心》,《贵阳学院学报》2017年第6期;李明阳:《明洪武朝瑜伽教僧规范化历程及其原因探究》,《五台山研究》2017年第2期。

③ 车锡伦:《宝卷浅说》,载《信仰·教化·娱乐——中国宝卷研究及其他》,台湾学生书局,2002年,第1页。

列(如《销释真空宝卷》提到火焰山、黑松林、女儿国等①),有的对丹道修行情有独钟(如《普明如来无为了义宝卷》"姹女婴儿"之类金丹术语随处可见②),这些宝卷相关西游故事情节基本都早于百回本(尤其"世德堂本")成书。与之相比,《受生宝卷》的情节要少得多,即西天取经的内容(尤其是"磨难")很少,它只是拓展了《受生经》,增加了受众喜闻乐见的故事情节,或者说,把《受生经》镶嵌在西游故事当中,但其核心侧重的是《受生经》的来历与阐扬。为实现这一目的而加入了"魏徵斩龙"与"唐王入冥"这两个故事。

从现有的文献资料看,《受生宝卷》应该是迄今发现的为数不多的把"西天取经"与"斩龙"和"入冥"串联起来的早期文本。作为荐亡科仪的宝卷,其侧重点无疑是宣经超度亡魂,所以西天取经在文本中并非重点,几个本子都是穿插其中,有的开篇即是唐王饯行、三藏取经,有的则是唐王还魂,遣三藏取经。正是这种蜻蜓点水式的情节泽溉,让我们隐约窥探到后世"西游"故事的发展脉络的同时,也看到了民间话语系统与文人话语系统中"西游"故事的分野。这二者之间的"共振",耐人寻味。

从情节结构来看,百回本已经是一种成熟精致的文本呈现,一如《西游证道书》第十回总评:

> 憺漪子曰:此一回乃过接叙事之文,犹元人杂剧中之楔子也。然此楔子亦甚不易做。盖楔者,以物出物之名,将言唐僧取经,必先以唐王之建水陆楔之,将言水陆大会,必先以唐王地府之还魂楔之。而唐王地府之游,由于泾河老龙之死;老龙之死,由于犯天条;犯天条,由于怒卜人,怒卜人,由于渔樵问答,噫!

① 濮文起主编:《民间宝卷》第二册,黄山书社,2005年,第3页。
② 濮文起主编:《民间宝卷》第二册,第353、356、359页。

黄河之水九曲，泰山之岭十八盘，文心之迂回屈折，何以异此。①

这是成熟文本，或者说是定本的魅力所在，渔樵问答、魏徵斩龙、魂游地府、法会建醮、唐僧取经，环环相扣，逻辑谨严，实现了大闹天宫和西天取经两大板块的无缝对接。比较而言，宝卷中的相关故事情节则显得杂芜、粗糙。

唐王张榜招贤，三藏揭榜取经，自带徒弟，分别为孙行者（一作僧行者）齐天大圣（孙行者与齐天大圣名号合一，早期文本不多见）、猪八戒（又作朱八戒、诸八戒，可视为说唱文学，口耳相传，记音之讹），有两本未提到沙和尚。取经过程基本就是一段韵语：

唐言有偈，大众举唱：
正宫殿上说唐僧，发愿西天去取经。
唐王闻说心欢喜，通关文牒往前行。
满朝文武并丞相，安排銮驾送唐僧。
宁念本乡一块土，莫念他乡万两金。
辞别了，唐王主，观看銮驾。
选良辰，并吉日，便要登程。
将领着，孙行者，齐天大圣。
西南方，路途远，降伏妖精。
朱八戒，恶山上，开条大路。
沙和尚，江河内，广有神通。
从东土，到西天，千万余里。
每晓行，并夜宿，全不退心。
有白猿，流沙河，摇船摆渡。

① 黄永年、黄寿成点校：《黄周星定本西游证道书》，第89页。

旷野山,无人走,吓杀人魂。
前来到,火焰山,减(灭?)尽国土。
见妖精,合鬼怪,魍魉成群。
唐三藏,发弘誓,立愿如海。
谁人敢,往西天,去取真经?
到西天,见圣容,殷勤礼拜。
愿我佛,慈悲心,转大法轮。
开宝藏,取真经,三藏奥典。
敕南方,火龙驹,白马驮经。
上驮着,《受生经》,瑜伽大教。
八十一,《华严经》,七卷《莲经》。①

另有压缩文字篇幅,简作:

国师称名号唐僧,千山万水受苦辛。
太宗銮驾借唐僧,取经不久便回程。
一是我王多有感,二者三藏有神灵。
白马驮经前面走,直至龙凤宝殿门。
唐王亲自开眼看,霞光万道耀日明。②

可以看到,几个本子尽管相关故事情节韵文繁简有异,但有一点高度一致,即"魍魉成群""千山万水受苦辛"之类虚语套话多,很少

① 见侯冲整理:《佛门受生宝卷》异本一,方广锠主编《藏外佛教文献》第二编,第223—224页。异本二除个别字句有异,基本相同。
② 见侯冲整理:《佛门受生宝卷》异本三,方广锠主编《藏外佛教文献》第二编,第282页。异本四大致相同。

列举具体磨难,几个本子都只提到了“火焰山”,其他险阻未见涉及。

白文部分是关键。但又必须看到,取经只是硬性楔入的。魏徵斩龙和唐王入冥尚没有必然联系(有两本提到入冥和龙王对质字样,有两本压根没有),可以想见,早期文本的故事形态,不像后来百回本那样几个情节环环相扣,而是相对零散地镶嵌在《受生经》的框架里。而关键在太宗入冥,借受生钱。这样,就和百回本形成了遥相呼应的“共振”状态。

二者最直观的相似情节即唐王游冥,借“受生钱”还阳。

百回本第十、十一回,太宗皇帝因泾河龙王告状,魂归幽冥,魏徵托请判官崔珏放其还阳,路遇冤魂拦路,判官作保借金银一库,给散众鬼。还阳后,命尉迟公将金银一库还河南开封相良夫妇。相公、相婆不受金银,因此起盖寺院,名“敕建相国寺”。第十一回回目即作“还受生唐王遵善果,度孤魂萧瑀正空门”。

> 太宗道:“寡人空身到此,却那里得有钱钞?”判官道:“陛下,阳间有一人,金银若干,在我这阴司里寄放。陛下可出名立一约,小判可作保,且借他一库,给散这些饿鬼,方得过去。”太宗问曰:“此人是谁?”判官道:“他是河南开封府人氏,姓相名良,他有十三库金银在此。陛下若借用过他的,到阳间还他便了。”太宗甚喜,情愿出名借用。遂立了文书与判官,借钱金银一库,着太尉尽行给散。判官复分付道:“这些金银,汝等可钧分用度,放你大唐爷爷过去,他的阳寿还早哩。我领了十王钧语,送他还魂,教他到阳间做一个水陆大会,度汝等超生,再休生事。”众鬼闻言,得了金银,俱唯唯而退。判官令太尉摇动引魂幡,领太宗出离了枉死城中,奔上平阳大路,飘飘荡荡而去。毕竟不知从那条路出身,且听下回分解。(第十回《二将军宫门镇

鬼，唐太宗地府还魂》）①

透视《受生宝卷》与百回本《西游记》之间的微妙联系，这一情节元素的"共振"较为直观。

百回本《西游记》博采众长，对早期西游故事"有所为，有所不为"，采取的是扬弃，有些材料被吸纳、改造，有些则被忽视或规避。而西游故事并不按着百回本作者的思路发展，而是按照自己故事群落的逻辑，自然发展，并不受外界影响。尤其是来自口承故事系统的文本，其受百回本影响的程度其实并不高，具有极强的惰性。这种惰性（或曰恒定性），反倒使我们借其窥察西游故事原生形态的探索成为可能，同时促使我们进一步思考《西游记》的成书机制。

而从故事的原生形态角度出发，《受生宝卷》最值得被关注的部分，就是将魏徵斩龙、唐王入冥与西天取经汇拢至同一文本，尽管相关情节的衔接受制于体制，还不够圆熟、顺畅，但毕竟是西游故事演化的一种进步。与其他早期宝卷中的相关情节对看，可知早期西游故事的原生状态，零散、稚拙，自成一体，和其他艺术形式的西游故事，如《西游记平话》《西游记杂剧》等公认的百回本《西游记》成书的"集成文本"，还存在较大区别，但却可以互为补充。它们和百回本或多或少形成一种微妙的互文关系，这是无可否认的。当然，在缺乏更多文本坐标的情况下，我们不能直接地、草率地"建构"起《受生宝卷》与百回本小说之间的因缘关系（尤其将之叙事化，即简化为一种"时间—因果关系"）。毕竟无论宝卷，还是小说，都只是特定历史区间内故事形态的"文本反映"。百回本小说之所以得以问世，归根到底是明代中晚期西游故事系统的高度完善。同样的道理，《受生宝卷》中"斩龙"与"入冥"情节的羼入未必是其首创（尽管该卷是目前

① （明）吴承恩著，李天飞校注：《西游记》，第158页。

所见作如此艺术处理的较早文本），但起码可以说明，在明代初期，西游故事的主体——取经故事——已经与“斩龙”和“入冥”故事发生聚合，并且产生较大影响，以致落实、反映在民间科仪文本中。这正是以《受生宝卷》为代表的早期宝卷的一重价值所在，而另一重价值，则常常为研究者忽略。作为自成一体的早期西游故事，对其内驱力源头的搜寻、发掘与分析，为我们提供了研究的新视角。

三

前文说过，随着研究视野的下沉，《西游记》研究的传统定势思维：即所有传统西游故事，都是为百回本服务的，最终必汇聚为百回本的情节。随着文献的大量发掘与整理，这一结论越来越靠不住。因为我们看到不少早期西游故事与百回本的呼应，它们或多或少被百回本吸纳、接收、改造。但同时我们也发现更多游离于百回本之外的西游故事，它们有自足的演化逻辑和流布空间，并且已经形成闭环，并不为百回本的强势光环所掩，按其自身的节奏，在历史的长河中缓缓流淌。它们的存在，促使我们进一步思考，西游故事的原生态，及民间话语体系中的独特呈现，与以百回本为代表的文人话语体系究竟于何处分野？

早期独立的西游故事，更多和百回本形成传递链条，如诗话、平话、杂剧等，但还有更多散落在民间佛道的科仪文本和民间宗教的典籍之中，它们同样是“西游记”，只是表面看与百回本相距更远，但西游故事的演化传播，以及《西游记》在公共领域的“大众形象”，并不始终以百回本小说为模板，尤其是口承渠道中的零散故事（及其源自的故事系统），往往更接近《西游记》在民众心目中的形象，而对这些零散故事的跨文化、跨阶层、跨媒介、跨地域、跨信仰审视，让我们对《西游记》的认知，又平添了新的思索。

以《受生宝卷》为代表的这些西游"遗珠",作为科仪文本,其度亡的宗教性能才是重点。所以,选择西游故事加入,一方面可以看作流传过程中有意的趋俗,有了"有意义"的故事情节(而且还是流传久远,较有影响力的故事),但同时"由于明初教僧所使用的仪式文献,大多是中国僧人自己编撰的,因此如果将其说成是唐僧从西天取来的,无疑可以保证其合理性、正统性和权威性"①。所以在《受生宝卷》中时不时也要借三藏之口,专门强调"蒙帝差遣,往西方去取经,见大藏经中内有《受生经》一卷……"②趋俗只是表面化的形式,内核却有一份雷打不动的固守,这是它选择三藏取经故事的关键,这一点和前文提到的《普明如来无为了义宝卷》等民间宗教宝卷还是有所区别,作为科仪文本,它和《佛门请经科》等佛教宝卷的属性是一致的。

早期西游故事与民间佛道科仪关系密切,或者说佛道科仪在吸收既有西游故事情节的同时也滋养了西游故事,促进了故事系统的聚合与演化。只是民间宗教借重"西游",从一开始即有自己的预期,他们带着劝化众生弘教、弘法的明确目的,"西游"只是其中的点缀与"噱头",不会因为百回本《西游记》小说的梓行而改变自己的辙轨。而文人笔下的《西游记》,尽管借鉴了民间视野(尤其是宗教)中的西游故事,却以文艺性、风格化的主观意图为圭臬。事实上二者早已分道扬镳,所以才会有百回本《西游记》流行之后,民间宝卷中依然故我的西游故事。这才能解释从明初到晚清乃至流传至今的"西游宝卷"为什么有如此恒定的"惰性",它们某种程度上既相似又迥异于今本《西游记》。

① 侯冲、王见川主编:《〈西游记〉新论及其他:来自佛教仪式、习俗与文本的视角》序,台湾博扬文化事业有限公司,2020 年,第 4 页,

② 侯冲整理:《佛门受生宝卷》异本二,方广锠主编:《藏外佛教文献》第二编,第 255 页。

检视它们流布的时间线索，几乎绵延于西游故事演化传播的全程（远超百回本的生成周期，之前有，之后还有），是一条独立发展的脉络，这条脉络并不因百回本“强势来袭”而发生质的改变。它是独立的，是在自身闭环之内的驱动之下发展的。只是它在流布过程中选择了趋俗，即宗教化和世俗化达成了默契。宗教文本选择西游故事作为传经布道的载体，从而为故事赋予了特殊意义，使其成为炫目引人的“外包装”，这些“外包装”的规格大致相同，这种趋同性，就是故事文本的惰性、稳定性，历久不变。但同时细节处又有随意发挥，所以就出现了科仪文、宝卷文中某些情节的随意状态，以致和后世定本差异很大。而且这种“随意”状态在流传过程中也是一以贯之的。

作为科仪文本，超度亡魂的祭祀功能是其最终指向。只是此消彼长，在早期文人案头定本尚未形成，影响力尚未达至巅峰之际，西游故事本身被赋予的祭祀功能、禳解功能被强化，所以我们看到的是这样一种面貌，西游故事作为实现经文旨意的“肉身”，襄助经典传播，超拔度亡，娱神（鬼）的功能显著。作为超度亡魂的科仪文本，《西游记》或者确切说是“西游故事”（不论是科仪还是文本）至今依然存在，尤其是西北、西南的多民族区域，始终保持着旺盛的文化活力①。这种多民族叙述现象也是很值得关注的。正如有学者所指出的：“‘西游故事’的演化过程，是在中华文学版图内，在多民族平等对话、有机融通的动态机制中实现的”，“各民族叙事互动过程中存在‘求同’现象，但这并不是由汉民族文化传统对少数民族辐射式影响

① 参见谢健：《仪式·文学·戏剧——〈西游记〉故事与目连救母渊源新证》（《世界宗教文化》2015年第3期），讲述了今存两广交界之地的南渡镇仪式剧《杠府西游》；刘琳：《独山布依族民间信仰与汉文宗教典籍研究》（硕士学位论文，贵州师范大学，2008年）通过田野调查附录了《佛说西天取经科》《取经道场》；侯冲搜集整理了12种相关文献（见《〈佛门请经科〉：〈西游记〉研究的新资料》，《宗教学研究》2013年第3期）。

(或者说后者对前者容受)造成的,而是基于各民族间千丝万缕的文化纽带,以及普遍存在的同质心理。"[①]西游故事在科仪实践中的多民族叙述与传播,正是这种同质心理的生动反映。尽管具体民族的科仪实践要结合其特定的地方性知识和文化制度,但借西游故事为所用科仪文本"背书",以增强其神圣性与权威性,却是许多民族早期宗教活动中的共性操作,这恰恰是通过故事传播的实用主义路径,体现出中华多民族共同体的完整性和统一性。

伴随着百回本小说的影响力越来越大,西游故事的禳解功能尽管依然存在,但人们瞩目的却是西游故事本身了,它的宗教功能相对被弱化,世俗人瞩目的更多的是故事本身,由娱神(鬼)趋向娱人,但其内核却依然故我。这也是造成研究者出现视觉偏差的原因。

百回本其实也存在超度亡魂的情节、倾向,但已经让位给"热闹好看"的降魔除妖故事。另一个传播渠道的西游故事则依然故我,固守着自己的领地,演绎着自己的西游故事,但却不得不承受研究者以百回本为标的的挑剔的目光,所以它们散落在民间,游离于百回本炫目光环之外,默默衍生。

要之,《受生宝卷》作为早期西游故事文本,和《佛门请经科》等科仪文本在宝卷中别具一格,属于宗教宝卷与民间宝卷的杂糅[②]。它们难以确切归类的尴尬,难掩其自身独特价值。作为科仪文本,它们自属的恒定性(也可称为惰性),使之最大限度保持了西游故事文本的原生态,为我们观照西游故事的演化,提供了绝佳的参照。这一点是作为百回本递进链条上的其他西游故事(如《取经诗话》《西游

---

① 赵毓龙:《中华文学版图中的"西游故事"演化》,《民族文学研究》2020年第3期。

② 详见车锡伦:《宝卷浅说》,载《信仰·教化·娱乐——中国宝卷研究及其他》,第5页。

记平话》《西游记杂剧》等)所不能取代的。同时,作为宗教科仪文本,其自身承载的救拔度亡功能,也使我们在审视《西游记》成书之时,多了一种纯乎宗教的视角。如果在超度救拔的视角下审视不同艺术种类的西游故事,我们将会对大量宝卷、戏曲中的同题故事有全新的认知,而这恰恰是过往研究中所忽视的。

(原载《民族文学研究》2022 年第 3 期,与金世玉合作)

图像与科仪:《新见〈西游记〉故事画》论略

西游图像是对西游故事的别样诠释,在图像谱系的艺术传统和表达成规内,演绎着今人或熟悉或陌生的故事,它们有的属于现存百回本小说系统,有的则游离于该系统之外。它们或以刀锥斧锤,或以笔墨丹青,不仅勾画出西游故事的演进轨迹,也和文字一道共同构建起一个立体的、多元的“西游世界”。这类图像包括雕塑、壁画、插图、画册等多种形式,或石、或木、或纸、或棉、或帛,多种材质,不一而足。湖南美术出版社 2019 年出版的“西游”故事画,就是画在生麻片上的,从画中的某些服饰、器物特征推断,似应生成、传播于明代中叶①,但其所描述的故事情节,有些明显异于百回本小说系统。它们的出现,一方面使我们进一步相信,西游故事的演进是多轨道的,而非单向度的;一方面也使我们看到图画所承载的超越文本之外的特殊意义——祭祀鬼神的超度功能。这一点,与早期具有宗教性质的西游戏、西游宝卷等科仪文本是一致的。

近年来,在中外学人的共同努力下,西游图像已逐渐形成一个具有相当体量的独立“谱系”。截止目前,我们所知的西游图像(不包

① 参见吴灿、胡彬彬:《新见〈西游记〉故事画》,湖南美术出版社,2019 年,第 149 页。

括小说插图),计有王振鹏《西游记画册》①、张掖大佛寺壁画为代表的《西游记壁画与玄奘取经图像》②、国家博物馆所藏清代画册③、无名氏《清彩绘全本西游记》④、矶部彰所搜集《西游记画三种》(前两种为日本东北大学附属图书馆藏《全像金字西游记绘本》《通俗西游记》)等⑤。其中,元代王振鹏所绘《西游记画册》是公认与百回本小说不同的"另一系统"西游故事,其他除早期少量雕塑、绘画外,举凡多幅成套作品则多与百回本情节相关,应是百回本梓行、流传之后的衍生物。它们尽管是图像,却是以刀锥斧锤或粉墨丹青演绎的同源同径的西游故事。然而,所谓"同源同径",其实只是一种大概印象,即便一些图像确实以百回本小说为蓝本,也非亦步亦趋地"图解"原著,在事件形态、情节组织、场景呈现等方面,总是或多或少地体现出差异,这些差异的出现不是偶然的,其背后可能存在重要的历史文化动因。本篇所论《新见〈西游记〉故事画》在这方面就极具典型意义。

一

本画册原为中南大学中国村落文化研究中心所藏,由吴灿、胡彬彬整理出版。整套画册计 12 幅,纵 118cm,横 24. 5cm,每幅以双线间

① 参见曹炳建、黄霖:《唐僧取经图册探考》,《上海师范大学学报》2009 年第 6 期;〔日〕矶部彰:《元代〈唐僧取经图册〉研究要旨》,载矶部彰:《〈唐僧取经图册〉解题》,日本东京二玄社,2001 年。

② 唐国增编著:《图说西游记与张掖》,甘肃文化出版社,2015 年;魏文斌、张利明编著:《西游记壁画与玄奘取经图像》,江苏凤凰美术出版社,2019 年。

③ 董清:《西游证道丹青形迹——中国国家博物馆藏明人〈西游记画册〉》,《收藏家》2013 年第 2 期。

④ 孟庆江主编:《清彩绘全本西游记》,中国书店,2008 年。

⑤ 〔日〕矶部彰编著:《〈西游记〉画三种の原典と解题》,东北大学アジア研究センター,2012 年。

隔，分为 4 帧，每帧绘有一个西游故事，共计 48 个故事[①]。每个故事各有墨书标题（四言、五言不等），故事顺序与百回本小说有所不同。现分次简述如下：

第一幅四帧分别为“五雷击石”“悟空学法”“龙宫得宝”“大闹天宫”，可以对应百回本小说前七回“悟空出世”故事单元，却又与小说文本有些许差别，如“五雷击石”，画面主体是一个背生双翼，鸟喙、鸡足，左手执斧、右手持锤的雷公，左下角山石中露出一猴头，这与百回本小说第一回“灵根育孕源流出，心性修持大道生”所说东胜神洲花果山“有一块仙石……内育仙胞，一日迸裂”[②]，有明显主动、被动之不同。同时，小说描绘的“石猴出世”，并非俗语所谓“从石头里蹦出来”，而是灵石迸裂，生一石卵，见风化成一只石猴。故事画的表现显然更接近俗语的理解。

第二幅四帧分别为“大闹地府”“见佛现掌”“光吕（蕊？）教书”“唐僧下世”，前两帧属于百回本系统；后两帧则属于“江流故事”系统，明刊百回本没有专门明写。

第三幅四帧分别为“坐等江流子”“放（访？）亲报冤”“梦斩老龙”“进京见主”，前两帧接续江流故事的大结局，后两帧则是百回本“魏徵斩龙”“太宗还阳”等情节的重述。

第四幅四帧分别为“沙桥见（饯）别”“出山逢虎”“失落乌纱”“到五行山”。其中，第一、二、四帧分别见于百回本小说第十二回、十三回、十四回。“失落乌纱”画一红发蓬头鬼举刀恫吓，三藏行李担丢在脚下，以袖掩面作惊慄状。不见于百回本故事系统。

第五幅四帧分别为“悟空挑担”“夜被火烧”“失了袈裟”“八戒成亲”，分别对应百回本的第十四回、十六回、十八回。

---

① 吴灿、胡彬彬：《新见〈西游记〉故事画·序》，第 1 页。

② （明）吴承恩著，李天飞校注：《西游记》，第 4 页。

第六幅四帧分别为“收蛈(蝴)蝶精”“拿乌诡(龟)精”“经女子国[①]”“捕沙和尚”。“收蛈蝶精”为百回本小说所无。按,传统西游故事中无蝴蝶精,惟福建仙游戏《西游记》有“双蝶出洞”[②],讲金蝶、银蝶二妖变化惑人,为悟空、八戒所擒,此画面或演此情节。“拿乌龟精”同样为百回本所无。不知与元代王振鹏《唐僧取经图册》中的“龟子夫人”是否有关联。“经女子国”可对应百回本小说第五十四回。“捕沙和尚”可对应百回本小说第二十二回,只是此情节在百回本中八戒故事之后。

第七幅四帧分别为“回回引路”“坐相(降?)二孙”“战红孩儿”“收枯骨精”。第一帧“回回引路”不见于百回本小说,戏曲有元吴昌龄《唐三藏西天取经》杂剧“回回迎僧”[③],湘剧高腔《西游记》“回回指路”[④],演回回师徒接待三藏。第二、三帧分别对应百回本小说第五十八回、第四十一至四十二回。与百回本故事顺序不同。第四帧“枯骨精”或即“白骨精(夫人)”,可对应百回本小说第二十七回。

第八幅四帧分别为“蟒蛇吐毒(雾?)”“大战魔王”“吃水生胎”“追赶西(犀)牛”。“大战魔王”似不见于百回本,第一帧“蟒蛇吐毒(雾?)”或对应百回本第六十七回七绝山稀屎衕故事,后两帧则分别见于百回本第五十三回、第九十二回。

第九幅四帧分别为“悟空回洞”“变弄宝扇”“玉公点化”“大战魔王”,见百回本小说二十八至三十一回、六十回、六十一回。只是“玉公”不知何指,如接前幅火焰山借扇故事,或指灵吉菩萨。“悟空回

① 画册整理者误作“歌如子回”,不通。

② 王富恩校注:《莆仙戏传统剧目丛书》第14卷《剧本·西游记》七(仙游本),中国戏剧出版社,2008年,第224页。

③ 见胡胜、赵毓龙校注:《西游戏曲集》,第34页。

④ 湖南省戏曲研究所编:《湖南戏曲传统剧本》(二三),载《衡阳湘剧》第二集,1982年,第168—177页。

洞”,湘剧高腔有“猴王回洞”①。

第十幅四帧包括“过火烟(焰)山”“收鲤鱼精”“收白果精”“乌龟渡江”,分别对应百回本小说第六十二回、第四十七至四十九回、第四十九回,顺序与百回本有很大差异。“收白果精”中,悟空执棒挥向树下两个白色小人,唐僧等三人俯身观看。具体不详,疑其为五庄观人参果。

第十一幅四帧分别为“慈悲引路”“收枯树精”“胃(畏?)见公主”“骆驼现身”。第一帧是百回本《西游记》中较为常见情形:观音云中现化,唐僧、悟空双手合十,八戒、沙僧紧随其后。此处不详具体哪回。第二帧当是荆棘岭故事,见小说第六十四回。第三帧应是天竺国玉兔精故事,见小说第九十三至九十五回。第四帧或是狮驼国降伏白象精,见小说第七十四至七十七回。

第十二幅四帧分别为“私纵采仙桃”“唐僧脱凡”“失落金(兵?)器”“西天见佛”。第一帧百回本小说无此情节;第二帧应是接引祖师凌云渡接引故事,见小说第九十八回;第三帧应是玉华国被盗兵器事,见小说第八十八回;第四帧见小说第九十九至一百回。

二

如果以世德堂本《西游记》小说为核心参照系,这48幅图画所展示内容,与现有百回本系统同中有异。相同的是有较为详尽的猴王出身故事(包括学艺、闹龙宫、闹地府、闹天宫),有魏徵斩龙,这说明总体上属于业已相对完整的西游故事系统(前后两大板块有衔接,衔接情节也得到了表现)。同时,“五圣”的组合是齐全的,徒弟有悟

① 湖南省戏曲研究所编:《湖南戏曲传统剧本》(二三),载《衡阳湘剧》第二集,第217—220页。

空、八戒、沙和尚,以及白龙马,其称谓、样貌也基本是嘉靖朝以后趋于定型的形象,所降妖怪也大都见于百回本。从这个角度说,这套故事画所据应非西游故事的早期形态。

然而,从所涉内容看,画本的故事素材来源不一,并不以百回本小说为惟一蓝本。有些故事非百回本所有;即便与百回本相同者,小说亦只点到为止,图画则作重点描述。如陈光蕊、江流儿故事,在世德堂百回本中只是以"虚笔"交代出来的,没有专门独立的情节单元,画本却将其作为"重头戏"呈现,多达四幅。再如"回回引路""收蛱(蝴)蝶精"等皆不见于百回本,但可能和戏曲有相合处。"私纵采仙桃"似与《大唐三藏取经诗话》"入王母池之处"有某些关联,或由此发展而来。此外,还有诸如"失落乌纱""玉公点化""收白果精"等目前尚不能完全确认所指的单元。另有部分情节与百回本故事顺序不同,如"大闹地府"(第二幅第一帧)、"捕沙和尚"(第六幅第四帧),一方面可能是既有故事框架原本不同,一方面也不排除装订顺序有误。还有一些故事尽管和百回本相近,但细节处不同,如第十幅第二帧"收鲤鱼精",在百回本中观音收的是金鱼精,可在民间一些故事系统中较为常见的是鲤鱼精,像壮族师公经《西游记》通天河一段①,即似把鲤鱼精和老鼋合一了。江淮神书里面,出现的则是"洞庭湖收鲤鱼精"②,故事发生地洞庭湖恰恰是本地风光,或许不是巧合。第八幅第四帧"追赶西(犀)牛",画的分明是南方常见的水牛,并非犀牛。

再从形式上来看,这套画本的角色塑造并没有以百回本系统的小说插图为核心模板,而是明显有"戏画"的色彩。多幅画中人物身

---

① 韦达、黄善华、李世政整理翻译:《典藏壮族师公经·唱故事传说》(二),广西民族出版社,2013年,第28—30页。

② 《唐僧取经》(老抄本),载朱恒夫、黄文虎搜集整理:《江淮神书》下,上海古籍出版社,2011年,第525页。

着戏装,如人物冠插雉尾(第二幅第三帧"光蕊教书",疑为陈光蕊的红袍人;第九幅第二帧"变弄宝扇"、第十幅第一帧"过火烟〔焰〕山"的铁扇公主)、背插靠旗(第八幅第二帧"大战魔王"的疑似青牛精、第九幅第四帧"大战魔王"的牛魔王),女性角色则大多身披云肩(第五幅第四帧"八戒成亲"的女性,第六幅第一帧"收蛛〔蝴〕蝶精"的蝴蝶精、第三帧"经女子国"的女子国王,第十一幅第三帧"畏见公主"的公主)。

而在构图和物象呈现方面,又存在与小说插图相近、相通的地方,如"斩老龙"的画面就与李卓吾评本等插图多有近似处。再如猪八戒所使九齿钉钯,与我们熟知的钉钯迥然不同①,整理者认为是"镋钯",为明代俞大猷抗倭所发明,由此判定这套图像不早于16世纪②。(下图出自日本广岛市立中央图书馆浅野文库、日本内阁文库藏明刊李评本《西游记》;《新见〈西游记〉画册》):

① 《李卓吾先生批评西游记》(一),潘建国主编《海外所藏〈西游记〉珍稀版本丛刊》,北京大学出版社2017年,第226页。

② 吴灿、胡彬彬:《新见〈西游记〉故事画》,第149页。

这些西游戏画与百回本小说存在的“小同大异”,如果排除画家的任意挥洒,那就应该只有一个答案——另有渊源谱系,至少掺杂了不同来源的西游故事。

如陈光蕊故事,从宋元南戏(《陈光蕊江流和尚》)开始,一直到清初传奇(《江流记》),至今依旧活跃于昆曲舞台(《慈悲愿》),故事在戏曲文本系统内相当稳定,且传承有序,民间传说更是遍及全国各地,在与地域文化、民间信仰相结合后,沉淀于地方戏曲、说唱本子中。基于此,画册大肆渲染“江流故事”也是自然而然的事情。至今流行于湖南衡阳地区的湘剧高腔“七大本”之一的《西游记》①同样可为此作注,内中有多出曲目和画册所述不谋而合,恐不是偶然。如第二本“三王会”中有“围棋斩龙”,第三本“小西天”即包含“沙桥饯别”“回回指路”等关目,而这些恰是百回本所无,画图所有。

① 湖南戏曲研究所主编:《湖南戏曲传统剧本》(二三),载《衡阳湘剧》第二集。

更进一步说，这些图画再次以不同的形式说明了西游故事演化传播生态的多样性，整个故事系统是逐渐聚合而来的，又长期处于活跃的裂变、转化、汰洗过程中。它们之中有许多并未被百回本所吸收、整合，因而未能成为小说系统（包括小说插图）的稳定成分，但它们有自己的传播途径，活性（动态）与惰性（静态）并存，惰性使得这类故事情节具有相当的稳定性。这一点，民间绘画和民间故事往往表现出惊人的相似，它们应该是一种伴生关系。这套故事画应该就是这种“伴生”文化的产物。它与明代西游小说的插图有很大差别，更民间化，且与年画颇为相近，粗糙而淳朴，透露出浓重的民间乡土气息。除极少数画面构图品位较高，多数构图空间局促，题图直白，文字错讹（这种“错讹”一方面当然跟传播者的文化教养有关，但也暗示其信息的传播形态——配图讲唱，诉诸视觉的是图像，而非文字，故事是仪式执行者“讲”出来的，被参与者“听”到的。诉诸听觉的内容，落实到纸上，便会出现大量错讹，这是现存的大量讲唱本子可以证实的）。同样是“图像叙事”，却没有更多想象空间，遑论空间分割、布局的营构。同样也不是伴随情节而生，不受情节演进拘束，表现得十分随意。

三

如果进一步探寻这些图画的来源，颜新元所著《湖湘民间绘画》或可为我们提供另一个参照视角。此书是对湖湘地区民间绘画的收集、整理，第一部分“古今祭祀绘画”中的“吊偈画”部分收有 3 幅西游故事画，每幅 3 个故事，共计 15 个，无题目。

其中，多数情节与前套画图重合，包括“魏徵斩龙”“出山逢虎”“五行山收悟空”“八戒娶亲”“真假悟空”“老鼋摆渡”等，还有一部分画图和此套故事情节恰可相互补充，如前套只有魏徵斩老龙，颜氏所收则有秦叔宝、尉迟恭宫门挡鬼,唐王游冥、返阳等。

当然,不止与西游故事画的内容多有重合,更重要的是对形象的理解和表现逻辑也十分相近,典型者如画册中第八幅第四帧"追赶犀牛"中的牛精都是不折不扣的水牛,而非犀牛;第十一幅第四帧"骆驼现身"中的白象精造型与湖湘画中的骑青牛道祖、骑白象道祖胯下坐骑极为神似①;第一幅第四帧"大闹天宫"二郎神手持方天戟(注意,不是三尖两刃刀)的造型,在湖湘画里同样反复出现②;仔细观察湖湘木雕神像的符画系列,更能看到与哪吒、沙僧乃至菩提祖师、唐僧相似万分的造型③。此外,还有多幅"道教风俗画"(包括悟空、八戒造像;唐僧遇难,观音施救场面等)流传于湖湘民间④。相似的艺术风格,相近的取材特点,使我们有理由相信,这些重合不应该仅仅是巧合,它们应同出一源。这些涂抹着浓重地域色彩的画作,同为流传于湘湖间丧葬祭祀仪式所用"鬼神画"中的"吊傷画"。这类"吊傷画"别名众多,"在湘中一些地区习称'水陆道场画';在洞庭湖南岸被称为'功德画';在沅陵县苗汉民族杂居地区称之为'道教风俗画'……"⑤尽管名称各异,或名"水陆画""功德画""道教风俗画",或统称为"鬼神画",但都是水陆法会(原为佛教盛行的一种超度亡灵的宗教活动,后为道教乃至民间宗教广泛借用)法坛祭祀所用,承担着娱神、娱人的实际功能。有趣的是,在湖湘民间,不仅仅局限于水陆法坛,"这种吊傷画有时也被临时挂在地台戏的戏院,用以招徕

① 颜新元:《湖湘民间绘画》,湖南美术出版社,2008年,第166—167页。
② 颜新元:《湖湘民间绘画》,第118、169页。
③ 颜新元:《湖湘民间绘画》,第60—61页。
④ 宫建华,刘兴国:《湖南明清民间道教绘画新探》,《艺术中国》2012年第1期。
⑤ 左汉中:《民间鬼神画·序》,载颜新元编著:《民间鬼神画》,湖南美术出版社,1996年出版,第2页。

观者,这时,它们应该叫作戏曲画。"[①]这或可解释为何此类画册多具有"戏画"风格。同时也可进一步说明,"吊偈画"的流传是多空间、多场景的,它是百姓日常文化生活的一部分,娱人娱神,相得益彰。

这些画作的作者多为民间艺人、道士,他们来自民间,往往和文人精英话语系统相距较远,他们创作的逻辑建构往往深受地域信仰影响,将沉淀于灵魂深处的神灵信仰流于笔端,诉诸纸帛。楚地"信巫鬼,重淫祀"的地域风俗,使祭祀科仪成为民众日常生活的一部分,而包括"吊偈画"在内的"鬼神画",伴随着祭祀科仪共生同行,广为流传。"作为祭神与娱神的图画,是要取悦于神明的,自然要有看头。民间画师极尽表现之能事,总是拿出最有意思最受看的画面给神看。他们采用"吊偈画"的形式,或表现脍炙人口的三国故事;或描绘生动传奇的西游人物;或把八仙安排于水斗场面;或将神仙与世俗故事混为一体……"[②]可知这些"吊偈画"取材之广。而"取材"的标准——即哪些场面才是最受看的——说到底不在于"神",而在于"人",且不在于个体经验和期待,而是集体经验和期待。换言之,用以娱神的图像,总要经过娱人(且是娱乐大众)的"滤镜",才能够超"凡"入"圣",俨然起来,堂皇起来。就这一点来说,西游故事在湖湘地区成为民间"吊偈画"取材的热点,与三国故事是一样的,主要在于其热闹好看,即娱乐性、故事性、传奇性。然而,西游故事又有一个其他故事系统不能比拟的优势——它本身就是神魔故事,尤其是故事本身包含的超度元素,使它以更为广泛的艺术形式参与了民间宗教仪式的实践。

西游故事本身的超度功能,在同一地区的西游戏中也有展现,前文所说湘剧高腔《西游记》即以超度泾河老龙做结。这与我们熟知的

① 颜新元:《湖湘民间绘画》,第175页。

② 左汉中:《民间鬼神画·序》,载颜新元编著:《民间鬼神画》,第2页。

西游戏结局(往往都是面佛获经,功德圆满)颇为不同。现今我们看到的西天取经缘起,皆因太宗入冥,而太宗入冥是因为许愿救助泾河龙王未果,泾河老龙告至十殿阎君案前,阎君派人拘太宗入冥对质。尽管由于魏徵求助判官崔珏,成功使太宗还魂。但地狱的经历还是使太宗许下愿心,不仅要偿还相良的寄库钱,还要举办水陆大会超度亡魂。这是早期西游故事起始的原点。而这个“原点”本身是一个情节序列的组合,其起点序列正是“泾河龙王的故事”。即有学者所指出的“《西游记》主干故事的动力始发于一件微不足道的小事”①,如果暂时卸掉“大闹天宫故事”,单看“西天取经故事”(它本来就是独立发育的),“泾河龙王的故事”确实可以被视作整个故事的“青萍之末”。惜乎百回本实现了“大闹天宫故事”与“西天取经故事”的衔接,后者的“起点”变成了一个“衔接点”,进而被有意无意淡化了。而湘剧高腔《西游记》别具一格的结尾却促使我们去重新思考戏曲的宗教度化功能。能为这一点做注的是:这一剧目恰恰是酬神许愿时演出的②。这与西游故事中的水陆法会产生了某种共鸣:水陆法会是天上地下各路神祇的大聚会,所有超拔的亡魂孽苦最后在仪式中集体获救,往生极乐。这又进一步启发我们去思考:“西天取经故事”的独立发育本来是一个“闭合结构”,以超度亡魂的“动机”起,以超度亡魂的“实践”终,中间的故事只是由“动机”导向“实践”的过程。只不过,在百回本这样由文人写定的小说里,故事系统重组的艺术构思“破坏”了原来的闭合结构,写定者的生花妙笔又尽可能修复“创痕”,使原初结构看上去很模糊,倒是在更具原生态色彩的地方戏曲、

① 傅修延:《讲故事的奥秘:文学叙述论》,二十一世纪出版社集团,2020年,第94页。

②《衡阳湘剧》第二集“前记”,载湖南戏曲研究所编:《湖南戏曲传统剧本》(二三)。

说唱本子里,原初结构未被“破坏”,看上去还很清晰。

当然,原初结构究竟如何,还有待进一步讨论,但通过各类文本的比较,起码有一点是可以证明的:这些西游“吊偈画”和某些湖湘戏曲一样,承担了超度、祭祀的宗教功能,成为宗教科仪的组成部分。

从这一角度出发,回看故事画取材来源的复杂性,一些“想不明白”的问题,或许就说得通了。前文已述,故事画叙述事件多有与百回本不合之处,这其实还是陷在了“百回本中心主义”的逻辑里。百回本作为一部文人小说,其对前代故事的整合、吸纳,主要还是遵循着传统的“寓言”逻辑,依据审美的标准,一些与超度密切相关的人物、事件,或被删削,或被弱化,或竟成为服务于叙事的一个“功能”——斩龙、游冥、进瓜情节蜕化为联结“大闹天宫”和“西天取经”两大单元的“钩子”,就是一个突出表现。在许多仪式唱本里,这部分内容才是叙述和描绘的重心(中心)所在。故事画整合、吸纳故事的逻辑则显然不是寓言性的,也不依循审美标准,而是为超度、祭祀等宗教仪式直接服务。哪些故事符合这一要求,就会成为故事画表现的对象。

其实,早已有人指出湖湘一带“吊偈画”中的西游故事是参照当地瑶族师公祭祀的抄本《受生填还宝卷赞》而来①(《受生填还宝卷赞》从内容看与《受生宝卷》为同一故事体系的仪式文本,将魏徵斩龙与唐王入冥、三藏西天取经联结成篇——这恰恰也反映着上文提到的故事之原初结构,但演述中心是唐王还阳偿还受生钱②)。这无疑为我们探寻这些西游“吊偈画”本来面目掀起了面纱一角。《受生宝卷》由《受生经》发展、衍化而来。《受生经》说的是:人世众生在由冥司转生为人时,都根据自己出生时的属相,在冥司借下了数目不等

① 参见杨壹:《湖湘瑶族吊偈画初探》,《大众文艺》2018 年第 19 期。

② 参见胡胜、金世玉:《〈受生宝卷〉与早期“西游”故事的建构》,《民族文学研究》2022 年第 3 期。

的注生钱。转世以后,如果能及时偿还,便可福禄寿考,反之则将遭受恶报。所以延请僧道,纳受生钱,成为中国社会的一种习俗,在民间有广泛影响①。至《受生宝卷》则是以《佛说受生经》为蓝本衍生而来的瑜伽道场科仪,为荐亡法会的科仪文本。有趣的是宝卷把西游故事作为框架,把《受生经》嵌入其间,这样一来无疑加大了在民间传播的力度。"西天取经故事"的原初结构是闭合的,又是灵活的、实用的,只要不破坏其闭合性,各种宗教科仪的内容都可以嫁接进来,而"西天取经故事"正是在这种灵活的、实用的宗教实践中,维持其稳定性和传播力的。

如果将目光进一步延展,我们就会发现,其实不仅本文讨论的西游故事"吊偈画",还有不少学界视野尚未顾及到的西游壁画、石刻,同样具有水陆画的性质,自觉承载宗教科仪超度、教化之功能。如川渝的大足石刻②、山西稷县青龙寺腰殿壁画③、明代宝宁寺明代壁画④等皆有水陆画保存,而这几处水陆画恰恰都包含了西游故事元素,这些水陆画的出现让我们对佛道寺庙(道场)中的西游故事壁画(雕塑)又有了新的认识,与我们既往的惯性认知背道而驰——它们的出现不仅仅是因为西游故事传播的反向作用,而是宗教原本功能的自觉辐射。更进一步说,与其他经典故事不同,西游故事的演化传播有一条实用主义路径,那就是民间化、日用化的佛道祭仪借其"背书",以丰富科仪内容与形式。

---

① 参见侯冲:《佛说受生经·题解》,《藏外佛教文献》2010 年第 1 期。

② 黎方银:《大足宋代石窟中的水陆遗迹》,《大足石刻研究文集》第 3 辑,中国文联出版社,2002 年,第 93—102 页;侯冲《论大足宝顶山为佛教水陆道场》,《大足石刻研究文集》第 5 辑,重庆出版社,2005 年,第 192—213 页。

③ 苏金成:《信仰与规范——明清水陆画图像研究》,上海大学出版社,2020 年,第 184 页。

④ 山西博物院编:《宝宁寺明代水陆画》,文物出版社,1988 年。

以往，我们在讨论西游故事与宗教之关系时，主要聚焦于百回本小说中的角色、名物、事件与佛、道等组织性宗教的关系（更具体地说，是小说内容的宗教来源问题，而这些问题其实是“成书研究”或“原型研究”的衍生物），而大都忽视超文本的故事所承载的宗教功能。其实，西游故事（尤其在早期叙事品位较低的情况下）之所以受到大众欢迎，一个关键原因就是故事直接参与民间宗教仪式实践。对于民众而言，“故事”本身就是有意义的，无论结构是否完备、情节是否丰满、人物是否立体，“故事”在以亡灵超度为核心的宗教仪式中的实际功能，才是参与仪式的实践者们所关心的，这也是早期西游故事在公共流通领域内始终保持传播活力的根本原因——而非文学批评者一厢情愿地赋予的“审美意义”。这种实用目的，不仅是超文本的，也是跨地域、多民族的。西游故事是“吊偈画”、石刻雕塑、水陆画等祭祀画的热门题材，南北各地多处出现不是偶然，它们遥相呼应，一方面是西游题材故事影响日益扩大的结果；另一方面西游题材本身和仪文同时成为承载宗教功能的载体，它们和迎神社戏（如莆仙戏《西游记》）、宝卷（如《西游道场》）、江淮神书（《唐僧取经》）、师公经（壮族、瑶族、土家族皆有）等科仪文本一脉相承，而这种内涵的宗教功能却绵延不绝，它们是隐含在西游故事中的内在理路之一，融化在西游故事的血脉中。我们已经习惯于在百回本《西游记》巨大的艺术光晕中讨论故事的审美意义，却忽视了一点：即便百回本小说也生动地保留着宗教仪式实践的痕迹，没有仪式功能这一根本动力，故事就无法在小说、戏曲、说唱、图像等多种媒介系统中自如“转身”，也就不可能成为具有极高艺术品位的案头集大成作品。

具体到图像系统中，这些在艺术上略显稚拙的祭祀画本，与小说插图大异其趣，是“图像叙事”轨道中的另一股力量。

之所以称其为“另一股力量”，首先在于其“文本”属性。以往学界之所以关注小说插图，主要看重其“副文本”属性。尽管随着研究的深入展开,愈来愈多学者指出小说插图具有自己的符号系统和叙述逻辑,不一定与小说"文本"的叙述内容"严丝合缝",有时甚至大异其趣,但不得不承认:小说插图是"副文本",它依托"文本"流传,主体内容与文本一致,其目的也在于强化文本的表现力。而如故事画一类"西游图像"却是"文本",它们不依托小说,甚至根本就不在"集大成作品"的辐射范围内。它们不仅有自己的艺术传统和表现成规,甚至有完全属于自己的叙述逻辑和传播渠道:它们以自己的符号系统(即便是高度重合的、刻板化的图像),讲述流传于多地域、多民族中的西游故事,而不是为了"图解"某一部"集大成作品"服务。这就使得我们能够更加清晰地发现故事演化传播的另外一种可能。上文已列举不少水陆画与百回本小说"同中见异"的内容。这里说"同中见异"只是对现象的客观描述。所谓"同"不代表相似、相近的内容"源出"百回本,更大的可能是它们均指向一个更为古早的故事的"公共形态",如水陆画与百回本皆有完整连贯的猴王出世故事(包括学艺、闹龙宫、闹地府、闹天宫等核心事件),但整个单元故事不是到了百回本才形成的。而所谓"异"也不能将其理解为对百回本的"改编",更大的可能是直接继承了当地独立发育的故事系统,如上文提到的"蝴蝶精""鲤鱼精"等。

而从这类图像生成、传播的实际看,拖曳其前行、推助其转身的也是"另一股力量",即超度科仪的实际需要,是民众日常宗教实践的需要,而非纯粹审美消费的需要。它们以西游故事为素材,以宣扬宗教思想、强化仪式效果为目的,以更加直观的视觉形象、绘画的表现形式,展现了信徒们所向往的彼岸世界,《西游记》求经佛国,构建极乐世界理想无形中契合了受众信仰,"取经""游冥"等情节单元也更直接地参与进民间的宗教实践环节。它们和宝卷等案头文本、戏曲等场上排演、民间说唱等口头传播一道构成了立体、多元的西游世界。它们串成了独特的故事链条,捋扯这些百回本小说系统之外的故事链条,也是发掘掩埋在历史尘灰中的原生态遗迹的过程。这一过程中的发现时常带给我们惊喜,而这些令人惊喜的发现,往往能够拉近我们与早期故事演化传播真实生态之间的距离。

可以说,以上两个层面的“另一股力量”,正是这套新见《西游故事画》的独特价值所在:不论这些故事画创作流行时间的早晚,以及与百回本小说的先后,也不论其艺术水准的高低,表现力之高下。其存在本身就是有意义的:它们揭示了西游画独具的宗教内涵、特质,和百回本系统之外的众多西游故事一道,构建了另一个“西游世界”。这个基于多种可能性而构建起来的“西游世界”,应该更接近故事演化、传播的历史真实。

(原载《文化遗产》2022 年第 4 期,与金世玉合作)

案头与场上之流转

一"山"一世界

——由两种《平顶山》剧本看宫廷与民间"西游戏"的差异

"平顶山逢魔"是百回本《西游记》中第二十四难,故事见小说第三十二至三十五回。小说之后,以戏曲形式演述该故事者,据笔者所见,主要有两种:一是张照所编清宫廷大戏《升平宝筏》①丁集下第二十至二十四出,凡五出(以下简称《宝筏》本);二是《车王府藏曲本》②所收民间昆腔折子戏《平顶山》,凡七出(以下简称《府藏》本)。另有《清代南府与升平署剧本与档案》(简称《剧本档案》)中所录一种昆腔折子戏,题《过平顶山》,实系自《宝筏》本截出单演者,曲文基本一致;此外,《剧本档案》中还收有一种乱弹折子戏,题《平顶山》,但内容实为"盗魂铃"故事,与戏名不符,应为误录。

《宝筏》本与《府藏》本,一为宫廷戏,一为民间戏,一是连台本戏中的一个段落,一是独立的折子戏,但两剧都是昆(弋)腔戏,且在曲套框架、情节结构、叙事流程等方面大同小异,又在曲文方面小同大异,关系微妙。以之为个案,可考察"后百回本时期"的西游故事在不同流通渠道传播与交流的情况。

---

① (清)张照编:《升平宝筏》,载胡胜、赵毓龙校注:《西游戏曲集》(下文相关内容皆出此本,不再一一出注)。

② 首都图书馆编辑:《清车王府藏曲本》,学苑出版社,2003年。

一

从叙事结构上看,两剧具有相同的“骨架”与“脉络”:其外部的叙事框架完全相同,内部的叙事流程也基本一致,情节单元能够相互对应。这最直观地反映在两剧相同的曲套结构上。

《宝筏》本第二十出“小妖儿岩穴消差”,对应《府藏》本“吊场”和头出“闻报”,二者只有最后一支曲子有异,一为【红绣鞋】,一为【水底鱼】,余者皆同(【醉花阴】【点绛唇】【喜迁莺】【出队子】【刮地风】【四门子】【水仙子】【煞尾】);《宝筏》本第二十一出“编谎辞巡山吓退”,对应《府藏》本第二出“被擒”,前者用了【锁南枝】,后者用的【孝顺歌】;《宝筏》本第二十二出“夺请启截路颠翻”,对应《府藏》本第三出“诓妖”,后者多【水底鱼】【尾声】两支曲子;《宝筏》本第二十三出“狙公狸母分身现”,对应《府藏》本第四出“下书”,后者多一支【江头金桂】;《宝筏》本第二十四出“银气金光立地销”对应《府藏》本第五出“下凡”、第六出“收童”,后者多了【金钱花】【朝元令】【玉芙蓉】三支曲子。

由以上的简单罗列不难看出,两剧套曲结构,整体上是一致的,说明两者情节结构基本相同;而戏曲是以曲子“切割”叙事段落、调节叙事节奏的,曲套相同,说明两剧的叙事流程也是大致同步的,即情节单元之间能够对应得上。以《宝筏》本第二十出“小妖儿岩穴消差”为例,本出中九支曲子将整个故事单元分割成如下四个段落:(1)伶俐虫回洞复命(【醉花阴】);(2)金角、银角上场自白,谋划吃唐僧肉(【点绛唇】);伶俐虫述唐僧师徒在宝象国遭遇(【喜迁莺】),述唐僧师徒离宝象国时情形(【出对子】),描述孙悟空形象(【刮地风】),描述猪八戒形象(【四门子】),描述沙悟净形象(【水仙子】);(3)伶俐虫得赏(【煞尾】);(4)金角、银角率部众前往擒拿唐僧(【红绣鞋】)。而在《府藏》本吊场加头出中,由九支曲“切割”的四个情节段落是与之完全一致的,虽然最后一支曲换成了只念不唱的【水底鱼】,但表现的同样是金角、银角率部众出发时的阵势。

尽管《府藏》本比《宝筏》本多出两个场次和六支曲,但这并未造成其与《宝筏》本大段的情节差异。

虽然多出两个场次,但《府藏》本的“吊场”和“下凡”都是“过场”:一演伶俐虫探得唐僧师徒消息,回洞报信途中;一演太上老君发现童子私走凡间,前往收伏。两段情节在《宝筏》本中亦有,只是将之整合进了更大的情节单元而已。

虽然多出六支曲,但其中【尾声】【江头金桂】【金钱花】三支曲,准确地讲,不算多出的曲子:第三出【狮子序】后的【尾声】,系唐僧与悟空同唱:“但愿前途凶化吉,好似那寒食露雨救秧苗”,文意相同的曲辞在《宝筏》本对应情节中亦有:“但愿逢凶化吉,好似时雨救枯苗”,是【狮子序】的最后一句,则《府藏》本并非多出一支曲,而是将原来的一支曲拆成了两支;第四出【江头金桂】所在情节为金角、银角拜迎玉仙老母,金角唱“自幼蒙恩抚育,今朝幸尔成人”,银角接唱:“愧无一物来奉献,蒸煮唐僧表儿心,儿心。”意思相同的文字在《宝筏》本对应情节中亦有:“自幼蒙恩抚育,今朝幸尔成人。愧无一物奉慈亲,宰割唐僧为敬。”只不过是金角、银角同念的一段“白”,而非“唱”;第五出【金钱花】接在【新水令】后,老君唱:“金银实恶难当,难当,平顶去作妖王,妖王,我今下凡去收降,孙行者保师行,取经回见大唐王,唐王。”算是承上启下的一句话,但【新水令】已然交代老君发现守炉童子偷逃下界作怪,前往收伏,则这支【金钱花】即使算不上多余,也起不到暗示情节的作用,对情节发展没有丝毫影响。

至于【水底鱼】【朝元令】【玉芙蓉】三支曲,虽然确为多出者,但对情节的影响亦不大:第二出结尾猪八戒被擒后,第三出开场金角、银角唱【水底鱼】,表达擒获猪八戒的喜悦,对继而捉拿唐僧抱有信心,同时又对孙悟空有所畏惧。随后唐僧、悟净被捉。这一段情节在《宝筏》本中,是在第二十一出末尾一齐演完的,只不过二妖王未唱曲表达心情而已;第六出结尾【朝元令】【玉芙蓉】两支曲,演众天将领老君命,护送唐僧师徒上路,《宝筏》本结尾也是同样的情节,只是收煞草草:老君下令后即下场,"众天将应科",未唱,唐僧师徒绕场,同唱【尾声】后下场,而《府藏》本在【尾声】后加入两支曲,既有众天将唱,又有唐僧独唱,师徒同唱,收束得更为热闹一些而已。

如此一来,乍看上去叙事流程最不一致的"银气金光立地销"与"下凡""收童"之间,其实也是对应的了。前者由十支曲切割成四个段落:(1)老君发现守炉童子偷逃下界,前往收伏(【新水令】);(2)悟空与金角、银角对战(【步步娇】【折桂令】【江儿水】【雁儿落带得胜令】);老君赶到,欢斗(【侥侥令】【收江南】),讲明因由(【园林好】);(3)唐僧师徒获救(【沽美酒带太平令】);(4)众神将奉命送唐僧师徒上路(【尾声】)。而后者也是按照上述四个段落叙事的,只不过在段落(1)增一支曲,在段落(3)中换了一个曲牌,又在段落(4)中追加了两支曲,其实没有改变整个叙事流程。

所以,整体看来,两剧的叙事结构是一致的,如果将其比作两个生命体的话,则二者具有相同的骨骼脉络。

然而,在大致相同的叙事结构内部,两剧又各自在具体情节上进行了"微调",这种"微调"主要有三处:

一是小说中写银角大王擒获唐僧、悟净,系化身受伤道人,与唐僧师徒同行,途中连搬须弥、峨眉、泰山三座大山压住悟空,追拿唐僧,悟净抵敌,战败,俱被擒。而两剧中都未表现该段情节,而是借着八戒再度巡山的情节,演悟能又许久不归,唐僧担忧,悟空复前往察看,二妖王乘虚而入,捉拿唐僧,悟净与之战不成,俱被擒。而《府藏》本又比《宝筏》本多出一个悟空上场与金角、银角战,不成,逃下的情节。

二是两剧在请老母赴宴之前,演悟空化身小妖混入莲花洞搭救唐僧等人,这是原著没有的。小说中,直到变身老母之前,悟空未进入莲花洞。两剧都设置了“二进宫”的情节,而其区别在于:《宝筏》本演悟空救下唐僧等人,复被二妖赶上擒去,悟空无奈,想起“方才听得要请他老母赴宴,不免相机行事便了”;《府藏》本则演悟空未及救下唐僧等人,听见请老母赴宴事,灵机一动,准备相机而行。

三是一处更细小的差别,在八戒第一次巡山时。按小说写八戒于红草坡偷睡,被悟空化身啄木虫啄起两次,《宝筏》本演啄起两次,《府藏》本则演啄起三次。

可以看到,相对于小说而言,两剧的改动有一致的地方,比如均删去了“移山”的情节,又都设置了“二进宫”的情节,但彼此间又有细小差异。至于这些差异的产生,则主要为了更适于戏曲场上讲述的方式,下文将详细论述。

二

两剧“骨骼”“脉络”大同小异,而其内部“血肉”——曲文,却是小同大异。这种“大异”主要不是文意上的(在相同的叙事流程中,两剧对应曲子所述内容基本还是一致的),而是文辞上的。通观两剧,我们几乎找不到曲词全同的两支曲子。

差异最小者,如《宝筏》本第二十二出、《府藏》本第三出中【东瓯令】(一觔酒)一曲(科白略),比照如下:

> 【东瓯令】“一觔酒,不觉醉酕醄。头重身歪脚乱跑,昏昏不辨羊肠道,山崖畔将身靠。”【合】“看你鼾齁一似沸春涛,长夜在今宵。”(《宝筏》本)
>
> 【东瓯令】“一觞酒,不觉的醉酕醄。头重身歪脚乱跷,昏昏

不辨羊肠道，山崖畔将身躯倚靠。”“看你齁以似沸春涛，长夜在今宵。”(《府藏》本)

《府藏》本中“将畔”二字不通，似是抄写中产生的倒错，“齁以似”也可能是“鼾齁一似”之误，如不考虑衬字差异(案【东瓯令】正格为:3,3,7,7。5,7,5。“山崖畔将身靠”与“山崖畔将身躯依靠”之异，是衬字多少不同)，则两段曲词只有在“跑”与“跷”两个动词上有异，除此几乎可以看作是曲词全同的了。不过，这种全同的曲子，两剧中仅此一支。次之者，如八戒二次巡山时所唱【锁南枝】(我前行敢违慢)：

【锁南枝】“我前行敢违慢，他神通太不凡”，“见着这虎形石状，听了树影风声，总疑是他来幻。”“听鸦声，太絮烦。叫喳喳，似嘲讪。”(《宝筏》本)

【锁南枝】“我前行敢违慢，违慢，他神通特不端，不端。”“见着虎形石状，听了树影风声，总疑是他来此。”“白头鸦，声太繁，太繁。叫喳喳，似嘲讪，嘲讪。”(《府藏》本)

不看叠字，仅就文辞而言，只是在“不凡”与“不端”，“听鸦声”与“白头鸦”，“太絮烦”与“声太繁”三处有异，匹配度还是比较高的。

然而，匹配度与之类似者，通观两剧，除本例外，也只有【锁南枝】(筋疲力将殚)、【六么令】(灾星拱照)、【狮子序】(将吾救望尔曹)、【东瓯令】(传王命)四支曲，加上举两例，合计不过6支曲，仅占13%。

从另一极端看，曲文差异极大，甚至文意有别(乃至出入)者，也是存在的，如伶俐虫回洞复命途中所唱的【醉花阴】：

【醉花阴】“俺可也侦探他行踪甚分晓，莽莽腾去洞中回报，又何惮山径迢恁遥。看捷如风两足跑跳，还赶过了高飞鸟。遥望见飘旗纛，列弓刀，可正是主人升帐早。”(《宝筏》本)

【醉花阴】“随风乘雾向空举，探明白唐僧覆主。一恁那山禽野鸟闻云衢，那里管鹤泪猿啼。”“俺只道架鹰逐犬张罗护部，原来是寨里社众村夫。猛回头遥望旗纛，俺可也忙向前报军务。”(《府藏》本)

这是在字面上几乎谈不上匹配度的两支曲子，而伶俐虫向妖王描述猪八戒行状时所唱【四门子】则更是表达两种截然相反的意思：

【四门子】猪八戒无能似斗筲。他他他，他惯引路前边导，平地是道，叠的是桥。沿途里，打混空厮闹。性儿又乔，胆儿又小，遇相持神魂俱掉。(《宝筏》本)

【四门子】八戒无知莽中卤，胆量其实粗，九齿钉钯遇着乱锄。一路上真神武，降妖捉怪奋勇不顾。呀，不由人胆颤骨酥。遇水叠桥，逢山开路，混名儿叫作顽徒。(《府藏》本)

《宝筏》本中，伶俐虫对猪八戒是抱全然不屑的态度，称其“无能似斗筲”“性儿又乔，胆儿又小”，一路上除了做些平路架桥的体力活外，只是“打混空厮闹”，没有实际战斗力；而《府藏》本则将八戒描述成一位“神武”猛将，不仅能做开路叠桥的苦力，“降妖捉怪奋勇不顾”，令一干小妖不由得“胆颤骨酥”。一褒一贬，反差强烈。

当然，差异如此大者，在两剧中亦不多见，除上举两例外，只有【红衫儿】(这坎坷多应命里遭)、【排歌】(罗列盘餐)两支曲，合计不过3支，仅占8%。

而占总数近八成的曲子，都是差异程度处中间状态者。这种“中间状态”颇值得玩味：从文意看，基本相同，从文辞看，明显同源，但修辞上的差异又比较大，如：

【出队子】见几对旛幢引导，百姓们喜气饶，一个个焚香头礼送西郊。办虔诚善信声声称佛号，望尘头合十倾心齐拜倒。（《宝筏》本）

【出队子】见几对幢帆引路，百姓们欢也么呼，一个个焚香拥道送着他师徒。又见那扶老携幼在路旁拜伏，齐声说道送别了临凡的活佛祖。（《府藏》本）

【江儿水】“对垒如棋局，赢输在这番。怕逢敌手终为患。马陵道上乔公案，白登城里围炎汉，船漏江心难挽。”（《宝筏》本）

【江儿水】“今日里如同棋局，赢输在这番。四手三拳须为患。马陵道上旁州案，乌江难渡空嗟叹，临崖勒马定失足，船到江心难回转。”（《府藏》本）

【大斋郎】添狐媚，少狐疑，惯于贪夜把人迷。痴儿只道奴红粉，（合）十人见我难活一。（《宝筏》本）

【大斋郎】奴姣媚，果出奇，专在市井把人迷。堪笑痴儿恋红粉，十人遇我难活一。（《府藏》本）

前文通过详细比较，可知两剧相似度极高，但又同中有异：同，为情节结构相同，所用曲牌基本一致；异，为演唱内容及宾白多有差异。由此不难看出，这两个本子之间是有某种传承关系的：一种可能是宫中“秘本”流出宫外，成为民间演出本子；还有一种就是二者之前另有一祖本（或许是前代“旧本”），二者皆由其发展变化而来。不管怎样说,促成两剧不同面目的归根到底取决于受众的不同,其实也就是宫廷戏曲与民间戏曲不同的流通渠道导致了同题作品的变异。

三

众所周知,“西游戏”一直为清代帝王所钟爱,康熙帝即曾下旨,命人改编旧本:

> 《西游记》原有两三本,甚是俗气。近日海清,觅人收捨(疑当作“拾”),已有八本,皆系各旧本内套的,曲子也不甚好。尔都改去,共成十本,赶九月内进呈。①

可知,“西游戏”康熙之前就已在宫中演出,只是未称圣心,于是便有了新编本的出现。之后,乾隆年间张照奉圣谕在此基础上编创了《升平宝筏》:

> 乾隆初,纯皇帝以海内升平,命张文敏制诸院本进呈,以备乐部演习,凡各节令皆奏演……演唐玄奘西域取经事,谓之《升平宝筏》,于上元前后日奏之。其曲文皆文敏亲制,词藻奇丽,引用内典经卷,大为超妙……②

因为此时海内清平,连台本大戏大规模编创,包括《升平宝筏》在内的宫廷大戏不断搬演,深受内廷欢迎,但240出的鸿篇巨制,全部演出恐怕诸多不便,便将全剧厘为10本,10天演完,或者截取某些段落单

① 故宫博物院掌故部编:《掌故丛编·圣祖谕旨》,中华书局,1990年,第51页。
② (清)昭梿:《啸亭续录》卷1,中华书局,1980年,第377页。

折(出)演出成为常态,这一点从清宫的一些历史文献记载约略可见,其中《平顶山》的演出尤多:

1. 道光九年"承应档":

> 五月初五日同乐园承应《过平顶山》①
> 八月十五日涵月楼晚班承应《过平顶山》②

2. 道光十七年"恩赏日记档":

> 十一月初一日养心殿《悟能编谎》(雨儿)③

3. 光绪十七年"差事档":

> 十月初七日颐年殿伺候戏《莲花洞》④
> 初九日颐年殿伺候戏《平顶山》⑤

4. 光绪二十二年"差事档":

---

① 傅谨、丁汝芹:《京剧历史文献汇编》清代卷3"清宫文献"二"各朝档案",凤凰出版社,2011年,第183页。
② 傅谨、丁汝芹:《京剧历史文献汇编》清代卷3"清宫文献"二"各朝档案",第184页。
③ 傅谨、丁汝芹:《京剧历史文献汇编》清代卷3"清宫文献"二"各朝档案",第202页。
④ 傅谨、丁汝芹:《京剧历史文献汇编》清代卷3"清宫文献"二"各朝档案",第294页。
⑤ 傅谨、丁汝芹:《京剧历史文献汇编》清代卷3"清宫文献"二"各朝档案",第308页。

二月初三日义顺和班颐乐殿伺候戏巳正一刻十分开，亥出五分毕。本家《莲花洞》①

九月二十四日四喜班颐年殿伺候戏巳正一刻五分开，戌初二刻十分毕。外《平顶山》②

5. 光绪二十五年“恩赏日记档”：

九月十一日颐年殿承应外《平顶山》③

6. 光绪三十四年“恩赏日记档”：

十一月初三日颐年殿承应本《莲花洞》④

限于材料，这里只选择了道光、光绪两朝的部分档案记录，虽有“承应”“差事”“恩赏”的不同，但不管是派差、承应，还是赏赐，这些有关记录，无不透露出大量历史信息：“西游戏”在宫中较为流行，《平顶山》（《莲花洞》、《过平顶山》皆为别名）被多次“点播”，演出频率相对较高，不仅宫内戏班承应，还召过宫外如义顺和班、四喜班等排演。某些演员是钦点的，不可替代的。

① 傅谨、丁汝芹：《京剧历史文献汇编》清代卷3“清宫文献”二“各朝档案”，第325页。
② 傅谨、丁汝芹：《京剧历史文献汇编》清代卷3“清宫文献”二“各朝档案”，第329页。
③ 傅谨、丁汝芹：《京剧历史文献汇编》清代卷3“清宫文献”二“各朝档案”，第337页。
④ 傅谨、丁汝芹：《京剧历史文献汇编》清代卷3“清宫文献”二“各朝档案”，第354页。

既然皇帝、宫眷，乃至王公贵戚都喜观看，那么，从剧本内部来说，势必要符合这一贵胄阶层的审美，所以，唱词上，《宝筏》本相对更为典雅、精工，而《府藏》本则稍显伧俗。事实上，车王府曲本的收集途径也决定了剧本良莠不齐，水平参差。因其主要从梨园戏班旧唱本、演出本、秘本过录，或从当时售卖、租赁戏本唱本的书肆、常设摊点中抄买①。当然也不乏有宫中秘本流出，不同的流通渠道，最终导致了差异。这里再举几个例子以资比较。

以金角、银角场上所唱【点绛唇】【鲍老催】等几支曲子为例：

【点绛唇】

(金唱)"金面雄骁，狰狞异貌。"(银唱)"张旗号，平顶山高。(同唱)凛冽双龙耀。"(《宝筏》本第二十出)

(金唱)"金面红须，狰狞发竖。""神惊怖，笑吸江湖，唬破神龙肚。"(银角上唱)"地辟天初，我先立步。""因尘数，平顶开都，身居莲花洞府。"(《府藏》本头出)

【鲍老催】

明明彼欺，乔装老母来燥皮，今番瓶内受惨凄。(巴山虎上，白)报大王，不好了！孙行者呵，(唱)肆强梁，骗宝瓶，无抵对。(金角、银角大王白)怎么将宝贝抢去？(巴山虎唱)金箍掠削使如飞，快还师长方消气。【合】若迟延难存济。(《宝筏》本第二十三出)

悟空可恨，装母进洞将人诨，今番瓶内难逃遁。(旦上，白)

① 郭精锐：《车王府曲本与京剧的形成》，汕头大学出版社，1999年，第22页。

大王,不好了!(唱)孙行者,行霸道,将瓶抢去称光棍。(众上白)行者打上洞来了!(唱)金箍棒晃,出言不逊,快送师长,饶伊命,打进洞来成齑粉。(《府藏》本第四出)

【尾声】

山头布下天罗势,准备来朝捉巨魁。(白)小妖们,今夜呵,(唱)喝号提铃切莫违。(《宝筏》本第二十三出)

山头布下天罗阵,准备猴儿入祸门。(白)小妖们,今日呵,(唱)捉住猴儿方趁心。(《府藏》本第四出)

【步步娇】

杀气腾腾冲霄汉,四野云霾晚。迷魂阵脚安。摆得旗帜鲜明,戈矛银灿,【合】孙武也心寒,声言接战魂先散。(《宝筏》本第二十四出)

杀气腾腾冲霄汉,四散云雾似迷魂。安排旗帜甚鲜明,画戟如银冰光险。铁打的英雄心胆寒,管叫你未战魂魄散,未战魂魄散。(《府藏》本第六出)

仔细品味,曲辞高下立判。相比较而言,《宝筏》本要典雅、整饬得多,而《府藏》本则更倾向于明白如话。这是两剧剧本最大的差异。

如果从外部因素来看,宫内规矩森严,严格要求"按本发科",剧本攒定、演员表演受到的限制都较多。据载,多有演员因未严格遵照剧本而被责,如:

嘉庆七年"旨意档"

> (四月二十一日)寿喜传旨教道,《花魔寨》爰爰下场白:"如今世上的人",未念。是张文德忘了,重责二十大板。①
>
> (七月初四日)旨意教道,闻道泉怎么念了妖道泉,是张林得错了,责过二十板。②

两位演员所演虽是另一出"西游戏"(《黄袍郎》,演宝象国故事),但可推知规矩森严,触犯不得,嘉庆帝那是彻头彻尾的内行,糊弄不得。再如:

> 光绪二十二年"旨意档"
>
> 十二月初十日旨着总管马得安、内学首领,凡所传戏本俱着外学该角攒本,不要外班来的,以前所递戏本一概废弃,着外学从(重)新另串……如与外班传要戏本,当日传次日要呈递。凡承戏之日,着该班安本。孙菊仙承戏词调不允稍减,莫违。钦此。③

可知,皇帝对外班演出本子不满,即要求重新编写剧本。即便是"后三鼎甲"之一、大名鼎鼎的菊坛耆宿孙菊仙,因素喜改词改调,也要受到警告。可知,宫廷演戏,儿戏不得,不能随意发挥,否则大祸立降。

另外,需要注意的是,许多钦点剧目的演出是有严格时间限制的,如:

---

① 傅谨、丁汝芹:《京剧历史文献汇编》清代卷3"清宫文献"二"各朝档案",第98页。

② 傅谨、丁汝芹:《京剧历史文献汇编》清代卷3"清宫文献"二"各朝档案",第101页。

③ 朱家溍、丁汝芹:《清代内廷演剧始末考》,中国书店,2007年,第416页。

光绪九年"差事档"：

六月十二日漱芳斋承应巳初一刻开，酉正三刻七毕。①

六月十五日漱芳斋承应辰正三刻开，戌正一分毕。②

六月十五日漱芳斋承应辰正三刻开，戌正一分毕……③

除了总的演出时间有明确规定，每出戏后也都注明"一刻五""一刻八""一刻十""二刻""三刻""四刻五"不等。这一点从今天流传的一些内府剧本也可以得到证明，如上海图书馆藏清内府本《江流记》《进瓜记》，目录前一页皆单独标注"两个时辰零四刻"④。可知，宫廷戏的本子，事关演出，更关乎演员的身家性命，不由不"按本发科"，不敢擅改，所以剧本保持恒定性的可能性较大；而民间戏相对没有这些近乎苛刻的要求，所以剧本变动、随意删减增添的可能性相对大些，随现场演出实际变化的"马前""马后"⑤的情况更是在在尤多。

正因为如此，所以我们看到在《府藏》本中增加了几个小角色：除了伶俐虫、巴山虎之外，第三出"诳妖"增加了小妖玉面貂、草上龙、花中豹，且都是旦行应工，与猪八戒有大段科诨。第四出"下书"增加了侍儿玉面仙姑。几位旦，应为彩旦，明显是为活跃氛围，增加笑料而设。也是为了热闹好看，做的有限的调整，但和《宝筏》本比起来实在

① 傅谨、丁汝芹：《京剧历史文献汇编》清代卷3"清宫文献"二"各朝档案"，第294页。

② 傅谨、丁汝芹：《京剧历史文献汇编》清代卷3"清宫文献"二"各朝档案"，第294页。

③ 傅谨、丁汝芹：《京剧历史文献汇编》清代卷3"清宫文献"二"各朝档案"，第295页。

④ 上海图书馆编：《清乾隆御览四色抄本戏曲两种》，上海古籍出版社，2012年。

⑤ "马前"，戏曲界术语，指要求台上演员通过减少唱念、压缩身段动作和加快节奏等办法，使演出提前结束；"马后"的要求正相反，以达到延长演出时间的目的。

是小巫见大巫。因为在演出规模上，民间和宫廷是无法比拟的。像悟空变化，《宝筏》本动辄上四化身；召神将，动辄八神将，就是偶一出场的雷公电母、风婆雨师这样龙套，绕场一周，也是满台生辉。以“葫芦装天”为例：

> （悟空白）你不信，我装与你看！（作向地井内取葫芦发诨科）（白）天灵地灵，急急如律令敕！（杂扮众天将，各戴大页巾，穿箭袖排穗，执旗；旦扮众电母，各戴包头，扎额，穿宫衣，扎袖，持镜；杂扮众雷公，各戴雷公发，扎靠，扎鼓翅，持锤凿；老旦扮风婆，戴包头，扎额，穿老旦衣，系腰裙，负虎皮；杂扮雨师，戴雨师发，穿箭袖，系肚囊，执雨师旗；引净扮九天，戴九天发，穿蟒，束带，持鞭，从禄台上场门上，作绕场分立科；巴山虎作看葫芦；内作虚白，发诨科；悟空作指引科）（白）速退！（众天神仝从禄台下场门下）

不仅上场人多，装扮上同样整齐划一，光鲜靓丽。这也为赵翼所谓“内府戏班，子弟最多，袍笏甲胄及诸装具，皆世所未有”①做了最形象最直观的注释。相比之下，《府藏》本只能笼统地“众上，舞黑门旗介”，这个含混的“众”字，估计就得看戏班实力，有多少龙套、上下手，“丰俭”由人了。皇家的排场、气派又岂是区区民间戏班所能比拟？这就是宫内演出和民间演出的差距。要知道，内府的服装、砌末，实在是极尽奢华之能事。道光二年南府总管禄喜曾奉旨清查“行头砌末”，仅宫内大戏的衣箱、靠箱、盔箱、杂箱四式开除 3999 件，计库存 20406 件，加上圆明园、西苑、承德行宫、张三营行宫等处库存的

① （清）赵翼撰，李解民点校：《檐曝杂记》卷 1，中华书局，1982 年，第 11 页。

行头、砌末,总数约20万件①。仅从数量上就令人叹为观止。那满台的人马、光彩照人的行头、令人眼花缭乱的机关布景,都是“烧钱”的结果,绝不亚于今天的高成本、大制作。相比之下,民间演出就寒酸、简陋得多了,“一桌两椅”写意式的简洁实则包含了不少的无奈。

赵翼曾描述过当年热河行宫演戏的空前盛况:

> 中秋前二日为万寿圣节,是以月之六日即演大戏,至十五日止。所演戏,率用《西游记》、《封神传》等小说中神仙鬼怪之类……戏台阔九筵,凡三层。所扮妖魅,有自上而下者,自下突出者,甚至两厢楼亦作化人居,而跨驼舞马,则庭中亦满焉。有时神鬼毕集,面具千百,无一相肖者。神仙将出,先有道童十二、三岁者作队出场,继有十五、六岁,十七、八岁者。每队各数十人,长短一律,无分寸参差。举此则其他可知也。又按六十甲子扮寿星六十人,后增至一百二十人。又有八仙来庆贺,携带道童不计其数。至唐玄奘僧雷音寺取经之日,如来上殿,迦叶、罗汉、辟支、声闻,高下分九层,列坐几千人,而台仍绰有余地。②

这段描述宫廷大戏演出实况的文字材料,还原了演出的场景、规模。尤其值得注意的是提到了“戏台阔九筵,凡三层”,让我们注意到当时宫中演出戏台非同凡响的特殊结构。而这种三层结构的戏台在当时远不止一座,如故宫宁寿宫畅音阁戏台和寿安宫戏台、热河行宫福寿园清音阁戏台(已毁)、圆明园同乐园清音阁戏台和寿康宫戏台

① 丁汝芹:《清宫戏事——宫廷演剧二百年》,中国国际广播出版社,2013年,第71页。

② (清)赵翼:《檐曝杂记》卷1,第11页。

(已毁于英法联军)、颐和园内德和园戏台等①。

这样我们就明了《宝筏》本在演员上下场时,不断提到的"福台""禄台""寿台",如此繁复,而不是如《府藏》本只有"上场门""下场门"这样简单。这里需要做个简单的说明。所谓福禄寿台,实则是戏台分为三层,最上层叫福台(如来、观音等高级神佛现身的场域),中层叫禄台(老君等神仙出场的位置),下层叫寿台(主要演出平台)。其中寿台的使用率最高。寿台天花板上有三个天井,必要时可以从天井口的辘轳口系人物、砌末上下。剧中人、物都可由天井上下,如《升平宝筏》其他场次,观音菩萨乘莲台即由此上下。再如第二十出的悟空戏弄八戒所变啄木鸟,是从天井上系下来的砌末,显得来去自如,而《府藏》本只能简单"上高坐"(第二出)。寿台的台板上有五个地井,下去可以通往后台。实际是地下室,室内有绞盘,必要时角色和砌末等也可以从五个地井口升上寿台。寿台的上下场门和普通戏台无异,但齐着上下场门的上面有一层隔板,隔板上叫做仙楼,从仙楼到寿台搭有木梯,可以自由上下。仙楼两端亦各有木梯可通二层禄台。每层均有宽敞的后台,东西两侧各有楼梯,可供演员上下出入②。由此可知,这福禄寿三层舞台是相通的,构建了三个不同层次的舞台空间,为演员的表演提供了最大限度的可能。本剧中悟空的几次变化化身,以及妖怪被打死,一般都从地井下场,从观众视线中突然消失,营造出神鬼杂出、变幻莫测的艺术效果,符合神魔斗法的氛围,而《府藏》本只能从下场门下,效果自然打折扣。

舞台机关的充分使用,不仅丰富了戏曲的表现手段,更是凸显了皇家的奢侈、豪华,尽显皇家气派。所以,比起来,宫内演出和民间演出在规模、层次上,仅硬件设施就决定了一台戏的高下。这样,通过

① 朱家溍、丁汝芹:《清代内廷演剧始末考》,第30页。

② 朱家溍、丁汝芹:《清代内廷演剧始末考》,第31—32页。

比较,我们知晓了两剧不仅软件(剧本)上有区别,同时硬件(舞台设施、砌末机关等)同样天差地悬。

我们通过《平顶山》两种不同的剧本所提供的内容信息,对宫廷、民间演剧的差异有了明晰的认识:不同阶层的审美趣味决定了剧本文本的雅与俗;对剧本的依赖性决定了演员表演的自由度;不同的舞台设施,为演员提供了不同的发挥空间。这差异是演员自身无法弥缝的。所以《平顶山》尽管只是一出篇幅不长的折子戏,但剧本的变异却让我们窥出宫廷、民间演出的差异来。

(原载《吉林大学社会科学学报》2016年第6期)

论两出稀见戏《莲花会》与《收八怪》

——兼及“西游戏”的俗化

“西游戏”源远流长，数量众多，从宋元南戏、杂剧，到明清传奇、“花部”“乱弹”，不论案头，还是场上，皆令人目不暇给。它们与小说《西游记》之间的渊源、纠葛，也是一言难尽。在促成了小说《西游记》问世的同时，又成为其传播、流布的主要渠道之一。当然，它们也明显受到小说的影响，与之形成了奇特的互动。

清代乾隆间张照奉圣谕而作的《升平宝筏》，堪称“西游戏”的集大成之作。编创者成功地把“案头”范本，转化为“场上”经典。有意放大了小说中极具戏剧性的情节元素，加以敷演、调度，使之更具观赏性。其后活跃于氍毹之上的“西游”故事，不论是连台本戏，还是单出折子戏，几乎无一例外都是它的节略、拆装（诸如春台班演出本《火焰山》、折子戏《思春》等即可见一斑）。这些戏多从《升平宝筏》截出，所以，不仅情节相似度高，曲词重合处亦多。说乾嘉以后的“西游戏”皆为《升平宝筏》的衍生似不为过，当然也不乏不循惯例另辟蹊径者，如《莲花会》与《收八怪》就属于极为另类的两部剧作。二者一方面未脱“西游戏”的范畴，与小说有千丝万缕的联系，多由相关情节生发、点染，同时又侧重“场上”效果，注重舞台表演；另一方面不论情节还是审美意蕴，都与传统“西游戏”相去甚远，凸显了时风浸染下创作者与接受者的不同审美心理。概言之，由雅谑、谐谑一变而为恶谑，由通俗走向媚俗、低俗。

一

《莲花会》与《收八怪》皆为清传奇，但相关文献鲜见著录。《莲花会》只有今人李修生《古本戏曲剧目提要》和郭英德《明清传奇综录》著录。剧本存古吴莲勺庐抄本（郑振铎藏）和缀玉轩抄本（中国艺术研究院藏），两卷，二十五出，作者不详。《古本戏曲剧目提要》对《莲花会》除了作一简单情节概述之外，其他的相关信息基本阙如；《明清传奇综录》则将之归入“传奇蜕变期”（清道光元年至宣统三年，1821—1911）作品①。郭英德对其创作、问世年限的推断基本正确，收藏者莲勺庐主人张玉森（别名玉笙）的生平可与之印证。张氏为光绪三十二年（1906）诸生，生活于清末同光至民国时期，是近代戏曲藏抄家、昆剧名票。将其半生搜购、借阅的戏曲珍本抄录校勘，名之曰“古吴莲勺庐抄存本”，一如其所著《传奇提纲序》所云：“……余舞象时颇喜词曲，间亦学制，每睹传奇，辄事购取。中年橐笔四方……但兴虽鼓，名著甚稀，偶得清宫伶本，辄互相校录。十七年抱病返里，重捡旧度，则蠹蚀鼠残及久假失忆者，约短五十余种，统计先后所得仅二百八十八种。”②张氏为其所抄存的剧本（282 种传奇）一一撰写提要，是为八卷《传奇提纲》。可知其搜罗之艰辛，所收之珍贵。这批珍本中的一部分后来辗转为郑振铎所得，2009 年国家图书馆出版社（原北京图书馆出版社）从西谛藏书中将这批珍本选出影印。

《收八怪》则未见书目记载，仅见台湾黄宽重等所编《俗文学丛

① 郭英德：《明清传奇综录》（下），河北教育出版社，1997 年，第 1212 页。

② 殷梦霞选编：《郑振铎藏古吴莲勺庐抄本戏曲百种》，国家图书馆出版社（原北京图书馆出版社），2009 年，第 1 册，第 3 页。

刊》第一辑(台湾新文丰出版有限公司,2001年)所录抄本,全剧十出,作者信息阙如。虽然关于该戏作者、问世时间的一些信息皆为空白,但还是可以从剧本的一些细节处窥见端倪。首先,全剧避玄字讳;其次,在第七出曲文中出现“莲足”“弓鞋”,从关于莲足的详尽描述,可以看出此“莲足”实为“木跷”①。从其淫亵表演看,应是男演女。而男演员在舞台上“踩跷”假扮三寸金莲,营造轰动效果,追溯起来应始于乾隆间秦腔艺人魏长生(魏三)。魏于乾隆四十四年进京,因色艺双绝,独领风骚,导致一时之间戏曲舞台“蹈跷竞胜,坠髻争妍,如火如荼,目不暇给,风气一新”②。传统昆腔(雅部)的正统地位当时受到了“花部”“乱弹”的极大挑战,直接后果就是:

> 近日有秦腔、宜黄腔、乱弹诸曲名,其词淫亵猥鄙,皆街谈巷议之语,易入市人之耳。又其音靡靡可听,有时可以节忭,故趋附日众。虽屡经明旨禁之,而其调终不能止,亦一时习尚然也。③

流风所及,不仅“乱弹部靡然效之,而昆班子弟亦有背师而学者,以至渐染骨髓”④。传统所谓“不关风化体,纵好也徒然”的劝化之旨,已被抛到了九霄云外。演出只注重舞台效果的火爆、炽热,舞台上大胆

① 传统戏曲鞋靴之一种。为模仿旧时缠足妇女“三寸金莲”的化妆用具。由跷板、缚脚带、红缎绣花弓鞋组成。表演时演员双脚各缚跷板一块,外套绣花弓鞋,着灯笼彩裤遮住真脚,而将小脚露出。参见黄钧等主编《京剧文化辞典》,汉语大词典出版社,2001年,第80页。

② (清)小铁笛道人:《日下看花记》自序,载张次溪《清代燕都梨园史料》,中国戏剧出版社,1988年,第55页。

③ (清)昭梿:《啸亭杂录》卷8,中华书局,1980年,第236页。

④ (清)沈起凤:《谐铎》卷12,人民文学出版社,1985年,第162页。

外露、刻意卖弄、刺激感官、迎合声色之好一时之间成为时尚，“花”“雅”合流。结合全剧的艺术风格、水准来看，应是乾嘉间雅部、花部争胜，昆腔由盛转衰之后的作品。

这两部清中叶以后的珍稀抄本，因鲜见流传，一直以来完全游离于研究者视线之外，无人问津，但这两部“西游戏”却颇耐寻味，它们传递了《升平宝筏》之后“西游戏”创作、演出的另一走向：偏离传统，展现一种别样的“反动”。

《莲花会》演述了《西游记》车迟国故事，但和小说以及《升平宝筏》中相关段落乃至《车迟国》传奇差别很大。

小说车迟国“变法斗三仙”的故事，广为人知，为读者所喜闻乐见。《升平宝筏》与单本传奇《车迟国》情节和小说出入不大，《莲花会》也讲述了车迟斗法故事（大闹三清观，变法斗三仙：断头再植、剖腹挖心、油锅洗澡），但这一部分情节极为简略（全剧二十五出，斗法只有两出），由原本的情节主线弱化成了副线。剧本讲述了佛光普照下一对俗世男女的离合悲欢，是一个弘扬佛法灵应的故事。说的是车迟国乐义村善人吴守仁，乐善好施，广济灾民。有劣衿东西浑借贷不成，心存嫌隙，伺机报复。恰虎力大仙等为兴道灭僧，假扮僧人夜劫库帑。国王大怒，旨下州县，缉拿僧众，严惩窝主。东西浑借机出首吴守仁，吴被拘受刑不过，当堂殒命，其女无瑕被缉拿进京，罚入宫禁执役洒扫。其婿卫宣，愤佛天无灵，行善遭害，提笔于岳父背脊书“佛不灵”三字。会皇后产下太子，脊背有“佛不灵”三字，无故昼夜啼哭不止，国王、皇后束手无策。后因悟空剿灭三仙，听其言，挂榜招医。卫宣揭榜入宫，将“佛不灵”三字改为“佛还灵”，太子啼声立止。皇帝龙心大悦，赐卫宣与无瑕夫妻团聚，衣锦还乡。投靠三仙的东西浑因其事败，携金私逃，被捉，最后卫宣以德报怨，罚其为吴守仁终身守墓。小说《西游记》车迟国原本妙趣横生的一段故事，这里只有两出（第十六、十七出）并且和“因果”“劝善”纠结不已。“恨佛”“怨佛”是为“弘佛”张本。宣扬善恶有报,佛天灵应,与小说及同题材戏曲旨趣相去甚远。

相比较而言,《收八怪》在众多的“西游戏”中更为特别。《莲花会》至少还用了“车迟斗圣”的情节加以发挥,算是不忘本源;《收八怪》内容上则完全脱离小说,另起炉灶,劈空杜撰,情节模式却又完全是小说的翻版,并借取了相关人物,明修栈道,暗度陈仓。

该戏讲述的是腊月初八日,释迦佛圣诞之期,开坛说法,众仙入定,毗卢祖师座下望天犼(金毛大仙),趁机率八怪(睚眦杀、巫支祈、敷淫女、钻天猴、独角蛟、镇海螺、焦山石、碧眼思)逃出大雷音寺,搅乱凡世。知唐僧师徒取经路过天竺国,中途设伏,拿住唐僧。敷淫女放出浪态,百般勾引,唐僧不为所动。后魔家四将、哼哈二将奉旨下山,收服诸妖。

这两部戏的整体水准不要说和《升平宝筏》无法相比,就是和其他一些单本“西游戏”相比,也相去甚远。在“西游戏”中当属另类,但又极为惹眼,因为它们展示了与传统迥然不同的审美趣味、艺术格调。发人深省的是,如此悖离传统的“另类”为何会在大量“西游戏”在宫廷、民间走俏之际出现?深层原因值得探究。

二

本来张照编撰《升平宝筏》,受自身以及时代审美风尚影响,已经有意地在做“加减法”,闪展腾挪,对传统故事多有“重构”。240出的鸿篇巨制,内容涵量大大增加,而这里面,最主要的手法之一,就是加入男女风情戏。换言之,在原有的神魔题材之中植入大量世情成分。本来小说《西游记》受誉“使神魔皆有人情,精魅亦通世故”,但男女风情显然不是作者着墨的重点,即使偶有涉及,往往也点到为止(这类情节往往是女妖费尽心机抓捕唐僧,妄求采补元阳,不过是赤裸裸色相勾引,殊乏情义。诸如蝎子精、地涌夫人之流)。《升平宝筏》作为戏剧表演,为吸引眼球,势必要有所添加。而张照的“添加剂”便是才子佳人风情戏见缝插针式的大量植入。这一点,唐僧与女妖显然不太合适(毕竟属于敌对关系),所以只有另作文章。典型者如宝象国黄袍怪摄百花羞的故事,即与小说情节不同,同时又楔入一条“才子佳人”副线——书生闻仁与妻子花香洁的离合悲欢①。

“才子佳人”是清初通俗文艺的审美风尚,小说、戏曲在在皆是。而将其编入神魔故事,使神魔兼具人情,虽有“跟风”之嫌,但对原故事内涵确实是很好的补充。小说原著黄袍怪与百花羞前身,一为二十八宿之一的魁星,一为侍香殿玉女,郎有情,妾有意,无形的天条却使有情人难成眷属。如果循民间故事的惯常套路,活脱又将演绎一出“牛郎织女”故事,只是作者明显意不在此,因此才有后来的了却前缘,降妖伏魔,各归本位。和故事的原点相比,真是大煞风景,所以张照在此处作文章,堪称独具只眼。至于艺术效果,完全是见仁见智的事。另外,作家时时兼顾舞台演出效果,这样的伏魔降妖与才子佳人离合悲欢的双线结构,和彼时小说流派发展中的“混类”现象实是一致的,都是为了顺应接受而做的妥协、调整,只不过一为案头,一为场上。空间的变化,导致了叙事策略的微调。

张照对“才子佳人”模式的应用,可谓驾轻就熟,除本故事外,在“祭赛国”故事中编入齐福与卓如玉②、在“狮驼国”故事中编入柳迎春与鸾娘的悲欢离合事③。这些副线中的男女主人公,都是俗世饮食男女,却为超现实的神魔力量与现实的政治力量所裹挟、牵制,历尽磨难,终得团圆,这一方面迎合了清初通俗消费的审美风尚,另一

① (清)张照:《升平宝筏》丁集,载胡胜、赵毓龙校注:《西游戏曲集》。
② (清)张照:《升平宝筏》己集,载胡胜、赵毓龙校注:《西游戏曲集》。
③ (清)张照:《升平宝筏》辛集,载胡胜、赵毓龙校注:《西游戏曲集》。

方面也为神魔故事附加了表现内容和内涵，不可完全忽视。

所以，《莲花会》选择卫瑄与无瑕一对青年男女离合悲欢作故事主线，是循《升平宝筏》创作传统而来。全剧渲染这一对有情人对爱之坚贞，历尽艰难险阻，尤其男主人公卫瑄，冲破层层磨难，最终捍卫了自己的爱情，有情人终成眷属。从题材来说属于男女风情戏，从思想内容来说属于弘佛之作，宣扬佛天因果，报应不爽。格调实在不高，连前期同题作品的风格都丧失殆尽。至少，宝象国也好，祭赛国也好，狮驼国也罢，小人拨乱，男女悲欢与降妖伏魔，否极泰来，是双线并进，交互扭结的，敷演得热闹好看，受众心理得到了多层次的满足。而在《莲花会》这里，伏妖已成为可有可无的点缀，与情节发展并没有绝对的关联。《西游记》成分的有限保留，只是招徕观众的一个噱头，一个吸引眼球的卖点而已。和《升平宝筏》相比，堪称本末倒置。

更可笑的是《收八怪》，连"才子佳人"的老套都弃之不用，干脆走向了赤裸裸的色情。要说情节还是收妖取经，但人物杂取了《西游记》与《封神演义》（如魔家四将、哼哈二将），当然更多的是杜撰。拿八怪来说，即是凭空臆造，这八怪仅看名字就半通不通，俗不可耐，而且皆名不见经传：睚眦杀、巫支祈、敷淫女、钻天猴、独角蛟、镇海螺、焦山石、碧眼思。这里除了"巫支祈"算是有点来头，见于前典之外，其他几位来历不明。另外，情节上没有能给人惊喜的亮点，没有性格鲜明的人物，这可能和剧本整体结构胡编乱造有关，满场突出的是敷淫女的浪态勾引，充满色情挑逗。

《西游记》小说中的唐僧师徒屡屡面临色欲考验，尤其唐三藏屡屡面对活色生香的旖旎场面，温柔销魂，甚而是霸王硬上弓。但不论色诱还是强逼，作者往往以戏谑之笔点到为止。《升平宝筏》在这一点上也做得恰到好处，渲染男女风情，却不堕色情。但这一传统在《收八怪》中被糟改殆尽，编剧最大限度地渲染了色情，使情色成为全剧情节发展的原动力,一改原本含蓄蕴藉、点到为止的描写,变为满场肉色,浓盐赤酱的重口味宣泄,令人咋舌。

鉴于此,这两部特殊的“西游戏”,各有倚重,于传统已是渐行渐远。

三

本来“车迟斗圣”是一段充满谐趣的情节,不论小说原著,还是以《升平宝筏》为代表的传奇,都作为关键情节被大肆渲染,令人忍俊不禁。《莲花会》也挪用了这一“戏核”。第十七折“施圣水名冒三清”与第十八折“灭妖邪共尊一佛”,和《升平宝筏》戊集第十折“三清观戏留圣水”、第十一折“除怪物车迟斗法”极为相近。仅以所用曲牌为例,《莲花会》第十一折分别用的是:【普贤歌】【缕缕金】【前腔】【耍孩儿】【五煞】【四煞】【三煞】;《升平宝筏》则为【中吕宫正曲·缕缕金】【又一体】【黄钟调支曲·耍孩儿】【黄钟调支曲·三煞】【黄钟调支曲·二煞】【黄钟调支曲·一煞】,比较而言差别不大。情节方面,包括悟空弟兄三人冒充三清,偷食瓜果贡品,以骚尿充金丹圣水,戏耍三妖,亦无二致。就是道白,也没有太大出入。但值得注意的是,这两出本来的传统情节核心,在《莲花会》中尽管被保留,但所占比重(2/25)已是严重缩水,关键对于情节主线的发展已是可有可无,缺乏必然的联系,仅成了点缀,而且此处的诙谐格调与全剧的悲剧氛围显得格格不入。

究其原因,正如前文所说,《莲花会》中叙事焦点转移,降妖已不是剧作家的命意重点,着重叙说的是佛天感应,大肆宣扬因果报应。二十五折之中,仅标题就不乏“金童玉女接生天”(第七折)、“观音亲赐高王经”(第九折)、“现慈悲莲花献佛”(第十一折)、“现慈悲莲花解厄”(第十三折)、“德报怨善念永垂”(第二十四折)之类劝善、感应字样。随着情节的展开更是佛光、佛影处处闪现。以第八折“观音亲赐高王经”和第十三折“现慈悲莲花解厄”为例,众僧被妖道无辜陷害,绝望无助,观音梦境点化,亲赐《高王经》,至押赴刑场开刀问斩的关键时刻,大士干脆现身相救:

(众慌介)如此,弟子们无生路了?(小旦)不须惊骇!赐汝《高王观世音经》一部,诚心唪一千卷,临难高叫我号,自有解救。(下)(众作微醒,念菩萨号,大醒介)大众,方才朦胧之际,见菩萨现身赐经。(众)我等俱有此梦!果然有经一部——《佛说高王观世音经》。阿弥陀佛!谢菩萨!(第九折)

(小旦暗上,向众僧头插金莲花,高处立,净瓶中放狼烟介)(小生韦陀舞上,杵亦放狼烟介)(众僧齐叫菩萨宝号介)……(杂执红旗上)时辰已到!(刽子开刀介)(内开火炮、烟火介)(齐念观音菩萨,锣鼓俱哑介)(刽)呀,一刀砍去,金莲拥护,刀口都卷了!(第十三折)

这两出戏通过观音现身显圣,使众僧对观音顶礼膜拜,最后连负责行刑的刽子手都发愿“削发出家去修行”。一部《高王观世音经》①,意味深长,观音菩萨的无边佛力得到了大肆渲染。这和《西游记》中屡次出现的《心经》恰好形成了鲜明对比,后者完全被解构,一味调

① 据《法苑珠林》卷17所述,魏天平年间,定州孙敬德礼敬观音造像,后被诬下狱承罪,将被处决前夜,梦一沙门授《救生观世音经》,谓诵经千遍,可脱苦难云。翌日临刑,刀斫自折,皮肉不伤。获赦返家,设斋迎像,视像颈项上有刀痕三处。时丞相高欢闻之,勒写其经,广布于世。此即《高王观世音经》之由来。

侃①,这里却体现出发自肺腑的对观音的膜拜之情。

其实这两出观音的戏份,和悟空师徒的戏份在情节逻辑上完全冲突,要么悟空师徒临难救应,要么观音现身救应,二具其一即可(传统套路一般都是观音点化,悟空出手),另一端完全多余,若舍弃删除,与故事发展毫发无损。但作者却不嫌重复,将二者并置。究其原因,当然是看中了"西游戏"的卖点。试想,若无唐僧师徒的加入,这就是一出毫不出彩的劝善戏,乏善可陈。但编剧选择了"西游",使之笼罩在经典的光环之下,借势炒作,却又不想沿袭老路,因为他还有更重要的任务——劝善弘佛,所以,"西游戏"的成分不能少,但又不能多,因此只能保留那么一点儿,作为招徕观众的招牌,实难脱借势炒作的嫌疑。在这样的创作意识驱使下,全剧宗教气息极为浓厚,把好好一部充满滑稽谑浪的热闹戏变得沉闷、压抑。尽管结局大团圆,但和"西游戏"传统实在是相去甚远。

小说《西游记》对宗教的态度,不论佛、道,完全是一种解构,充满游戏色彩,所以悟空可以在如来手心撒尿,观音可以是"未梳妆的菩萨",至《升平宝筏》因为是奉圣谕而作,有所调整,但依然不失诙谐格调,令人忍俊不禁,然而到了《莲花会》这里,轻松诙谐的格调被沉重、沉闷所取代,尽管保留了两出斗法情节,但和全剧格格不入,因为全剧的基调已经改变,对宗教回复了虔诚之态。这是《莲花会》最显著的变化。

如果说《莲花会》已偏离传统"西游戏"的发展轨道,走向劝善,回归宗教,那么《收八怪》则走向了另一极端——走向纵欲宣淫。《莲花会》至少曲词雅驯,虽平庸但不下作;而《收八怪》则言辞鄙陋,和文人化的审美格调相去甚远,与《升平宝筏》的文辞相比不啻天壤。

① 参见胡胜、赵毓龙:《从〈心经〉在〈西游记〉成书过程中的地位变迁看小说意蕴的转换》,《社会科学辑刊》2009年第5期。

所演唱的曲牌如【瑶台聚八仙】【北金菊香】【金络索】【定风波】【齐天乐】等,曲辞殊乏文采,鄙俚不堪。不仅不会取事用典,含蓄蕴藉且都丧失殆尽,平淡如水。如第三出八怪下山同唱:

> 【定风波】谨奉仙师法谕言,劫擒三藏下崆山。凭他猴、猪、沙悟净威勇,难防八怪巧连环。

全曲毫无文采可言,清一色的“水词”。至于敷淫女则满口的淫词浪曲,赤裸裸挑逗。以第七出为例:

> 敷淫女挟唐僧上,进阁内,放床上,(科白)情郎夫婿,你坐床上歇息片时,待奴裹裹莲足,换上新样弓鞋,然后陪你入衾欢乐,夫妻交媾呵!
>
> 【花心荡】斜身坐床边,抬起金莲,将小脚儿紧缠裹白绫绢。回玉腕,持起一双红缎小弓弯,把新绣鞋更换。一双仙人桥,潘妃步,杉木高底,红缎凤头尖。周正不偏,窄瘦尖纤。裹罢莲钩,弓鞋穿好,把香躯立战。(下略)

敷淫女一口气连唱了六支艳曲,春情荡漾。这六支曲子也没让观众失望,备足了“猛料”,完全满足了观众的“恋足”“窥阴”等一系列心理、生理需求,搬演了一出令人面红耳赤的重口味大戏。什么礼义廉耻、含蓄蕴藉全无,莲足、阳物、牝户、交合,但凡能挑逗起观众感官绮思的元素应有尽有。

但凡戏曲涉“性”的话题一直为观众(尤其底层观众)所津津乐道。是禁忌,更是诱惑,舞台上的演绎,别是一种风情。可想而知,这样一种赤裸裸脱衣露体、毫无避忌、毫无掩饰的色情刺激,恐怕会令台下观众抓狂。因为观众平素压抑的欲望,在观戏过程中获得了一种变相的近乎扭曲的发泄，进而得到了替代性的满足。所以，以色情为招牌的“粉戏”是某些戏班、某个演员特殊时期保证票房的杀手锏之一。

戏中女妖一再炫耀自己的“莲足”、绣鞋，并不惜裸裎相向，色身示人，这满台春光，演出的尺度之大，该旦角应为男性反串。尽管作者无考，但从行文格调来看，应来自民间。因为整部戏的风格、水准都是民间化的，与正统文人化的作品区别明显。文辞鄙俚不堪，不拘文理，缺乏格局，甚而不按宫商，不循声韵，剧本的文学性完全让位于演员的场上表演，带有浓重的转型期特征。

一般来说戏曲舞台不乏“粉戏”，但剧本基本都已不存，而这部《收八怪》却无意中向我们展示了“粉戏”“淫哇妖靡”的原生面貌。和以《升平宝筏》为代表的传统“西游戏”的谐谑、雅驯格调不同，情色泛滥，狎亵放浪，表现出一种鲜明的低俗化倾向。

四

尽管吸引观众的着眼点不同，《收八怪》和《莲花会》一者佛光普照，一者肉欲横流，表面上看，二者的格调也是背道而驰，但某些深层次的东西实则是一致的，即借“西游”的经典效应营造自己臆想世界，并取得预期效果。为达目的，不惜把传统“西游”拉向低俗、淫猥的境界。

本来《升平宝筏》之后的“西游戏”为数甚伙①，但大多以之为圭臬，节略重组，当然也不乏脱其窠臼、另起炉灶者，如《盗魂铃》《金钱豹》（《红梅山》）等。同样是由《西游记》本生故事生发出的衍生作品，《盗魂铃》讲述金铃大仙迷惑唐僧师徒故事，但卖弄的是流派唱

① 参见张净秋：《清代西游戏考论》附录十，知识产权出版社，2012 年。

腔;《金钱豹》(《红梅山》)则讲述豹精强抢民女,悟空降妖故事,着重的是猴豹开打,尤其是豹精的“耍叉”是主要看点。同样是不重剧本的文学性,看的是舞台上的“角儿”,但这两部戏重在“炫技”,符合舞台艺术的发展规律,因而至今久演不衰。就是后来的地方戏中“西游戏”也不乏发挥之处,典型者如莆仙戏传统剧目“仙游本《西游记·七》”有“双蝶出洞”一折即语涉色情①,但无关大局,只是在传统“西游戏”的套路中稍加点染,点到为止,与盘丝洞、无底洞女妖相差无几。

比较起来,《莲花会》和《收八怪》一在云端,一在床笫,和传统“西游戏”的借神魔而寄意时俗迥然有别,要么板起面孔,弘佛劝善;要么放下廉耻,狎亵放浪,抛弃的恰恰是《西游记》同时也是“西游戏”赖以传世的最本真的精髓。所以,尽管《莲花会》和《收八怪》顺应了某一时段受众的审美情趣,取得了轰动效应,但被弃置、被禁演,乃至最终绝响于舞台是必然命运。

它们代表了《升平宝筏》之后,“西游戏”创作演出的一极走向——悖离传统。希图出奇制胜,打破俗套,却偏离了正常轨道,因而行之不远,因为违背艺术规律的东西,生命力必然不会长远。

(原载《文学遗产》2017 年第 4 期)

① 参见王富恩校注:《莆仙戏传统剧目丛书》第 14 卷,第 226—242 页。

超度科仪与《西游记》的传播

——以莆仙戏为考察对象

莆仙戏俗称“兴化戏”，素有“中国戏曲活化石”之誉，流行于古称“兴化”的莆田、仙游及闽中、闽南地区。作为“宋元南戏遗响”，莆仙戏绵延不绝，影响深远。其现存传统剧目中包含大量的“西游戏”，这些剧作极具闽地风情，体现了区域文学特色的同时，与百回本小说《西游记》相比又别具一格。除了“场上”“案头”的形式之别，内容上亦往往独出心裁，非百回本所有。因其与本地之目连戏同台演出，附着其上、承载其中的宗教超度功能不可避免成为题中应有之义。细究之下，其宗教（超度）功能可以追溯至早期西游故事中的科仪文（如宝卷）。这些戏曲中的显现，既暗合了其本质功能——娱神娱人，又与“西游”题材的特殊性密不可分。追溯“西游”故事嬗变中宗教功能的显与隐，浓与淡，西游戏提供了极佳的视角，打着浓重地域烙印的莆仙戏尤具代表性。

一

作为保存形式较为完整的古剧种，莆仙戏起源于唐代，形成于南宋，鼎盛于明清。据统计，莆仙戏有古老演出抄本 8000 多本，保存剧目 5000 多本，其中与南戏相关剧目就有 81 个①。在全国各类剧种中

① 参见叶明生：《莆仙戏剧文化生态研究》，厦门大学出版社，2007 年，第 174 页。

现存古老剧目最多。仅以莆仙戏所存“西游戏”为例,不论剧目、剧本,数量、质量均已远超其他地方剧种,独占鳌头。据《福建省艺术研究所藏莆仙戏传统剧目清单》粗略统计,除去重复、误记,得 29 部,其中仙游本 1 部,莆田本 28 部[①]。

福建省艺术研究院和莆田市政协所编《莆仙戏传统剧目丛书》第十四卷(王富恩校注,中国戏剧出版社,2008 年出版)为西游戏专辑,使我们得窥全貌。

其中,“仙游本”《西游记》是首尾完整、篇幅较大的连台本戏,也是现存较具代表性的西游戏。计 8 本 81 出。

第一本 12 出,演述石猴出世拜师、龙宫得宝、威慑幽冥、搅扰仙会、大闹天宫、五行被压。除“郎神首出”为百回本所无,其他大致相当于百回本第一至八回情节。

第二本 10 出,演述陈光蕊登第、放鲤施恩、洪江被劫、魏徵斩龙、唐王游冥、回阳取经诸情节,其中陈光蕊故事部分为早期百回本所略,在此则占了整整四出,可见其分量,其他相当于百回本第九至十一回。

第三本 8 出,演述玄奘奉旨、观音指点、收得四徒,除五虎六贼。“除五虎”情节为百回本所无,其他相当于百回本第十二至二十二回。

第四本 12 出,演述白骨夫人三戏唐僧、宝象国剿除金奎精。从开篇唱词“感蒙仙长有好意,赐下草丹见厚谊”推测,应有“五庄观”故事在前,惜现存本未见。除白骨夫人和宝象国除金奎精与百回本情节基本一致(只金奎精与黄袍郎名号有别)。见百回本第二十七至三十一回。

第五本 12 出,演述文殊奉旨,度那王重返天庭(那王原是西天金霞童子下凡)。那王轻慢菩萨,致受三年水厄。青狮精幻形占王座三

① 郑尚宪、王评章主编:《莆仙戏史论》下,中国戏剧出版社,2006 年,第 908 页。

年。那王冤魂求助,悟空与八戒入水晶宫求尸回阳,变化指点太子,文殊收伏青狮精。与百回本乌鸡国除妖故事基本一致,见百回本第三十七至三十九回。

第六本8出,演述收火焰儿(红孩儿)、车迟国僧道斗法、通天河收金鱼精、老鼋摆渡。除车迟国灭僧与灭法国剃发情节混融合一,其他与百回本近似,见百回本第四十至四十一回、四十四至四十九回、八十四回。

第七本9出,演述收金银蝴蝶、女人国招亲、剿灭蝎子精、降伏六耳猕猴。收伏蝴蝶精的"双蝶出洞"为百回本所无,也是目前所知西游故事系统中仅此一见的情节。其他见百回本第五十四至五十八回。

第八本10出,演述火焰山借扇、小雷音遇难、过柿粿山、盘丝洞遭擒、三藏脱凡、佛赐真经、老鼋下水劫、望经楼接僧、普施众恶鬼。这其中"普施众饿鬼"为百回本所无。其他火焰山借扇见百回本第五十九至六十一回;小雷音见百回本第六十五至六十六回;过柿粿山见百回本第六十七回过稀屎衕;盘丝洞见百回本第七十二至七十三回;脱凡赐经见百回本第九十八至九十九回。老鼋下水、望经楼接经见百回本第一百回。

其他如莆田本《孙悟空出世》(8出)、《孙悟空大闹天宫》(5出)、《猪八戒投胎》(9出)、《孙悟空收猪八戒》(2出)、《孙悟空打人参果》(4出)、《孙悟空收金奎精》(10出)、《收伏火焰儿》(6出)、《孙悟空除三妖》(未分出)、《孙悟空斗独角青牛》(残,2出)、《收伏麒麟洞》(6出)、《孙悟空收单子》(2出)等体量大小不等。这些剧本基本保留完好,大部分是莆仙戏艺人世代传承的舞台演出本(俗称"戏簿")①。

① 参见王富恩校注:《莆仙戏传统剧目丛书》第14卷《凡例》,中国戏剧出版社,2008年。

二

翻检这些西游戏剧本,我们能够感受到,它们在内容上深受百回本小说的影响,尤其细节处亦步亦趋,充分说明其在流传过程中对案头经典的自觉吸收与继承。不论是仙游本,还是莆田本,这点都表现得非常明显。

情节上,戏本中的单元大都为百回本所有:大闹天宫、魏徵斩龙、太宗入冥、光蕊逢灾、三藏取经、观音点化;收悟空、龙马、八戒、沙僧;降白骨夫人、金鱼精、蝎子精、六耳猕猴、牛魔王、黄眉童子;经宝象国、乌鸡国、车迟国、女儿国,通天河、火焰山、盘丝洞、小雷音等重重险阻。尽管有些人物、地名似据乡风土俗稍作改变,但还是一望即知,诸如金奎精—黄袍郎、火焰儿—红孩儿、柿粿山—稀屎衕,等等。

更为显著的是,一些只有百回本小说中出现的特有人物、名号,在戏中屡屡出现。如仙游本第三本第二出的“寅将军”“特处士”,第四出的“六贼”,都是百回本小说所独有的(分别见第十三回、第十四回)。第八本“普施众饿鬼”,最后三藏等所唱48尊佛、12尊菩萨名号,乃至三藏师徒最终的封号,与小说第一百回(《径回东土,五圣成真》)完全相同。莆田本的《收伏麒麟洞》中的“剥皮亭”,只见于小说第七十回(《妖魔宝放烟沙火,悟空计盗紫金铃》)。

其他如仙游第八本第二出《假魔王骗扇》,孙悟空为骗取宝扇假变牛魔王,与铁扇公主的对话与百回本第六十回同出一辙:

> 大王贪欢,伤了神思,连自家宝贝的事情都忘了……只将左手大指头按住柄上第七缕红丝,念一声呬嘘呵吸嘻吹呼,此扇就

长丈二,何怕他八百里火焰。[1](仙游本)

大王,与你别了二载,你想是昼夜贪欢,被那玉面公主弄伤了神思,怎么自家的宝贝事情也都忘了?只将左手大指头捻着那柄儿上第七缕红丝,念一声"呬嘘呵吸嘻吹呼",即长一丈二尺长短。这宝贝变化无穷,那怕他八万里火焰,可一扇而消也。[2](小说本)

同样,仙游第八本第六出《三藏脱凡》,演三藏师徒至凌云渡独木桥,慈悲宝幢王尊者奉佛旨化无底船,渡三藏过江,脱却凡体,参佛取经,得成正果。唱词与百回本小说亦高度重合。尊者唱:

六尘不染虚空过,万劫安然自在行。
无底船儿难过海,今来古往渡群生。[3]

世德堂本小说第九十八回(《猿熟马驯方脱壳,功成行满见真如》)则作八句诗:

鸿蒙初判有声名,幸我撑来不变更。
有浪有风还自稳,无终无始乐升平。
六尘不染能归一,万劫安然自在行。
无底船儿难过海,今来古往渡群生。[4]

① 王富恩校注:《莆仙戏传统剧目丛书》第14卷,第289页。
② (明)吴承恩著,李天飞校注:《西游记》,第782—783页。
③ 王富恩校注:《莆仙戏传统剧目丛书》第14卷,第314页。
④ (明)吴承恩著,李天飞校注:《西游记》,第1224页。

从上述这些似曾相识的情节、细节，不难看出莆仙戏吸收了大量百回本小说案头元素，它们没能摆脱百回本小说经典的光环笼罩。

但我们又不得不看到，剧作者对这些百回本所有的情节、人物进行了程度不等的调整。有删节、有合并、有穿插，使情节简练，戏剧冲突更加集中，如：小说中的车迟国和灭法国，灭僧的情节有相似处，仙游本索性将之合并（第六本第五出《空入宫剃发》，悟空剃国王与三宫六院等头发）。乌鸡国则把小说中国王受难的前因——冒犯文殊菩萨情节直接变为明场（第五本第一、二出）。还有一些情节直接做了简化处理，如百回本小说《盘丝洞七情迷本》，七个蜘蛛精，至仙游本（第八本第五出）简化为三大二小五妖（蜘蛛精、蜡蛛精、蜢蛛精，外带蜻蜓精、蜜蜂精），蜈蚣精干脆被省略。

戏本还特别喜欢加入男女风情的内容，剧中屡现调谑场景，如乌鸡国八戒入水晶宫，与螺精、蛏精、鲤精打情骂俏（仙游本第五本第九出《见母报信》），再如孙悟空斗独角青牛，青牛精凭空多出的花、柳二夫人（莆田本《孙悟空斗独角青牛》），皆属此类俗笔。更为典型的是《收单子》，本来开场演述悟空奉命下凡收妖（妖名单子，不详是何精灵），结果场景一转，变成猪八戒化身风流公子"大闹花灯"，与碧桃、丹桂二女挨肩擦背，嘲戏不休，已沦为打着"悟空收妖"（莆田本还有一部干脆名为《悟空收妖》）幌子的彻头彻尾的男女风情闹剧。

另有一些改动，则大抵属于作者基于本地沿海风光的信手而为，如琵琶洞的蝎子精随侍小妖竟分别为螺精、蛏子、蛤蜊，而不是什么山妖（仙游本第七本）。

这些修改其实是民间（尤其地方）俗文学重构故事时的"惯用伎俩"，但还有一些变化还是比较新巧的，从中可见民间艺人之匠心独运。如第三本第一出《付旨送行》太宗为玄奘践行，因嫌树木遮蔽视线，下令砍树，其实是化用了《三国演义》刘备送别徐庶的典故（唐王唱【满江风】"砍树林遥望其人，欲效刘玄德久仰贤名，方显唐室千古扬名”)。第三本第三出名《收除五虎》,第四出名《六贼下山》,明显是因“六贼”而增加了“五虎”,为对称而作。这些略带文人气息的笔触,使得剧本多了几分雅致、整饬。

再如莆田本《猪八戒投胎》,则构造出一个与百回本迥异的情节,新人耳目。

《猪八戒投胎》堪称是西游戏中的独一份,构思上别出心裁,生动地体现着民间叙事中的集体智慧。天蓬被贬重点不是人们所熟知的酒醉戏嫦娥(剧中戏嫦娥只是一句说辞,并未付诸行动),而是天蓬酒醉,巡防天河,阻挡牛女七夕相会,天孙动怒,偕牛女借兵擒捉天蓬。所谓“天蓬星无故阻断牛女情缘,作乱天曹,无端妄动刀兵”,玉帝震怒,太白金星保奏,贬下凡尘。因贪恋繁华地,阎君命判官带其选择六道轮回,却误入猪胎,最后得观音点化[1]。戏剧冲突在于醉酒的天蓬元帅因为心心念念调戏嫦娥,见到欢会的牛郎织女,醋意大发,把自己当成了扫黄打非者,陡起冲突。最后被贬下凡,有趣的一个细节是,养猪人名作“朱福陵”,联想起小说系统中的八戒的老巢“福陵山”,令人忍俊不禁。单纯从人物塑造来看,莆仙戏的处理未见得多高明,人物行动缺乏可信的根据,整段剧情看上去略显“无厘头”,但这却恰恰是民间叙事的一个生动标本:对于文人案头文本虚写或隐去的部分,民间叙事往往抱有格外的好奇心,而基于其知识结构和文艺修养,“完形填空”的工作只能在有限的几个故事模本里来回倒腾,只要不妨害已深植人心的故事主干(这里的主干就是“被贬下界—误投猪胎”),情节上“炒冷饭”和民间文学形象“乱入”的情况都是可以接受的。

当然莆仙戏中也有不少明显错漏之处,如仙游第三本《刚鬣出洞》,八戒前身“只因打碎玉盏”被贬,明显是与沙僧遭罚的原因混淆

① 王富恩校注:《莆仙戏传统剧目丛书》第14卷,第368—390页。

了，因为紧接着沙僧出场自报家门时，言道“打破琉璃不悔改，冒犯玉旨逆如来”。第四本第五出《宝象国见国王》，八戒自吹自擂：“潜入广寒宫色胆大如天，偷美嫦娥冒犯玉旨，得贬下凡误入胎身。”可见是笔误或错舛。

还有一些变化虽不同于百回本，却另有渊源——宋元南戏，如“陈光蕊”部分，这部分内容已有专家做过详尽考证，认为“莆仙戏《陈光蕊》较完整地保留着南戏《陈光蕊江流和尚》的一些面目”①，“它和南戏之间有着相当密切的渊源关系，当是不争的事实”②。

另有一部分内容，虽无法确定为宋元旧本孑遗，但有很大嫌疑。如仙游本第二本第八出《对簿游地府》，演述唐太宗魂游地府。众所周知，太宗入冥是西游故事中较早独立成型的单元，敦煌遗书中即可见话本《唐太宗入冥记》③，但需要注意的是，《入冥记》中明确交代太宗入冥缘由是为对质“六月四日事”（玄武门之变），有学者认为这是本篇故事流传于武则天改制之时，是为抹黑李氏而做的舆论宣传④。随着时光推移，故事的政治色彩日渐淡化，及至百回本，这一“点”被一带而过而仙游本却放大了这一“点”。用大量对白、唱词揭示政治集团的矛盾冲突，建成、元吉率领四十八处军民冤魂索命，步步紧逼，迫使唐王应允，“召僧道往筑斋坛超度你等，并银赏一车开发。”⑤这可能是受到了早期文本的影响。

再有，仙游第七本《双蝶出洞》讲述金沙洞金蝶、银蝶二精，“受天地正气，得日月精华，神通广大，法力无穷。”⑥出洞嬉戏，路遇三

---

① 刘念兹：《南戏新证》，文化艺术出版社，2014年，第168页。

② 郑尚宪、王评章主编：《莆仙戏史论》上，第219页。

③ 见胡胜、赵毓龙：《西游说唱集》，上海古籍出版社，2020年。

④ 卞孝萱：《〈唐太宗入冥记〉与“玄武门之变”》，《敦煌学辑刊》2000年第2期。

⑤ 王富恩校注：《莆仙戏传统剧目丛书》第14卷，第65页。

⑥ 王富恩校注：《莆仙戏传统剧目丛书》第14卷，第226页。

藏，妄起祸心，变化民女，伺机色诱，摄走三藏。八戒用计挑拨二妖反目，擒住金蝶，金蝶指点八戒化身洗脚汉，以洗脚为名，拔了银蝶脚上的秘密武器——七支文针，使之束手就擒。二妖皈依，被关在莲花池石洞中忏悔。内容上为全新的西游故事。说全新，是因为就我们所知，在前此西游故事从未出现过以蝴蝶精为主角的情节元素。但却不排除此为场上表演之旧元素的可能性，王国维曾指出“宋之小说杂戏”名目中有【扑蝴蝶】①，巧合的是福建各地皆有扑蝴蝶的歌舞表演，泉州民间舞蹈《采茶扑蝶》，即其加工和升华；莆仙戏舞台上扑蝶的舞蹈表演更是精彩迭现②。所以，收双蝶故事或许与南宋以降扑蝶歌舞有某种承袭关系。因无更多证据，姑且存疑。

另，莆田本《孙悟空打人参果》，孙悟空大闹五庄观，摧毁人参果树，四海求方，见观音时，出现了寒山、拾得（尽管因剧本残缺，无更多相关情节）③，寒山、拾得是早期西游故事中出现的人物，杨景贤《西游记杂剧》和泉州傀儡戏《三藏取经》中分别出现了二人，他们应是宋元期间进入西游故事的，后来随着故事的衍变，最终消失④。所以，短暂出场的寒山、拾得是否为宋元旧本遗痕，颇费思量。

由以上可知，莆仙西游戏渊源有自，历史悠久，积淀深厚，但同时也经受了岁月的洗礼，一直处于动态演变之中，既有对宋元以来西游故事传统的继承，也有伴随案头经典产生的同频、共振。新中有旧，旧中掺新，新旧杂糅，我们从中既能聆听到宋元南戏古老声腔的悠远

① 王国维：《王国维戏曲论文集》，中国戏剧出版社，1984年，第25—29页。

② 参见郑尚宪、王评章主编：《莆仙戏史论》上，第60页。

③ 有人指出，莆仙戏另有仪式剧《寒山拾得》，为舞蹈型节目，“寒山拾得，观音佛面前两个侍者，那是采自《目连戏》寒山拾得出场的科介。”见黄文狄《莆仙戏传统科介》，福建人民出版社，1962年，第375页。

④ 参见胡胜：《小议“和合二仙”寒山、拾得与〈西游记〉的渊源》，《南开学报》（哲学社会科学版），2019年第1期。

回响，又能领略到不断翻改的时尚新腔，古老剧种"活化石"的标签实至名归。

三

从对故事的重构、再造来看，莆仙西游戏继承、吸收了百回本小说特有的喜剧精神，又充分展现出戏剧特质，将滑稽谑浪的风格进一步加以发挥。利用其"场上"之优势，将"热闹好看"作为审美追求，难免趋俗。这和百回本之后出现的诸如《升平宝筏》《婴儿幻》等西游戏并无二致，而在艺术品位上则远不及清宫大戏或文人传奇。如果我们对其考察、分析仅止步于此，那么这些西游戏的价值恐要大打折扣。

我们必须注意的是，在这些西游戏火爆喧嚣的尘俗气息中又透露出一丝别样的玄机——娱人的同时，更是在娱神（鬼），即西游戏和同一区域的其他莆仙"大棚戏"一样，不仅承载了戏剧的娱乐功能，同时更是肩负歌舞娱神、超度亡灵等特殊的宗教功能。

莆仙戏发展至明代，大量上演连台本戏，即俗称之"大棚"。这是宋元以降民间戏曲在发展过程中，不断汲取讲平话等诸般说唱艺术的产物。而目连戏恰是大棚戏的"主角"。大棚台的广泛采用，使目连戏的宗教功能进一步扩大，由先前单纯的超度亡灵，逐步扩展到驱疫避邪、降妖除魔，近乎无所不能①。

莆仙大棚戏"是社区重大醮事活动中搭大棚演出《目连戏》和《三国》《西游》《隋唐》等大型历史及神话连台本戏。因其演出于祭祀或庆典之特殊仪式氛围之中，其戏曲之排场仪式也有一些相应的

① 参见郑尚宪、王评章主编：《莆仙戏史论》上，第115页。

宗教仪式内容及表演形式”①。而莆仙戏《西游记》与目连戏同台演出的特定情境，某种意义上夯实、放大了它的宗教性能。“据老艺人回忆，《西游记》一般是配合《目连》演的，即夜里演《目连》，白天演《西游记》。演《西游记》的时候，还特别要选择三藏诵经、仙佛出场等内容的场次，俗称‘抓折’。”②

这些规制、禁忌，我们从现有剧本的场次设置、人物出场等方面，都可以清晰感受得到。以仙游本《西游记》为例，从第一出《郎神首出》即能看出端倪，二郎神率先出场（此演法为莆仙戏所独有）。接着是汉钟离、吕洞宾、铁拐李、何仙姑依次出场，为佛主庆寿，然后是弥勒佛、释迦古佛等一一登场。八仙先后同唱【驻云飞】【八仙歌】。后面第七出又接了一出《八仙大会》，王母召开蟠桃盛会，悟空哄骗赴会八仙（出场实则只有四仙）回转，自己变为李铁拐模样赴宴。这两出戏里面除了依照莆仙大棚戏的规制（神佛首出）外，又融入了传统莆仙戏的《弄八仙》③。这体现的正是仪式剧的表演成规，其场景功能在于渲染喜庆热闹的氛围，与小说叙事显著不同。百回本中的蟠桃宴，仅为推动闹天宫情节而设，所以悟空哄骗的是赤脚大仙，八仙则不需要露面。而莆仙戏却让八仙先后出场，《弄八仙》的保留曲【驻云飞】不断响起，明显是承担了仪式剧的功能，为追求娱神的喜庆效果，煞费苦心。

如果说融汇《弄八仙》显示了此戏的娱神指向，那么《对簿游地

① 叶明生：《莆仙戏剧文化生态研究》，第 339 页。

② 王富恩校注：《莆仙戏传统剧目丛书》第 14 卷《后记》，第 538 页。

③ 莆仙戏的《弄八仙》为仪式剧，有《小八仙》《大八仙》之别，多在神诞“正日”大戏之前演出，散戏用《小八仙》，大棚戏用《大八仙》。《大八仙》是在《小八仙》基础上增加海龙王率水族为王母祝寿，麻姑、十二花神同来祝贺，呈现天上、人间、水府三界同欢、人神共庆的祥瑞景象。【驻云飞】为必唱之曲。参见郑尚宪、王评章主编：《莆仙戏史论》下，第 691 页。

府》和《普施众饿鬼》则为彻头彻尾的超度亡魂情节,展示了独特的超度功能。

从第二本第五出始,至第十出止,先后演魏徵斩龙、太宗游冥、还阳取经。取经缘起明确为超度亡魂,直至最末第八本第十出《普施众恶鬼》做结。和百回本小说对比起来,这一点尤为明显。在百回本小说中,入冥只是具有情节功能,和之前的斩龙、之后的进瓜,仅是为了黏合大闹天宫与西天取经两大板块,无关宗教。尽管书写过程中也保存了一些程式化内容(如对"地狱景观"的呈现),但小说的笔触很收敛(尤其与宝卷、香火戏、毕摩经等仪式文本相比),作者的兴趣点显然不在超度亡灵,而在莆仙戏剧本中能明确体现宗教仪式功能。

如果和清代的宫廷大戏《升平宝筏》相关情节对照,这一点更为直观。《升平宝筏》为宫廷戏,要营造神人同庆、天降瑞彩的吉祥氛围,原本小说情节近乎无所不包,此处却一反常态,从第十一出《魏徵对弈梦屠龙》紧接《萧瑀上章求建醮》的过场,唐王下诏为超度泾河老龙,建水陆道场,没有太宗入冥的情节①。宫廷戏如是处理,当然有特殊身份受众(帝王、宫室、贵胄)忌讳的考虑,但归根到底还是其演剧目的为藻饰太平,娱乐帝后,而非超度亡灵,哄动世俗。可见,《升平宝筏》的终极指向与仙游戏迥然不同。前者刻意避免(遑论渲染)阴司之恐怖,所谓"离奇变诡作大观"②,只是为突出祥和喜庆,后者则正好相反。

值得玩味的是,最后超度亡魂的情节,莆仙戏直接引用了作为科仪书的《心经》全文③。本来《心经》在小说成书的过程中功能几经变

① 参见胡胜、赵毓龙校注:《西游戏曲集》。
② (清)赵翼:《檐曝杂记》,第 11 页。
③ 王富恩校注:《莆仙戏传统剧目丛书》第 14 卷,第 323 页。

迁,至百回本已逐渐丧失宗教功能①,但在莆仙西游戏中却全盘照录。可与此对看的还有两家,一为莆仙《目连戏》②,一为相邻的泉州傀儡戏《目连簿》中的西游戏《三藏取经》(第二十二出)③,都赫然出现《心经》全文。《心经》作为科仪文本,为超度亡魂被刻意拈出。"普施众恶鬼",三藏讽念《心经》超度建成、元吉及阵亡君将等所有冤魂。而百回本小说"五圣成真",恰恰略去了三藏诵经超度亡魂这一关键所在:

> 方欲讽诵,忽闻得香风缭绕,半空中有八大金刚现身高叫……腾空而去。……太宗与多官拜毕,即选高僧,就于雁塔寺里修建水陆大会,看诵大藏真经,超脱幽冥孽鬼,普施善庆。将誊录经文传布天下不题。④

如果对应前文太宗入冥,最应出现的情节——超度亡魂,恰恰被小说作者省略了。两相对比,可知莆仙西游戏的超度亡魂仪式功能是非常明显的。对照莆仙戏中的"目连超荐"(或称"目连挑荐")仪式,"是以目连人物角色出现于戏棚上,既为戏中的种种孤魂野鬼超度,也为戏棚下民间各种不幸死亡的亡灵超升,是一种跨越于戏剧与民俗之间仪式行为。"⑤西游戏中的相关超度情节差相仿佛,所不同者,西游戏已是戏曲成熟形态,不论情节、结构的设置,还是人物形象的塑造,都是完全统摄在艺术性之下,度化功能是隐含的,并非游离

① 参见胡胜、赵毓龙:《从〈心经〉在〈西游记〉成书过程中的地位变迁看小说意蕴的转换》,《社会科学辑刊》2009 年第 5 期。

② 参见刘祯校订:《目连救母》,台北施合郑民俗文化基金会,1994 年。

③ 参见泉州地方戏曲研究社编:《泉州传统戏曲丛书》第 10 卷。

④ (明)吴承恩著,李天飞校注:《西游记》,第 1252 页。

⑤ 叶明生:《莆仙戏剧文化生态研究》,第 865 页。

于剧情之外的纯仪式。这种细微变化体现了从纯乎仪式文本向成熟戏曲文本的演化,换言之便是从既定仪式到圆熟表演之变迁。

我们知道,作为戏曲,从娱神、娱鬼至娱人,是必然之路。目连戏是最具代表性的杰作,它所承载的宗教功能是其他任何剧曲所不能比拟的。而西游戏,因其种种原因,却与目连戏纠结不已,二者彼此阐发,相互成全①。这一点在莆仙西游戏中再次得到印证。这与《三国》《隋唐》等其他和目连戏同台演出的剧目又不可同日而语。这些西游戏自带宗教光晕,与目连戏交相辉映,散发出炫目的光芒,令世俗人如醉如痴。对西游戏的酷嗜,从当地的戏谚、戏联相关内容可见一斑(戏谚云“炼成麒麟眼——修炼到家”“猴行者七十二变——狡怪”“猴行者落女人国——贪色看迷”;戏联谓“野僧不比圣僧,翠屏庵倘遇悟空,早已当头遭铁棒”)②。当然,闽地民众对此类戏曲的痴迷,也和当地的民风民俗乃至民间信仰密不可分。兴化古属越国,巫风之炽,由来已久。所谓“周礼既废,巫风大兴;楚越之间,其风尤盛”③。浸润在巫风之中的傩戏、社火流行自属常态。仅从南宋兴化籍诗人刘克庄的几首诗即可略窥一斑,诸如“丁宁小儿女,不必看乡傩”(《岁除即事十首》其三)④;“祭罢社人散,老巫怀肉归”(《神君歌十首》其十)⑤,无不体现此地傩舞、祭赛传统之盛。举凡岁时节庆、婚丧嫁娶、神诞斋醮,皆要演戏酬神,戏曲的祭神度化之功由来已久。

---

① 参见胡胜:《〈西游记〉与“目连戏”渊源辨》,《社会科学战线》2017年第7期。

② 参见中国人民政协莆田市委会、福建省艺术研究院编:《莆仙戏传统剧目丛书》第23卷《史料集》,第453页、487页。

③ 王国维:《宋元戏曲考》,见《王国维戏曲论文集》,中国戏剧出版社,1984年,第4页。

④ 北京大学古文献研究所编:《全宋诗》第58册,北京大学出版社,1998年,第36740页。

⑤ 北京大学古文献研究所编:《全宋诗》第58册,第36447页。

可以说，在世俗大众的一般知识、观念、信仰和审美期待中，莆仙西游戏自然而然地承载着自己与生俱来的使命，娱人的同时还不忘度化群生。

莆仙西游戏所承载的科仪文本的度化功能除了汲自傩戏、社火之外，更有其自身渊源。众所周知，在百回本小说问世之前，有为数不少的西游故事，这些西游故事，有的即是以宝卷等科仪文本的形态出现的，如《受生宝卷》①、《佛门请经科》②，也有仪式剧如《枉府西游》③、《地狱册》④等，不一而足。以《受生宝卷》等为代表的宗教科仪文本与百回本《西游记》存在互文关系，却又自成体系，而莆仙西游戏应属同一体系的支脉（只是发展形态处于高阶时段）。它的出现，让我们又一次看到百回本小说框架之外，另一路径中的西游故事，不仅有自己的发展逻辑，同时还承载了独特的宗教度化功能，超越了一般故事叙事文本。它们分布的地域也较为广泛，遍及南北（陕西、山西、江苏、广西、贵州、湖北、湖南、福建等省份皆有流传）。有趣的是，闽地的莆仙西游戏是以成熟的戏剧形式承载了独特的宗教度化功能。和其他仪式文本相比，其艺术更臻成熟的同时，宗教性更为隐蔽，与百回本小说的游戏性质形成了鲜明的对比。它们基于民间宗教实践的内驱力，循其独有的叙述逻辑，并在传播上形成闭环，营造了一个与传统百回本小说迥然不同的另一个西游世界。

多年来，民间地方戏曲研究一直处于较为尴尬的境地，既非民俗

---

① 参见侯冲整理：《佛门受生宝卷》，载方广锠主编：《藏外佛教文献》第二编，第219—311页。

② 参见胡胜、赵毓龙辑校：《西游说唱集》，第16—27页。

③ 参见谢健：《仪式·文学·戏剧——〈西游记〉故事与目连救母渊源新证》，《世界宗教文化》2015年第3期。

④《地狱册》是闽西南道坛的演出本，展现目连与悟空之间的纠结。详见刘远：《〈地狱册〉校注》，《中华戏曲》第21辑。

学民间信仰研究的重点，亦非戏曲学的研究重点。但大量民间地方戏曲的存在、流传，又昭示着它们不可被轻易忽视的强大生命力。某种意义上，既娱人且娱神的戏曲功能从未缺席。放眼整个戏曲史的发展，莆仙西游戏，可能价值有限，但如果放置在《西游记》漫长的演变时空中，却是不可或缺的存在。它的出现，让我们看到了西游故事链条嬗变的清晰轨迹，促使我们跳出百回本中心的思维定式，进一步开掘另一个全新的“西游世界”。尤其是在跨文化、跨地域、跨媒介的研究思路中重新审视文本序列，将小说、说唱、戏曲、图像等“西游”文本重新组织起来，在宗教、民族、民俗文化等视阈中，重新构建各文本坐标的时空关系，不拘泥于体式，也不以文艺品位之高低论英雄，主要留心于其中隐含的历史文化信息，从而还原出故事演化传播的真实生态，画出有关《西游记》成书与影响的生动的“新光谱”。可以说，当我们像考古发掘一样，逐渐扫落历史的尘灰，剥去岁月侵袭的锈蚀，逐渐接近“真相”的时候，也是《西游记》研究真正迎来突破的时刻。

（原载《南开学报》2023 年第 1 期）

闽斋堂本《西游记》版本渊源论

较之他种明刊百回本《西游记》,闽斋堂刊《新刻增补批评全像西游记》①(以下简称闽斋堂本)在中土名声并不显赫,孙楷第《中国通俗小说书目》②失载,朱一玄《西游记资料汇编》③也仅选一条署名"秃老"的序。只因此书久藏日本,所以日籍人士论之者反多,如奥野信太郎曾著文《关于闽斋堂本西游记》④论之,后太田辰夫在其《西游记研究》⑤中,梳理版本,考镜源流。而对此本着力最多的当属矶部彰,不仅撰有专文⑥加以介绍,还于2006年将其影印出版,嘉惠学林。笔者不揣谫陋,进行一番版本比勘,冀有所获。

---

① 闽斋堂刊《新刻增补批评全像西游记》,日本庆应义塾图书馆所藏明崇祯四年刊本(下文相关内容皆出此本,不再一一出注)。

② 孙楷第:《中国通俗小说书目》,人民文学出版社,1982年。

③ 朱一玄:《西游记资料汇编》,南开大学出版社,2002年。

④ 〔日〕奥野信太郎:《关于闽斋堂本西游记》,《读书杂记》,1961年4月号。

⑤ 〔日〕太田辰夫著,王言译:《西游记研究》,复旦大学出版社,2017年。

⑥ 先是在《中国古代小说总目·白话卷》(石昌渝主编,山西教育出版社,2004年)《西游记》的相关条目中加以简介;后又发表《关于闽斋堂刊本〈西游记〉的版本》(见中国社会科学院文学研究所中国古代小说研究中心编《中国古代小说研究》第二辑),从正文、图像两个方面入手对此本进行了相对较为详尽的介绍。

一、关于回目

如果将闽斋堂本卷首目录分别和杨闽斋本①(为了区别前者,以下称"清白堂本")、李评本②、世德堂本③分别对照的话,会发现一共有48回文字存在差异。详见下表。

表7 四本回目差异

底本 回目	闽斋堂本	清白堂本	李评本	世德堂本
第一回	灵根育孕**元源**出,心性修持大道生	元源	**源流**	元源
第五回	乱蟠桃大圣偷丹,**返**天宫诸神捉怪	**反**	**反**	返
第六回	观音赴会问**原音**,小圣施威降大圣	**原因**	**原因**	原音
第八回	我佛**造经**传极乐,观音奉旨上长安	**避红**	造经	**避红**
第十回	二将军宫门镇鬼,唐太宗地府**还魂**	**逺魂**	还魂	还魂
第十一回	还**受生**唐王遵善果,度孤魂萧瑀正空门	**生受**	受生	受生
第十三回	陷虎穴金星解厄,双叉岭伯钦**留僧**	**留傳**	留僧	留僧
第十六回	观音院僧某宝贝,黑风山**恠**窃袈裟	**怪**	**怪**	**怪**
第十七回	孙行者大闹黑风山,**善观音**收伏熊罴**恠**	**慈观音;怪**	**观世音;怪**	善观音;**怪**
第十八回	观音院唐僧脱难,高老庄**大圣**降魔	大圣	**行者**	大圣

① 《古本小说集成·杨闽斋本〈西游记〉》,上海古籍出版社,1994年(下文相关内容皆出此本,不再一一出注)。

② 陈先行、包于飞校点:李卓吾评本《西游记》,上海古籍出版社,1994年(下文相关内容皆出此本,不再一一出注)。

③ (明)吴承恩著,李天飞校注:《西游记》(下文相关内容皆出此本,不再一一出注)。

续表

底本 回目	闽斋堂本	清白堂本	李评本	世德堂本
第二十一回	**护教**设庄留大圣,须弥灵吉定风魔	护教	**护法**	护教
第二十三回	三藏不**务本**,四圣试禅心	务本	**移本**	务本
第二十四回	万寿山大仙**留**故友,五庄观行者窃人参	**言**	留	**言**
第二十七回	尸魔三戏**唐三藏**,圣僧恨逐美猴王	**唐长老**	唐三藏	**唐长老**
第二十八回	花果山**群猴**聚义,黑松林三藏逢魔	群猴	**群妖**	群猴
第三十一回	猪八戒义识猴王,孙行者智降妖**姪**	**怪**	**怪**	**怪**
第三十二回	平顶山功曹传信,莲花洞**水母**逢灾	**木母**	**木母**	**木母**
第三十三回	外道迷**真性**,元神助本心	**真信**	真性	**贞性**
第三十四回	魔王**巧算**困心猿,大圣腾那骗宝贝	巧算	**功用**	巧算
第三十五回	外道**施威**欺正性,心猿护宝伏邪魔	**施为**	**施为**	**施为**
第四十二回	大圣殷勤拜南海,观音慈善缚**红孩**	**孩儿**	红孩	红孩
第四十四回	法身元运逢**车力**,心正**降邪**度脊关	**卓力**,降邪	**车力,邪妖**	车力,降邪
第四十七回	圣僧夜阻**通天河**,金木垂慈救小童	**通天水**	通天河	**通天水**
第四十八回	魔弄寒风飘大雪,**圣僧**拜佛履层冰	**圣思**	**僧思**	**僧思**
第四十九回	三藏有灾沉水宅,观音救难**现**鱼蓝	**见**	**见**	**见**
第五十回	情乱性从因爱欲,神昏心动遇**魔头**	**头魔**	魔头	魔头
第五十二回	悟空大闹金兜洞,如来**暗示**主人公	**暗指**	暗示	暗示
第五十三回	禅主吞**食**怀鬼孕,黄婆运水解邪胎	**飡**	**飡**	**飡**
第五十七回	真行者**落伽山**诉苦,假猴王水帘洞誊文	**落蓝山**	落伽山	落伽山
第五十九回	**唐三藏**路阻火焰山,孙行者一调芭蕉扇	唐三藏	**唐僧藏**	唐三藏
第六十一回	猪八戒助力**败**魔王,孙行者三调芭蕉扇	败	**破**	败
第六十二回	涤垢洗心惟扫塔,缚魔**归正**得修身	**归主**	归正	**归主**

续表

底本 / 回目	闽斋堂本	清白堂本	李评本	世德堂本
第六十五回	妖邪假设小雷音，**四众**皆逢大厄难	**四仲**	四众	**四仲**
第六十九回	心主**夜间**修药物，君王筵上论妖邪	**疾间**	夜间	夜间
第七十一回	行者假名降**婬**犼，观音现像伏妖王	怪	怪	婬
第七十四回	长庚传报魔头狠，行者**施威**变化能	**施为**	施威	**施为**
第七十五回	心猿**钻透**阴阳体，魔主还归大道真	**鑽透**	钻透	钻透
第七十六回	**心神居舍**魔归性，木母同降**婬体真**	**群神**归舍：性体真	心神居舍：怪体真	心神居舍：恠体真
第七十八回	比丘**怜子**遣阴神，金殿识魔谈道德	**情子**	怜子	怜子
第七十九回	寻洞求妖逢老寿，当朝正主**救**婴儿	**见**	**见**	**见**
第八十回	姹女育阳求配偶，心猿护主识**妖邪**	**妖精**	妖邪	妖邪
第八十一回	镇海寺心猿**知婬**，黑松林**三众**寻师	**知性**；三**仲**	知怪；三众	**知恠**；三**仲**
第八十九回	黄狮精**虚设钉钯宴**，金木土计**闹**豹头山	虚**设**钉钯宴；**闷**	虚设钉钯**会**；闹	虚**设**钉钯宴；闹
第九十一回	金平府元夜观灯，**玄英洞**唐僧供状	**华英洞**	玄英洞	**华英洞**
第九十二回	三僧大闹青龙山，四星挟捉**犀牛**怪	**西牛**	犀牛	犀牛
第九十四回	四僧宴乐御花园，**一怪**空怀情欲喜	怪	**婬**	怪
第九十六回	寇员外**喜待**高僧，唐长老不贪**富惠**	**喜得**；富惠	喜待；**富贵**	喜待；富惠
第九十七回	**金酬护外遭磨蜇**，圣显幽魂救本原	金**刚**护外**透**磨蛰	金酬**护外遭磨蜇**	金酬护外**透**磨蜇

四本目录异文总计有48回之多，情形不一。第一种比较常见，即某个本子里用一俗字，他本则非。如第十六回闽斋堂本题为“黑风

山恠窃袈裟”,他本皆用“怪”。再第三十一回、七十六回、九十四回都有此现象。再一种是错字,又分同音错字、形近错字。同音错字,第五回“返天宫诸神捉怪”,清白堂本、世德堂本作“反”。第六回“观音赴会问原音”,明显应为“原因”;如六十五回“四众皆逢大厄难”,清白堂本、世德堂本皆作“四仲”;第八十一回“黑松林三众寻师”,清白堂本、世德堂本作“三仲”;第九十二回“四僧挟捉犀牛怪”,清白堂本为“西牛怪”。形近之讹如闽斋堂第八回“我佛造经传极乐”,清白堂本、世德堂本“造经”作“避红”;第十三回“双叉岭伯钦留僧”,清白堂本“留僧”作“留傳”,其他如第三十二回、三十四回、五十三回、六十二回、六十九回、七十五回都有此现象。撇开俗字以及音近、形近致误不谈,四个本子的目录还有不少异文,如第一回三个本子都作“灵根育孕元源出”,李评本“元源”却作“源流”。第十一回“还受生唐王遵善果”,“受生”杨闽斋本作“生受”。第十七回闽本、世本作“善观音收伏熊罴怪”,而清白堂本、李评本“善观音”一作“慈观音”,一作“观世音”。此种情形较能说明问题。统计起来,四个本子目录文字当中闽斋堂本和清白堂本一致的有 10 回(分别为第一、十六、十八、二十一、二十三、二十八、三十四、五十九、六十一、九十四回),占全部四十八回的 21%(如果加上另外的 52 回,则为 62 回,占 100 回的 62%);闽斋堂本和李评本完全一致的有 23 回(分别为第八、十、十一、十三、十六、二十四、二十七、三十三、四十二、四十七、五十、五十二、五十七、六十二、六十五、六十九、七十四、七十五、七十八、八十、八十一、九十一、九十二回),占全部的 48%(如果加上另外的 52 回,则为 75 回,占全部的 75%);和世德堂本一致的有 26 回(分别为第一、五、六、十、十一、十三、十八、二十一、二十三、二十八、三十四、四十二、四十四、五十、五十二、五十七、五十九、六十一、六十九、七十一、七十五、七十八、八十、九十二、九十四、九十六回),占全部的 54%(如果加上另外的 52 回,则为 78 回,占总数的 78%)。出现异文时,和闽斋堂本完全保持一致(与另外两本显著不同)的情形,清白堂本无,李评本7次(第八、二十四、二十七、四十七、六十二、八十一、九十一回)、世德堂本1次(第六回)。综合这几个数据似乎可以说仅从目录的异文上看,至少闽斋堂本和清白堂本关系较远。因为闽斋堂本刊刻者的地域与血缘关系①一直促使我们思路往杨闽斋清白堂本上靠,就是图像、版式(稍后再作论述)也使我们心存疑虑。但通过目录文字的粗略比较,使这一先入为主的印象打了折扣。让我们再进一步比较正文。

二、关于正文

为说明问题,我们选取了闽斋堂本55回的文字(所抽取的文字比例超过全书1/2强)和世德堂本、李评本、清白堂本逐一校勘。为醒目起见,现将四本某些具有代表性的文字依照闽斋堂本(简称闽)、清白堂本(简称清)、李卓吾评本(简称李)、世德堂本(简称世)的顺序逐一列出,以示异同。

第一回

1、

闽:产一石卵似圆裘样大

清:产一石卵似圆毬样大

李:产一石卵似圆毬样大

世:产一石卵似圆裘样大

闽本独与世本同,用的“裘”。

① 闽斋堂本的策划刊刻者杨居谦(字懋卿)乃是清白堂杨春元(闽斋)之子。参见谢水顺等:《福建古代刻书》第六章,福建人民出版社,1997年。

2、

闽：都在松阴之下顽耍**你看他**一个个……跳树攀枝采花觅果抛弹子砌宝塔……参老天拜菩萨捉虱子咬又掐。

清：都在松阴之下顽耍一个个……跳树攀枝采花觅果抛弹子**邱麼儿桃砂窝**砌宝塔……参老天拜菩萨**扯葛藤编草帓**捉虱子咬又掐。

李：都在松阴之下顽耍**你看他**一个个……跳树攀枝采花觅果抛弹子**邱么儿跑砂窝**砌宝塔……参老天拜菩萨**扯葛藤编草帓**捉虱子咬又掐。

世：都在松阴之下顽耍**你看他**一个个……跳树攀枝采花觅果抛弹子**邱么儿跑沙窝**砌宝塔……参老天拜菩萨**扯葛藤编草帓**捉虱子咬又掐。

闽斋堂本与李评本、世本相比，少了“你看他”三字，错了一个“跑砂窝”的“跑”字，杨氏清白堂本比起来，多了“邱麼儿桃砂窝”“扯葛藤编草帓”十二个字。

3、

闽：又道：那个有本事的钻进去寻个**源水头**出来，**不伤身体者**我等即拜他为王忽见丛集中跳出一个石猴**高声叫道**：我进去！好猴，也是他……

清：又道：那有本事的钻进去寻个**源水头**出来，**不伤身者**我等即拜他为王**连呼了三声**忽见丛集中跳出一个石猴**应声高叫道**：我进去**我进去**！好猴，也是他……

李：又道：那**一个**有本事的钻进去寻个**源头**出来，**不伤身者**我等即拜他为王**连呼了三声**忽见丛集中跳出一个石猴**应声高叫道**：我进去**我进去**！好猴也是他……

世：又道：那**一个**有本事的钻进去寻个**源头**出来，**不伤身者**我等即拜他为王**连呼了三声**忽见丛集中跳出一个石猴**应声高叫道**：我进去**我进去**！好猴也是他……

闽斋堂本与其他三本最显著的差别是:“那一个”为“那个”,“不伤身者”为“不伤身体者”,删去了“连呼三声”,改“应声高叫”为“高声叫道”,省略了一个“我进去”。

4、

闽:**你看他**瞑目**蹲身**,将身一纵,跳入瀑布泉中。忽睁眼**观看**,那里边却无水无波明明的一座铁板桥,桥下之水**冲**贯于石窍之间,倒挂**流出**遮闭了桥门却又上桥头再看,**似有**人家住处**一样**,真个好所在……樽罍靠**按**……又见那一竿两竿修竹三点五点梅花,几树青松常带雨浑然**像**个好人家。

清:**却说石猴**瞑目,将身一纵,跳入瀑布泉中。忽睁眼**抬头观看**,那里边却无水无波明明**朗朗**的一座铁板桥,桥下之水贯于石窍之间,倒挂**流出去**遮闭了桥门。却又欠**身**上桥头再看,**却似有**人家住处**一般**,真个好所在**但见那**……樽罍靠**案**……又见那一竿两竿竹修**有**三点五点梅花,几树青松常带雨浑然**相**个好人家。

李:**你看他**瞑目**蹲身**,将身一纵,跳入瀑布泉中。忽睁**睛抬头观看**,那里边却无水无波,明明**朗朗**的**一架桥梁**。**他住了身,定了神,仔细再看,原来是**座铁板桥。桥下之水**冲**贯于石窍之间,倒挂**流出去**遮闭了桥门。却又**欠身**上桥头,**再走**再看**却似有**人家住处**一般**真个好所在**但见那**……樽罍靠**案**……又见那一竿两竿**修竹**,三点五点梅花,几树青松常带雨浑,然**相**个人家。

世:**你看他**瞑目**蹲身**,将身一纵,**径**跳入瀑布泉中。忽睁**睛抬头观看**,那里边却无水无波,明明**朗朗**的**一架桥梁**。**他住了身,定了神,仔细再看,原来是**座铁板桥。桥下之水**冲**贯于石窍之间,倒挂**流出去**遮闭了桥门。却又**欠身**上桥头,**再走**再看**却似有**人家住处**一般**真个好所在**但见那**……樽罍靠**案**……又见那一竿两竿**修竹**,三点五点梅花,几树青松常带雨,浑然**相**个人家。

闽本、李本、世本都作“你看他”,惟有清本作“却说石猴”。四本里面,只有闽本把"明明朗朗"写作"明明";闽本、清本还省略了不少关于石猴的神态描写。

5、

闽:历代人人皆如此,称王成圣任纵横。**美猴王领一群猿猴猕猴马猴等,分派了群臣佐使,朝游花果山,暮宿水帘洞,合契同情,不入飞鸟之丛,不从走兽之类,独自为王,不胜欢乐。是以:春采百花为饮食,夏寻诸果作生涯。秋收芋栗延时节,冬觅黄精度岁华。美猴王**乐享天真何期有三五百载。

杨:历代人人皆如此,称王成圣任纵横。众猿享乐天真何期有三五百载。

李:历代人人皆属此,称王称圣任纵横。**美猴王领一群猿猴猕猴马猴等,分派了群臣佐使,朝游花果山,暮宿水帘洞,合契同情,不入飞鸟之丛,不从走兽之类,独自为王,不胜欢乐。是以:春采百花为饮食,夏寻诸果作生涯。秋收芋栗延时节,冬觅黄精度岁华。美猴王**享乐天真何期有三五百载

世:历代人人皆属此,称王称圣任纵横。**美猴王领一群猿猴猕猴马猴等,分派了群臣佐使,朝游花果山,暮宿水帘洞,合契同情,不入飞鸟之丛,不从走兽之类,独自为王,不胜欢乐。是以:春采百花为饮食,夏寻诸果作生涯。秋收芋栗延时节,冬觅黄精度岁华。美猴王**享乐天真何期有三五百载。

此处清本删节最多,闽本比之多了92字。闽本和李本、世本表现出惊人一致,除了"属此"作"如此"、"称圣"作"成圣"两字之差。

第九回

1、

闽:张稍道:你的山青不如我的水秀,有一《蝶恋花》**调**为证,词曰……

李定道:你的水秀不如我的山青,也有个《蝶恋花》词为证。词曰——

渔翁道:你山青不如我水秀,受用些好物。有一《鹧鸪天》为证……樵

夫道：你水秀不如我山青，受用些好物。亦有一《鹧鸪天》为证——渔翁道：你山青真个不如我的水秀。又有《天仙子》一首……樵子道：你水秀还不如我的山青。也有《天仙子》一首——渔翁道：你山中不如我水上生意快活。有一首《西江月》为证……樵夫道：你水上还不如我山中生意快活。亦有一《西江月》为证……**渔翁道：你山中虽可比过，还不如水秀的幽雅。有一《临江仙》为证**……渔翁道：这都是我两个的生意，赡身的勾当。你却没有我闲时节的好处，有诗为证：闲看苍天白鹤飞……胜挂朝中紫绶衣。

清：张稍道：你的山清不如我的水秀，有一《蝶恋花》调为证，词曰……李定道：你的水秀不如我的山清，也有个《蝶恋花》词为证。词曰……渔翁道：你山青不如我水秀，受用些好物。有一《鹧鸪天》为证……樵夫道：你水秀不如我山青，受用些好物。亦有《鹧鸪天》为证……渔翁道：你山青真个不如我的水秀。又有《天仙子》一首……樵子道：你水秀还不如我的山青。也有《天仙子》一首……渔翁道：你山中不如我水中生意快活。有一《西江月》为证……樵夫道：你水上还不如我山中的生意快活。有一《西江月》为证……渔翁道：此都是你我的生意，赡身的勾当。……诗曰：闲看天边白鹤飞……胜挂朝中紫绶身。

李：张稍道：你的山青不如我的水秀，有一《蝶恋花》词为证，词曰……李定道：你的水秀不如我的山青，也有个《蝶恋花》词为证。词曰……渔翁道：你山青不如我水秀，受用些好物。有一《鹧鸪天》为证……樵子道：你水秀不如我山青，受用些好物。亦有一《鹧鸪天》为证……渔翁道：你山青真个不如我的水秀。又有《天仙子》一首……樵子道：你水秀还不如我的山青。也有《天仙子》一首……渔翁道：李兄你山中不如我水上生意快活。有一首《西江月》为证……樵夫道：张兄，你水上还不如我山中的生意快活。亦有《西江月》为证……**渔翁道：你山中虽可比过，还不如水秀的幽雅。有一《临江仙》为证……樵夫道：你水秀的幽雅，还不如我山青更幽雅。亦有《临江仙》可证**……渔翁道：

这都是我两个的生意,赡身的勾当。你却没有我闲时节的好处,有诗为证:闲看**苍天**白鹤飞……胜挂朝中紫绶**衣**。

世:张稍道:你山**青**不如我的水秀,有一《蝶恋花》**调**为证,词曰……李定道:你的水秀不如我的山青,也有个《蝶恋花》词为证。词曰……渔翁道:你山青不如我水秀,受用些好物。有一《鹧鸪天》为证……樵**夫**道:你水秀不如我山青,受用些好物。亦有**一**《鹧鸪天》为证……渔翁道:你山青真个不如我的水秀。又有《天仙子》一首……樵子道:你水秀还不如我的山青。也有《天仙子》一首……渔翁道:**李兄**你山中不如我水上生意快活。有一首《西江月》为证……樵夫道:**张兄**,你水上还不如我山中的生意快活。亦有《西江月》为证……**渔翁道:你山中虽可比过,还不如水秀的幽雅。有一《临江仙》证……樵夫道:你水秀的幽雅,还不如我山青更幽雅。亦有《临江仙》可证**……渔翁道:这都是我两个生意,赡身的勾当。你却没有我闲时节的好处,有诗为证,**诗曰**:闲看**苍天**白鹤飞……胜挂朝中紫绶**衣**。

此处闽本比李本、世本少了一首《临江仙》,但比清本多了一首《临江仙》。

2、

闽:龙王依奏,遂弃宝剑,不兴云雨,上岸摇身一变变作一白衣秀士,上路来拽开云步……

清:龙王依奏,遂弃宝剑不兴云雨,上岸摇身一变变作一白衣秀士,**真个是:丰姿英伟耸壑昂霄……头戴逍遥一字巾**。上路来拽开云步……

李:龙王依奏,遂弃宝剑,**也**不兴云雨,上岸摇身一变变作一个白衣秀士,**真个:丰姿英伟耸壑昂霄……头戴逍遥一字巾**。上路来拽开云步……

世:龙王依奏,遂弃宝剑,**也**不兴云雨,出岸上摇身一变变作一个白衣秀士,**真个:丰姿英伟耸壑昂霄……头戴逍遥一字巾**。上路来拽开云步……

闽本比他本少了40字赞词。

3、

闽:先王忻然而答:**这个**一定任你,**请了请了**,明日雨后来会。……龙王道:有有,但是个棹嘴讨春的先生。……他就说明日下雨**辰时**布云,巳时发雷,午时下雨,未时雨**足**。

清:先王忻然而答:一定,若无雨下任你施为,明日雨后来会。……龙王道:是个棹嘴夸口的人。……他就说明日下雨布云,巳时发雷,午时下雨,未时雨**止**。

李:先生忻然而答:**这个**一定任你,**请了请了**,明日雨后来会。……龙王道:有,有,有,但是一个**掉**嘴讨春的先生。……他就说**辰时**布云,巳时发雷,午时下雨,未时雨**足**。

世:先生忻然而答:**这个**一定任你,**请了请了**,明朝雨后来会。……龙王道:有,有,有,但是一个**掉**嘴口讨春的先生。……他就说**辰时**布云,巳时发雷,午时下雨,未时雨**足**。

此处,闽本比李本、世本多了"明日下雨"四字,此外三本对话基本一致,而清本却少了关键的"辰时"二字。

第十回

闽:后面却是十殿阎王降阶而至,是**那**十代阎君:

秦广王、初江王、宋帝王、仵官王、阎罗王、平等王、泰山王、都市王、卞城王、转轮王。

清:后面却是十殿王降阶而至,是十代阎君:

秦广王、初江王、宋帝王、仵官王、阎罗王、平等王、泰山王、都市王、卞**市**王、转轮王。

李:后面却是十代阎王降阶而至,是**那**十代阎君:

秦广王、**楚江王**、仵官王、阎罗王、平等王、泰山王、都市王、卞城王、转轮王。

世：后面却是十代阎王降阶而至，是**那**十代阎君：

秦广王、初江王、仵官王、阎罗王、平等王、泰山王、都市王、卞城王、转轮王。

此处闽本、清本十殿阎君名号是齐全的，李本、世本都缺宋帝王。清本误“卞城王”为“卞市王”。

第二十回

闽：行者道：这个恋家鬼，你离了家几日，就生抱怨，**八戒道：比不得你这喝风呵烟的人，我从跟了师父，常忍半肚饥**。三藏闻之道……

清：行者道：这个恋家鬼，你离了家几日，就生抱怨。三藏闻之道……

李：行者道：这个恋家鬼，你离了家几日，就生抱怨，**八戒道：哥呵，比不得你这喝风呵烟的人，我从跟了师父这几日，常忍半肚饥。你可晓得？**三藏闻之道……

世：行者道：这个恋家鬼，你离了家几日，就生抱怨，**八戒道：哥呵，似不得你这喝风呵烟的人，我从跟了师父这几日，常忍半肚饥。你可晓得？**三藏闻之道……

此处闽本比李本、世本少了“哥呵”“你可晓得”六字。清本则没有八戒的回答。

第三十回

闽：那怪咄的一声骂道：你狗心贱妇，全没人伦。我当初带你到此，更无半点儿说话，**你穿的锦，戴的金，缺少东西我去寻，四时受用**，每日情深，你怎么只想你父母，更无一点夫妇心？那公主闻说，諕得跪倒道……

清：那圣咄的一声骂道：你狗心贱妇，全没人伦。我当初带你到此，更无半点儿说话，每日情深，你怎么只想你父母，更无一点夫妇心？那公主闻说，唬得跪倒**在地**道……

李：那**怪**咄的一声骂道：你**这**狗心贱妇，全没人伦。我当初带你到此，更无半点儿说话，**你穿的锦，戴的金，缺少东西我去寻，四时受用**，每日情深，你怎么只想你父母，更无一点夫妇心？那公主闻说，唬得跪倒**在地**道……

世：那怪咄的一声骂道：你这狗心贱妇，全没人伦。我当初带你到此，更无半点儿说话，**你穿的锦，戴的金，缺少东西我去寻，四时受用**，每日情深，你怎么只想你父母，更无一点夫妇心？那公主闻说，唬得跪倒**在地**道……

此处闽本与李本、世本基本一致，少“在地”二字，清本黄袍怪的话少了19字。

第四十回

1、

闽：却说那孙大圣兄弟三人，按下云头径至朝内，行者将菩萨降魔收怪的那一节陈诉与他君臣听了，一个个顶礼不尽，又听得黄门官来奏……

清：却说那孙大圣兄弟三人，按下云头径至朝内，**只见那君臣储后几班儿拜接谢恩**。行者将菩萨降魔收怪的那一节陈诉与他君臣听了，一个个顶礼不尽，**正都在贺喜之间**，又听得黄门官来奏……

李：却说那孙大圣兄弟三人，按下云头径至朝内，**只见那君臣储后几班儿拜接谢恩**。行者将菩萨降魔收怪的那一节陈诉与他君臣听了，一个个顶礼不尽，**正都在贺喜之间**，又听得黄门官来奏……

世：却说那孙大圣兄弟三人，按下云头径至朝内，**只见那君臣储后几班儿拜接谢恩**。行者将菩萨降魔收怪的那一节陈诉与他君臣听了，一个个顶礼不尽，**正都在贺喜之间**，又听得黄门官来奏……

此处，闽本比其他三本少了21字。

2、

闽:行者说:也罢,我驮着你。**若要屎屎把把,须和我说。**三藏才与八戒沙僧前走。

清:行者说:也罢,我驼着你。三藏才与八戒沙僧前走。

李:行者说:也罢,我驮着你。**若要屎屎把把,须和我说。**三藏才与八戒沙僧前走。

世:行者说:也罢,我驼着你。**若要屎屎把把,须和我说。**三藏才与八戒沙僧前走。

此处,清本比他本少10字。

第五十回

闽:三藏闻言只得放怀前进,到于谷口,登崖抬头观看,好山:怪石乱堆如坐虎,苍松斜挂似飞龙。岭上鸟啼娇韵美,崖前梅放异香浓。涧水潺湲流出冷,岭云黯淡过来凶。又见那飘飘雪凛凛风。咆哮饿虎吼山中,寒鸦拣树无栖处,野鹿寻窝没定踪。可叹行人难进步,皱眉愁脸把头蒙。

清:三藏闻言只得放怀前进,到于谷口,登崖抬头观看,好山:**嵯峨矗矗,峦削巍巍。嵯峨矗矗冲霄汉,峦削巍巍碍碧空。**怪石乱堆如坐虎,苍松斜挂似飞龙。岭上鸟啼娇韵美,崖前梅放异香浓。鸟水潺湲流出冷,岭云黯淡过来凶。又见那飘飘雪凛凛风。咆哮饿虎吼饿山中,寒鸦拣树无栖处,野鹿寻窝没定踪。可叹行人难进步,皱眉愁脸把头蒙。

李:三藏闻言只得放怀前进,到于谷口,**促马**登崖,抬头**仔细**观看,好山:**嵯峨矗矗,峦削巍巍。嵯峨矗矗冲霄汉,峦削巍巍碍碧空。**怪石乱堆如坐虎,苍松斜挂似飞龙。岭上鸟啼娇韵美,崖前梅放异香浓。涧水潺湲流出冷,岭云黯淡过来凶。又见那,飘飘雪,凛凛风。咆哮饿虎吼饿山中。寒鸦拣树无栖处,野鹿寻窝没定踪。可叹行人难进步,皱眉愁脸把头蒙。

世:三藏闻言只得放怀前进,到于谷口,登崖抬头观看,好山:**嵯峨矗矗,峦削巍巍。嵯峨矗矗冲霄汉,峦削巍巍碍碧空。**怪石乱堆如坐虎,苍松斜挂似飞龙。岭上鸟啼娇韵美,崖前梅放异香浓。涧水潺湲流出冷,岭云黯淡过来凶。又见那,飘飘雪,凛凛风,咆哮饿虎吼饿山中。寒鸦拣树无栖处,野鹿寻窝没定踪。可叹行人难进步,皱眉愁脸把头蒙。

此处韵文闽本减省了"嵯峨矗矗,峦削巍巍。嵯峨矗矗冲霄汉,峦削巍巍碍碧空"计22字。

由上述例证不难看出,闽斋堂本与李评本、世德堂本相比较属于简本,它所减省的主要是诗词韵语、人物对话、相关细节描写。诗词韵语有时是整首删节,有时删去部分字词,不碍大意。人物对话,有时减省一个人的话,有时干脆全删,有时还将某些相关的细节描写文字刊落。还有就是将某些重叠词精简,两个以上往往只留一个,一个双声叠韵词,只留一半。这样的后果是一方面改变了《西游记》特有的语言风格。《西游记》作者在词语的重叠中,玩弄文字游戏,产生一种滑稽谑浪的艺术效果,删节后,效果全无。精简某些人物的对话,一定程度上削弱了人物形象,不论是孙悟空、猪八戒还是唐僧,即便是妖精等大小配角莫不如此。删去某些情节铺排文字,使原本细腻传神的描写显得干瘪无味。相比较之下,闽斋堂本和清白堂本瑕瑜互见,作为简本,难分高下,很难说谁因袭了谁。就文字本身来说,闽斋堂本从李评本、世德堂本一系而来应无疑问,但是否另据他本辑校暂时只能存疑(因为它确有可为李评本、世德堂本补缺漏的文字,尽管不多)。

三、图像与评语

闽斋堂本既然号称"全像",配图自然在情理之中。上图下文

(图边配题)的版式,乃至图像的风格,和杨氏清白堂本几无二致,但明显是仿制。因为粗略看去,二书图像同出一辙,可细校之下,很多细节处就显出了差异,如第一回,比照清白堂本有26幅图美猴王头上都多了一顶帽子。再如第二十回清白堂本的“八戒唬散,老少男妇”,人物服饰是窄袖,而闽斋堂本对应的图像却是宽袍大袖。其他限于篇幅恕不一一列举。(图1—4分别见于清白堂、闽斋堂第一回;清白堂、闽斋堂第廿六回)

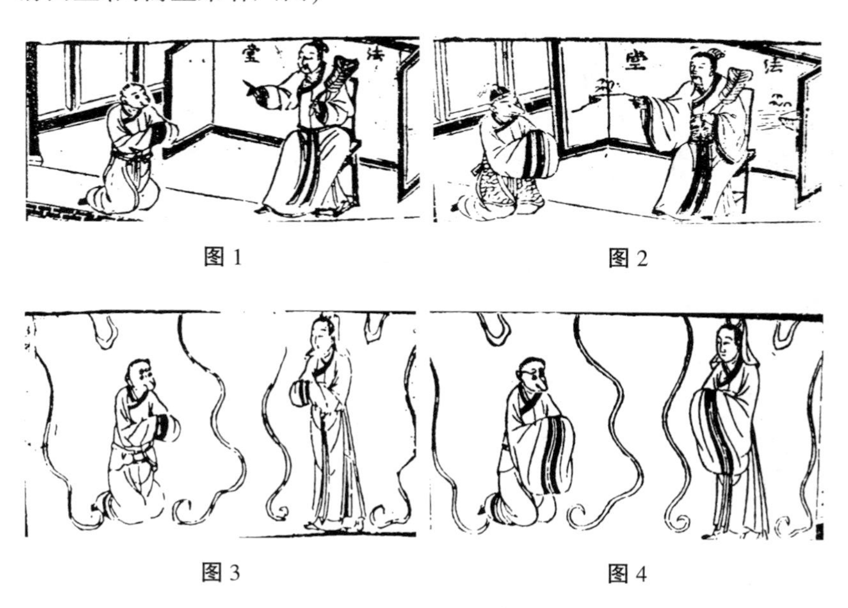

图1　图2

图3　图4

闽斋堂本的“卖点”除了图像较为精致以外,还有批语。书前有序署名秃老(落款有“秃老批语”印章)。相比之下,闽斋堂本的批语完全承袭《李卓吾批评西游记》,正文中的夹批数量上少了许多,位置多半挪到图上去了。而回末总批同样是“简装盗版”。以第一回回末总批为例:

闽：

看《西游记》，不知作者宗旨，定作戏论，余为一一拈出，庶不埋没作者之意。即如第一回有无限妙处，若得其意，胜翻一大藏。篇中云“释厄传”，何以言释厄？只是能解脱便是。又曰：“高登王位，将石字隐了”。盖猴言心之动也，石言心之刚也。心不刚，斩世缘不断，不可以入道。故显个石字。心终刚，入道味不深，不可以得道。故隐了石字。又曰“不入飞鸟之丛，不从走兽之类”。见得人不为圣贤，即为禽兽。今既登王入圣，便不为禽兽了，又曰“世人都是为名为利之徒，更无一个为身命者”。已是明白说了。读者知之。

李：

读《西游记》者，不知作者宗旨，定作戏论，余为一一拈出，庶几不埋没了作者之意。即如第一回有无限妙处，若得其意，胜如罄翻一大藏了也。篇中云“释厄传”，见此书读之可释厄也。如读了《西游》厄仍不释，却不辜负了《西游记》么？何以言释厄？只是能解脱便是。又曰：“高登王位，将石字隐了”。盖猴言心之动也，石言心之刚也。心不刚，斩世缘不断，不可以入道。入道之初，用得刚字着，故显个石字。心终刚，入道味不深，不可以得道。得道之后，用刚字不着，故隐了石字。大有微意，何可埋没？又“不入飞鸟之丛，不从走兽之类”。见得人不为圣贤，即为禽兽。今既登王入圣，便不为禽兽了，所以不入飞鸟之丛，不从走兽之类也。人何可不为圣贤而甘为禽兽乎？又曰“子者儿男也，细者婴细也，正合婴儿之本论”。即是《庄子》“为婴儿”、《孟子》“不失赤子之心”之意。若如佛与仙与神圣，三者躲过轮回。又曰“世人都是为名为利之徒，更无一个为身命者”。已是明白说了也。余不必多为注脚，读者须自知之。

以下限于篇幅，不再一一列举。其实批语云云，都是吸引读者眼球的噱头，正如“窾言”中所说：“未批评以前之《西游记》，市井之书耳。既批评以后之《西游记》，可供贤士大夫之玩索矣。书之不可无批评也如此。”[1]为的是提高书的所谓档次，打开销路，这才是主要的。其实闽斋堂本值得注意的是“窾言”，因为这“窾言”很是耐人寻味。可以说它把李评本的某些观点进一步通俗化了，“孙行者非他也，即吾人之心是也。行者之变化，非他也，即吾心之变化者是也。人身自有一部真西游记，勿向外面寻索可也。——唐三藏亦非他也，即以为吾人之身。藏气、藏精、藏神，亦无不可。大抵说一藏字，则不许浅（洩）露可知已。——猪八戒亦非他也，即以为吾身之不孝不弟、不忠不信、不礼不义、不廉不耻，亦无不可。大抵说一戒字，则不许放肆可知已。”[2]应该说，李评本批语一方面着眼于世道人心，“以痛哭流涕之心，为嬉笑怒骂之语”；一方面着眼于“性命微旨”，实开“证道”先河。闽斋堂本的“窾言”承继了这一点，甚至有所发挥。从《李卓吾批评西游记》到《西游证道书》，这二者之间仅从批点的角度来说，闽斋堂本应该是个过渡。这一点应是此本的重要价值所在。

总之，作为明刊百回本《西游记》的一种，书商煞费苦心，一方面加图、加批（冒仿名人），一方面又对正文进行删改，其目的明确——牟利。闽斋堂本的炮制、出笼，作为个案为商业化介入通俗小说的创作、流通提供了佐证。闽斋堂本（加上前此的清白堂本）作为书贾牟利的产物，并没有按预想完全占有市场，这一点恐怕是策划者所未曾想到的。只注重形式包装，忽略了内容的精益求精，注定在优胜劣汰的市场中败北，这是一种必然趋势，在古典小说所谓孤本、绝版的流传过程中，表现得尤为突出。这一点就是对今天的古籍整理、出版也不无借鉴意义。

（原载《文学遗产》2008 年第 2 期，有改动）

---

① 闽斋堂本《西游记》“窾言”。

② 闽斋堂本《西游记》“窾言”。

后 记

这本文集是我《西游记》研究的一个小结。算起来，从发表的第一篇论文(《论百回本〈西游记〉的艺术形象重塑——以孙悟空与猪八戒形象的演进为例》，2004年)，到新近写成的《图像与科仪：〈新见西游记故事画〉论略》，整整十八年。看着这个“吉祥数”，脑海中不由自主冒出京剧《武家坡》的一句戏词：“十八年——老了王宝钏！”不必临镜自照，也可想见自己的变化：从当年初出茅庐的稚嫩“青椒”，转眼已变成知天命之年的“老”师——不折不扣的油腻大叔。好在除了“油腻”之外，到底攒下了些看上去不甚“油腻”的文章。它们伴随了我的成长，是我在学术道路上迤逦行来的真实记录，承载了我的欢笑与悲伤。既有心绪烦乱，“终日不成章”的低落、气苦，也不乏如有神助、一气呵成的洋洋自得。

回顾当初，我是百回本“中心说”的追随者。从早期“论百回本创新”那一系列文章(涉及孙悟空与猪八戒、铁扇公主、女儿国国王等人物、情节衍变)不难看出，都是从成书、版本、人物形象演化来选题、立论，中规中矩地完成着“规定动作”。然而，随着资料搜集、整理过程中的不断“发现”，原来深信不疑的“成说”开始在我心中动摇。在梳理了大量戏曲(既有鸿篇巨制如宫廷大戏《升平宝筏》，也有民间小戏如“仙游本”《双蝶出洞》，更有涉黄遭禁的《收八怪》等)、说唱(如《西游道场宝卷》、江淮神书、子弟书等)，以及其他一些历来不为人所重的文献之后，我眼中的“西游”世界在悄然改观——兀立中央的"须弥山"固然巍峨依然,环绕周围的"四大部洲"板块却变得愈来愈清晰。尤其2017年,幸运地获批国家社科基金一般项目"西游说唱文献整理与研究"和重大项目"《西游记》跨文本文献资料整理与研究",促使我进一步调整自己的研究思路和格局。这期间,与赵毓龙教授合作,先后校注出版了《西游戏曲集》(人民文学出版社)、《西游说唱集》(上海古籍出版社),另有《西游宝卷集》即将推出。这三部专题资料文献的收集整理,标志着我研究视阈的转换。因为固有的"百回本中心"的思维定式,让我们忽略了太多遗落在百回本《西游记》之外的"西游"故事。而它们原本自成一体,既有其独特的艺术成规,也有特定的传播时空,以及非文学的演化逻辑。它们不遵循百回本生成的辙轨,自成闭环,自洽自足。挖掘它们生成、演进的内在规律,使我们不得不承认:"不是所有的艺术经验都必然指向百回本小说,也不是所有的艺术经验都必然从百回本小说流出。"(《西游说唱集·前言》)这一点从稍后的《重估"南系"〈西游记〉:以泉州傀儡戏〈三藏取经〉为切入点》《叠加的影像——从宾头卢看玄奘在"西游"世界的变身》《小议"和合二仙"寒山、拾得与〈西游记〉的渊源》《〈西游记〉与"目连戏"渊源辨》《〈受生宝卷〉与早期"西游"故事的建构》等系列文章的发表,可以更清晰地体现出来。这些文章是我再作筏、重摇橹,于"西游"世界二度探寻的结果,也是我一路成长的收获。

这本文集中的文章先后发表于《文学遗产》《社会科学辑刊》《社会科学战线》《民族文学研究》《复旦学报》《南开学报》《吉林大学社会科学学报》《明清小说研究》等刊物上,其中几篇被《人大复印资料》全文转载,衷心感谢众位编辑老师不弃寒蹇,以扶贫帮困的心态对我的一路扶持。正是他们的包容、鼓励,才有今天这本小书的问世。我要对他们致以最诚挚的谢意!当然,还要感谢身边亲友们不离不弃的襄助之情。感谢赵毓龙教授,他帮我承担了一部分文稿的润饰、校对工作;感谢赵鹏程博士帮我核对引文;感谢门内金世玉、冯伟、吕行、张紫阳诸多弟子的辛勤付出。

感谢刘勇强兄慨然赐序,他的淡然、洒脱是我心目中“素心”学者应有的样子。

感谢中华书局周绚隆兄、罗华彤先生的鼎力支持。

最后要感谢冯(其庸)老,他为本书所题名签已在我的书架上静静放置了十余年。如今先生已归道山,而我的《西游记研究》却迟迟未能付梓,思之汗颜。先生提携奖掖后进之心,永远感铭。愿先生在天国安好!

感恩所有相遇! 愿好人一生平安!

(此时,放眼窗外,疫情下的街道分外清冷,再无车马喧嚣,只有快递小哥的身影偶尔闪过。祈愿疫情早散,玉宇澄清!)

壬寅年春月　于秋省堂